우리는 모든 것의 주인이기를 원한다

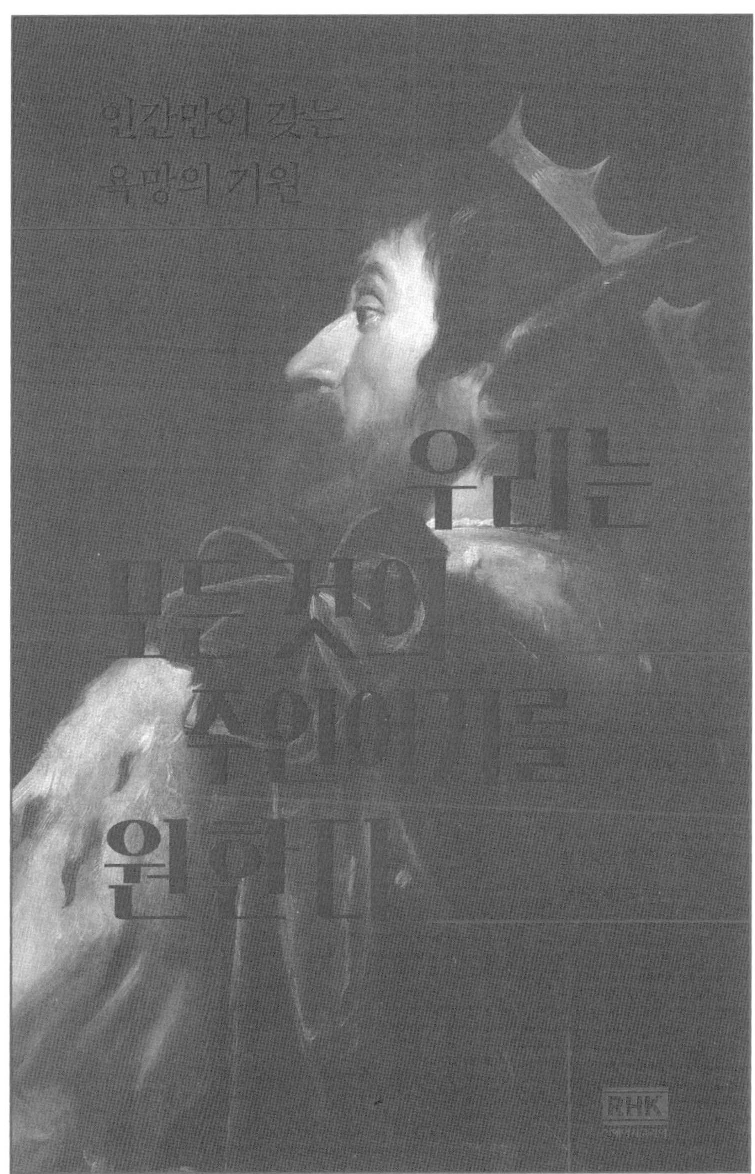
인간만이 갖는
욕망의 기원
우리는
모든 것의
주인이기를
원한다
RHK

소유권 분쟁을 바탕으로 경력을 쌓았지만,

내가 아는 가장 관대한 사람 중 한 명인

나의 형제이자 변호사인 로스Ross에게 이 책을 바칩니다.

머리말

얼마나 흥청거릴 수 있을까?

만약 지구가 존재한 시간 전체를 하루 24시간에 빗댄다면, 약 30만 년 전에 진화한 호모 사피엔스Homo sapiens는 자정이 되기 5초 전에 출현했을 것이다. 우리 각자의 삶은 어떨까? 이 행성의 생애 중 한없이 작은 조각에 불과할 테다. 우리가 여기에 존재한다는 사실 자체가 기적이다. 서로 만나지 못한 무수한 난자와 정자, 태어날 수도 있었던 모든 사람의 경우를 생각할 때, 실제로 우리가 태어날 확률은 거의 0에 가깝다. 또한 이 글을 읽고 있는 당신은 많은 사람이 받지 못한 특혜를 누리고 있다. 인류 전체가 독서와 교육을 향유하는 것은 아니니까 말이다. 비록 아주 짧은 시간이지만 여기에 있는 우리는 대단한 행운아다. 그런데 우리는 이 소중한 찰나의 순간을 보통 어떻게 보내는가? 무언가를 소유하고 지키기 위해 부단히 애쓰고 있지는 않은가?

우리는 존재한다는 것만으로도 매우 큰 행운을 누리고 있지만, 부유한 국가에 사는 수많은 사람의 생활양식을 살펴보면 마치 최대한 많은 존재를 축적하는 것이 삶의 목표라도 되는 듯하다. 기본적인 욕구와 안락함이 일단 충족되면 더 많은 부를 축적한다 해도 성취감은 그리 증가하지 않는다. 그런데도 더 많이 소유하려는 욕망은 채워질 줄 모른다. 인간은 이 우주에 그저 존재하는 것으로 만족하지 않고 최대한 많은 것에 대해 소유권을 주장하려는 충동에 휩싸인다. 왜냐하면 많이 소유할수록 더 훌륭한 존재가 될 것이라고 믿기 때문이다. 먼 우주 폭발의 부산물인 우주 먼지 입자로 만들어진 신체로 한평생 살아가는 우리는, 이 우주의 일부에 대해 소유권을 주장하느라 삶의 많은 시간을 소모한다! 이러한 욕망 추구는 우리 존재 의미에 대한 큰 착각일 뿐만 아니라 궁극적으로 무의미한 행동이다.

이 행성에 머무는 동안 우리는 '소유하기'가 삶의 최고 목표인 것처럼 재산을 탐내고, 차지하려 다투고, 지키는 데 몰두한다. 그러나 우리는 결국 죽어서 먼지로 돌아갈 뿐이며, 손에 넣으려고 애썼던 것들이 죽음 이후에 어떻게 되는지는 알 턱이 없다. 우리는 침입자를 막기 위해 포탑과 해자垓字로 둘러싼 성을 쌓으며 평생을 보내지만, 이것은 세월과 함께 쓸려 내려갈 모래성에 불과하다. 물론 우리도 알고 있다. 우리가 불멸의 존재가 아니며, 재산을 가지고 사후 세계로 갈 수도 없다는 사실을. 그러나 소유욕은 모든 것을 집어삼킬 만큼 많은 사람에게 매우 크게 작용한다.

소유는 우리를 정의하며, 소유가 심리에 끼치는 힘은 때때로 목숨을 걸게 만들 정도로 강력하다. 죽음의 그림자가 드리울 때쯤에야 우리는 소유의 허무함을 깨닫곤 한다. 1859년 호주 금광에서 리버풀로 귀항하던 로열 차터Royal Charter 호가 웨일즈 북부 해안에서 난파되었을 때, 그 배에 있던 450명의 승객은 목숨을 구하지 못했다. 고향을 바로 눈앞에 두고도 많은 이가 자신을 바닷속으로 끌어당기는 금을 손에서 놓지 못했다. 역사와 신화에는 물욕의 어리석음을 보여주는 이야기가 넘쳐난다. 만지는 모든 것을 황금으로 바꾸는 손을 가지고도 부귀를 누릴 수 없었던 미다스Midas 왕의 전설부터, 호황과 불황의 경기 순환 속에서 세계 경제를 가지고 도박을 벌이는 금융기관으로 인해 평범한 삶이 산산조각 나는 현대에 이르기까지 다양한 전례가 있다. 도박꾼만 부의 축적에 중독되는 것이 아니다. 사람들 대다수가 그 유혹에 쉽게 빠진다.

신세대는 언제나 구세대의 유물을 내팽개치고 자신만의 새로운 것을 획득하려 한다. 왜냐하면 소유만으로는 충분하다고 느끼지 않고, 더 많은 것을 획득해 성취감을 얻으려 하기 때문이다. 재산은 개인과 연결되어 있으며, 개인은 재산을 통해 이 우주의 작은 일부를 자기 것으로 만들고 싶어 한다. 20년 전,

내 아내 킴Kim과 나는 꽤 젊은 나이에 세상을 떠난 장인과 장모의 물건을 상속받았다. 그분들이 아끼던 생활용품이었는데, 그중 일부는 우리가 아직도 쓰고 있지만 대부분은 다락방에 처박힌 상태다. 원래는 그것들을 처분해야 했지만, 킴은 부모의 마지막 자취가 어린 물건들을 차마 버릴 수 없었다.

우리는 모두 소유물을 통해 우리 자신에 대한 증거를 남긴다. 기념품과 골동품의 매력 역시 흔적에서 과거와의 연결감을 느낀다는 점 아닐까? 가끔 경매장이나 중고품 가게에 들를 때면 ‘이렇게 희한한 물건들이 사람들의 삶에 의미를 부여했다니!’ 하며 놀라곤 한다. 그 물건은 한때는 누군가의 소유물이었으며, 과거의 사람들은 그것을 아주 소중한 존재로 생각했을 것이다. 그들은 그것을 위해 열심히 일했을 것이며, 그것을 손에 넣은 순간 큰 기쁨을 느꼈을 것이고, 어쩌면 그것을 얻기 위해 목숨을 걸었을지도 모른다. 무공 훈장, 장난감 자동차 수집품, 뒷면에 은박을 입힌 거울 등등. 한때는 소유자에게 특별한 의미를 지닌 물건이었을 것이다.

당신이 소중히 간직하던 물건이 언젠가는 쓰레기가 되거나 전혀 모르는 이에게 팔린다면 어떤 느낌이 들겠는가? 물론 이런 지점까지 생각해 보는 사람은 얼마 되지 않을 것이고, 또 모든 사람이 물건이나 소유에 큰 의미를 부여하는 물질 만능주의적인 사고를 하는 것도 아니다. 그러나 소유에는 틀림없이 인간에게 강력한 동기를 부여하는 무언가가 있다. ‘동기 부여motivate’

라는 단어는 '감정emotion'이라는 단어에서 유래했다. 어째서 우리는 소유하려는 욕구를 느끼는가? 어째서 소유는 이렇게 강력한 감정 자본emotional capital이 되는가?

부자는 가난한 사람보다 더 많은 것을 가지고 있고 더 많은 것을 살 수 있다. 그러나 재산은 경제적 능력 이상의 의미를 지닌다. 대체로 우리는 소유물 또는 소유하고 싶어 하는 것과 감정적으로 연결되어 있다. 원하는 것을 얻으면 행복해지리라고 믿지만, 그것을 손에 넣어도 행복해지지 않을 때가 매우 많다. 심리학자 댄 길버트Dan Gilbert가 '잘못된 소망miswanting'이라고 부른 이 감정은 많은 사람에게 불행의 씨앗이 되고 있다.[1] 왜냐하면 우리는 무엇을 획득했을 때 느낄 기쁨과 만족을 예측하는 데 매우 서툴기 때문이다. 소유의 경우에는 특히 더 그런 편인데, 실제로 광고 중 상당수가 상품을 소유하면 더 행복해질 것이라는 '잘못된 소망'을 소비자에게 불어넣는 식으로 작용한다.

처음으로 자동차를 가졌을 때 느끼는 자부심과 기쁨을 예로 들어보자. 차 소유주는 차를 장만하기 위해 열심히 일했을 것이고, 차를 손에 넣는 순간 자부심을 느꼈을 것이며, 차를 지키기 위해서라면 적극적으로 나설 것이다. 차는 그의 정체성을 구성하는 요소가 된다. 자신의 차가 도난당하는 것을 막으려다 중상 또는 심지어 치명상을 입는 사고가 발생한다. 이 차 주인이 지키려는 것은 그저 돈이 아니라 소유권이다. 누군가 자신의 물건을 빼앗으려 하면 우리는 마치 자신의 인격이 공격을 받기라도 한 것처럼 비이성적으로 행동한다. 이 같은 과정에서 우리는 재산과 건강하지 않은 관계를 형성할 수 있다. 보도에 따르면 자동차 주인은 절도를 막기 위해 질주하는 차량 앞을 가로막기도 하고[2] 보닛에 매달리기도 한다.[3] 그러나 이성적인 사람이라면 과연 차 한 대의 가치를 위해 목숨을 걸겠는가? 그러다 이웃집의 새 차를 보는 순간 자신의 차가 갑자기 초라해 보이고, 더 근사한 차로 바꿔야만 할 것 같은 압박감에 시달리기도 한다. 소유는 경쟁을 촉진한다. 남보다 한발 앞서야 이기는 이 경주에서, 우리 모두가 승자가 될 수는 없다. 우리 앞에는 늘 누군가가 있고, 뒤에도 늘 누군가가 있게 마련이다.

이 같은 욕망으로 인해 장기적으로 심각한 결과가 초래될 수 있다. 우리는 대개 필요 이상으로 구매하고 소비한다. 우리가 미래 세대에 대한 책임감 없이 유한한 자원과 에너지를 소비하면, 이로 인해 배출되는 대량의 탄소가 기후 변화를 촉진한다는 사실 역시 잘 알고 있다. 지구상의 수많은 사람과 그들의 활동이 지구 온난화를 촉진하고 있으며, 그중 가장 중요한 요인은 사람들의 소비 행태다.[4] 그러나 개개인은 이에 책임감을 느끼지 못한다. 70억 명 중에 나 하나쯤은 별것 아니지 않냐고, 남들은 모두 제멋대로 흥청대는데 나만 절제할 필요가 있냐고 자문한다. 자식을 위해서라면 목숨이라도 내놓겠다는 사람은 많지만, 다음 세대를 위해 무분별한 소비 행태를 바꿀 마음은 조금도 없다. 그 밑바닥에는 강력한 소유욕이 자리 잡고 있다.

매년 인간 행동의 세계 현황에 관한 보고서를 발표하는 월드워치연구소Worldwatch Institute는 2011년에 다음과 같이 보고했다.

> 가계 지출, 소비자 수, 천연자원 추출 같은 거의 모든 지표에서 상품 및 서비스 소비가 지난 수십 년간 선진국에서 꾸준히 증가했으며, 많은 개발도상국에서 이는 급속도로 증가하고 있다. 만약 부유한 국가들의 소비 욕구를 만족시키지 못한다면, 소비로 인해 우리 지구가 회복 불가능하게 피폐해지고 변질되기 전에 전 세계의 소비를 억제하기란 거의 불가능해 보인다.[5]

보고에 따르면 모든 소비 범주와 관련된 증거들이 심각성을 보여주고 있는데, 여기서 특히 주목할 점은 다음과 같은 간단한 계산이다. 지구가 인류에게 자원을 공급하고 폐기물을 흡수하는 기능을 유지하려면, 1인당 1.9헥타르의 (생물학적 생산성을 지닌) 토지를 사용해야 한다. 그러나 현재 1인당 평균 토지 이용 면적은 이미 2.3헥타르에 달한다. 이런 '생태 발자국ecological footprint'의 크기는 미국인의 9.7헥타르부터 모잠비크인의 0.47헥타르까지 다양하다. 세계 인구는 매년 8,000만 명 이상씩 계속 증가할 것으로 예상하고 있으므로 상황은 더 나빠질 수밖에 없다. 이에 따른 불평등의 격차 증가는 또 어떻게 할 것인가?

소유가 가진 자와 못 가진 자의 불평등을 촉발해 사태가 걷잡을 수 없게 흘러갈 것이라는 점은 누가 봐도 명확하다. 전 세계 인구의 1퍼센트 미만이 전 세계 부의 절반 이상을 차지한 상황은 불만, 반란, 폭동, 혁명 또는 전쟁의 불씨가 될 수밖에 없다. 중국과 인도의 인구는 합쳐서 27억 명이 넘는다. 이들은 대부분 가난하다. 기타 국가들의 번영을 거부하면서 자신들의 특권적 지위를 방어하려는 선진국의 행태가 어떻게 도덕적으로 정당화될 수 있겠는가? 이런 행태는 필히 갈등을 낳는다. 온갖 이유로 전쟁이 발발하지만, 모든 전쟁의 근저에는 소유권에 대한 갈등이 깔려 있다. 유럽의 난민 위기는 외국인 혐오 및 재산 상실에 대한 두려움을 촉발해 우익 보호주의의 득세를 초래했다. 오늘날의 정치권에는 소유와 통제의 언어가 넘쳐난다. 미국으로 들어오는 이주자를 막기 위해 벽을 세워야 한다는 트럼프Donald Trump 전 대통령의 주장이나, 이주 노동자와 난민의 유입을 막기 위해 유럽연합에서 탈퇴한 영국의 정책 등이 그러하다.

이런 상황에서 이 책이 말하려는 것은 무엇인가? 자원을 둘러싼 분쟁은 결코 새로운 것이 아닌데, 소유가 갈등의 근본 원인이라는 사실에 대해 왜 관심을 가져야 하는가? 여러 자료에 따르면 오늘날 세계는 과거 어느 때보다도 훨씬 더 살기 좋아졌다. 인간 행복을 평가하는 거의 모든 핵심 차원을 살펴보면 우리의 삶은 몇백 년 전보다 훨씬 나아졌다. 하지만, 많은 사람이 이 세계가 몰락하는 중이라고 생각한다. 쇠퇴론declinism으로 불리는 이런 태도는, 과거가 현재보다 훨씬 좋았다는 믿음에 기초한다.

지난 몇 년간의 여러 여론조사에 따르면 선진국의 대다수 국민은 이 세계가 나빠지고 있다고 믿는 반면, 경제 성장을 경험하고 있는 개발도상국의 국민은 이런 비관론에 동의하지 않는다.[6] 쇠퇴론은 민족주의와 보호주의의 불을 지피는 우익 정치인들이 즐겨 사용하는 왜곡된 시각이다. 쇠퇴론의 원인은 인간 인지의 다양한 편향(과거를 미화하는 경향, 특히 이미 상당한 부를 축적한 경우 미래 위험에 더 주의를 기울이는 경향 등)부터 나쁜 뉴스가 좋은 뉴스보다 더 뉴스거리가 된다는 유명한 속담까지 다양하게 들 수 있다. 쇠퇴론은 미래에 불합리한 공포를 가진 사람이 극단적 행동을 벌이고, 극단주의 정치인을 지지하는 이유를 설명해 준다.

이런 비관주의의 벽에 아랑곳하지 않는 심리학자 스티븐 핑커Steven Pinker는 낙관론을 강력히 지지하면서 파멸론자는 근거 없는 공포를 조장할 뿐이라고 말한다.[7] 폭력으로부터의 자유, 건강, 부와 같은 진보의 모든 척도에 비추어 볼 때 이 세계는 점점 더 좋아지고 있으며, 이것은 천연자원 소비의 증가에도 불구하고 그렇다고 말한다. 점점 많은 사람이 더 건강하고 더 부유한 삶을 기대하는 것은, 삶이 나아지고 있음을 의미한다. 그러나 과연 언제까지 이것이 가능한가? 그리고 억제되지 않은 소비문화로 인한 환경 영향은 어떻게 할 것인가? 이에 대해 핑커는 걱정할 필요가 없다고 주장한다. 역사를 돌아보면 알 수 있듯이 인간은 위기에 처한 순간, 역경을 극복하기 위한 창의력과 지능을 발휘해 왔으며 앞으로도 언제든지 문제를 해결하기 위해 방향을 전환하는 능력을 보여줄 것이라고. 물론 나도 그의 말이 맞기를 바란다. 그러나 나는 막연히 미래의 해결책을 믿기보다는, 지금 당장 환경 문제를 야기하고 있는 우리의 행태에 주목하는 것이 더 현명하다고 생각한다.

이미 우리가 직면한 문제지만, 손쉽게 또는 빠르게 해결되지 않을 한 가지 명백한 위기는 바로 기후 변화다. 전문가들은 미래 상황이 크게 변화할 것이며, 지구의 생활 조건이 현재보다 훨씬 더 나빠질 것이라는 데 이견이 없다. 그러나 이 문제를 극단적 비관론과 극단적 낙관론으로 접근하는 것은 모두 위험하다. 비관론의 문제점은 '바꾸려 해도 소용없다'는 식의 운명론을 자극해, 해결책을 찾으려는 일체의 노력을 약화시킨다는 것이다. 그런가 하면 '미래 과학과 기술로 모든 문제를 해결할 수 있다'는 희망에 기초한 무분별한 낙관론도 똑같이 무책임하다. 왜냐하면 현재의 행동에 주목해야 하는 이유, 바꿔야 할 긴급한 상태임을 간과하기 때문이다.

물론 과학과 미래 기술은 과소비와 인구 증가로 인한 많은 문제를 극복하기 위해 활용될 것이다. 그러나 교육을 통해 행동을 바꾸면 환경 재해를 피하는 것도 가능하다. 부유한 환경에서 산 사람, 교육받은 사람일수록 환경 문제에 관심도 더 많다. 예를 들어 2018년 BBC에서 방영된 다큐멘터리 〈블루 플래닛II Blue Planet II〉에서 바다에 버려진 플라스틱 때문에 질식사하는 해양 생물의 비극적이고도 비참한 모습이 등장한 이후, 영국과 그 밖의 국가에서는 일회용 소비경제의 대표적 폐단인 플라스틱 포장과 낭비를 줄이자는 캠페인이 활발히 일어났다. 해당 방송 이후로 플라스틱 빨대는 영국 전역의 카페와 식당에서 거의 사라졌다. 물론 이것은 사소한 변화였지만 사람들과 기업이 나쁜 소식을 접했을 때 신속하게 대응할 수 있음을 보여준 계기이기도 했다. 이런 노력이 모이면 사회운동이 될 수도 있다.

앞으로 살펴보겠지만 무책임한 행동의 누적이 큰 환경 문제를 야기하는 것처럼, 많은 사람이 환경에 관심을 가진다면 해결책을 마련하는 것 역시 가능하다. 교육받고 건강하며 부유한 사람들이 세계의 몰락에 대한 우려를 바탕으로 더 나은 미래를 위한 캠페인에 나서는 까닭은, 상황이 저절로 나아진다거나 기술의 발전을 통해 문제가 해결될 것이라는 낙관론을 덜 신뢰하기 때문이다. 그래서 이제 생산자는 소비자의 요구에 반응해 대안에 투자하고 있다. 2019년 1월 세계 최대 화학회사 중 하나인 다우Dow는 플라스틱 폐기물 근절을 위한 세계 기업 동맹을 선도하기 위해 10억 달러를 투입했으며, 추가로 15억 달러를 투자할 계획이라고 발표했다.

세계 인구의 증가와 함께 삶의 질을 높이기 위한 에너지 수요는 더욱 증가할 것이다. 그러나 소유를 위한 소비문화는 불필요한 것이며 우리가 버려야 하는 집착이다. 지난 30년 동안 서구 사회에서 야생동물 보호론자들의 활동을 바탕으로 모피와 상아 수요량이 감소했듯, 우리는 소비문화와 관련된 행동도 변화시킬 수 있다. 이에 관한 최선의 해결책은 필요하지도 않은 것을 소유하도록 부추기는, 소유욕의 메커니즘을 폭로하는 것이 아닐까?

이 책은 장기간에 걸쳐 인간의 동기에 영향을 미쳤고, 오늘날에도 여전히 우리의 행동을 좌우하는 소유의 심리 메커니즘을 탐구한 최초의 보고서다. '소유하다to own'라는 말은 우리가 일상에서 엄청나게 자주 사용하면서도 인간의 마음에 가장 강력한 영향을 미치는 용어다. 인간의 행동은 소유와 뿌리 깊게 얽혀 있다. 우리가 하는 일, 우리가 가는 곳, 우리가 우리 자신이나 다른 사람을 기술하는 방식, 우리가 누구를 돕거나 벌하는 방식 등등이 모두 소유와 얽혀 있다. 문명의 조직 자체가 소유 개념에 기초하며, 만약 이것이 없다면 우리 사회는 붕괴하고 말 것이다.

소유에 대한 이런 종속은 어떻게 생겨났을까? 어떻게 우리는 소유의 힘에 굴복하거나 또는 이런 힘을 행사하게 되었는가? 어째서 우리는 점점 더 많은 것을 소유하려 하는가? '소유ownership'는 우리 '자신의own' 정체성과 얼마나 밀접한 관계에 있는가? 이런 질문을 던지는 순간 우리에게 익숙했던 소유라는 개념은 갑자기 낯설게 느껴지기 시작한다. 소유는 더 이상 법적 지위, 경제적 지위, 정치적 무기 또는 재산의 경계를 긋는 편리한 방법 등이 아니라, 오히려 이것은 인간성 및 우리의 정체성을 정의하는 핵심 특징이 된다.

우리는 빈손으로 왔다가 빈손으로 간다. 그러나 그사이에 이어지는 짧은 순간 동안에 우리는 마치 소유가 삶의 전부인 양 매달린다. 수그러들지 않는 이 집착이 많은 이의 삶을 지배한다. 게다가 이 와중에 우리는 우리 자신과 후손, 나아가 지구의 미래를 위험에 빠뜨리고 있다. 이런 상황을 바꾸고 싶다면 소유가 무엇인지, 어디에서 왔으며 어떤 동기를 부추기는지 알아야 한다. 소유하는 일이 아니어도 어떻게 행복할 수 있는지를 배울 필요가 있다.

우리는 물건을 소유해야 행복해진다고 흔히 믿는다. 그러나 소유는 오히려 더 큰 불행을 낳곤 한다. 부를 축적하는 데에 매몰된 일생을 돌아보면서 '값진 삶'이었다고 솔직하게 말할 수 있는 사람은 얼마나 될까? 아마 거의 없을 것이다. 우리는 소유에 집착한 나머지 소유의 진정한 성과를, 또는 이로 인한 개인·인류 전체·지구의 손해를 제대로 평가하지 못한다. 물질로 이루어진 부를 좇기 위한 그 모든 노력, 그 모든 경쟁, 그 모든 절망, 우리가 가한 그 모든 불의와 그 모든 피해를 고려할 때 끊임없이 소유하려는 삶은 헛되어 보인다. 그러나 이 유혹을 끊어내기란 쉽지 않다. 우리는 탐욕에 홀려 있다. 그리고 이 악령을 쫓아내려면 우리에게 깃든 소유욕의 근원을 이해할 필요가 있다.

차 례

머리말 얼마나 흥청거릴 수 있을까? 6

1장 내 것은 진짜 내 것이 맞는가 22

주운 사람이 임자 | 각자도생의 '재산' | 너는 내 거야 | 아이는 부모의 것일까 | 가난한 이들의 포퓰리스트 | 이 아이디어는 누구 거? | 내 거인 듯 내 거 아닌

2장 점유로는 모자란 소유 68

적어도 너보다는 더 | 공작인工作人 | 최초의 유산 | 방관자의 감시 | 공유지의 비극

3장 갖겠다는 권한, 뺏겠다는 욕망 102

누구의 것도 아닌 뱅크시 | 주면 당근, 뺏으면 채찍 | 내 거라는 꼬리표 | 노력은 소유의 필요조건일까 | 주인을 가려내는 법 | 낡아빠진 곰인형과 담요

4장 불의와 불평등에도 불구하고 136

스웨덴에서 살고 싶은 미국인 | 독재자 게임 | 오는 게 있어야 가는 게 있다 | 정직한 위선자 | 이익보다는 보복을 | 슬플 땐 함께 당기기 | 호모 이코노미쿠스와의 작별

5장 과시, 비싸고 무겁고 덧없는 옷 172

과시를 위한 사치 | 소비는 필요보다 크다 | 수컷 공작의 꽤 지나친 꼬리 | 좋아 보여서 좋은 것들 | 멈추지 않는 상대성 기계 | 작은 연못의 큰 물고기 | 블링 문화 | 샤덴프로이데와 키 큰 양귀비 | 국부國富

6장 곳곳에 묻은 정체성 222

자아는 소유물로 확장된다 | 상품을 숭배하는 사람들 | 사는 곳을 바꾸면 탐욕도 변할까 | 내 것에만 집중하는 나 | 손실이 따르는 이익 계산 | 후회는 기쁨보다 강하다

7장 상실해야 할 때를 아는 자 262

손안의 새 한 마리 | 추구에 중독된 사람들 | 포기를 포기하기 | 주인 없는 집에 사는 마음 | 땅 페티시 | 소유와 행복은 같은 말일까?

맺음말 죽기 전에 가져야 할 것들 294

참고 자료 306

1장

내 것은 진짜 내 것이 맞는가

주운 사람이 임자

섀넌 위스넌트Shannon Whisnant는 유명해지고 싶었다. 그는 대단한 인물이 되고 싶었다. 가끔 그는 자신의 TV 쇼에 출연해 기이한 분쟁을 일으켜 유명 인사가 되는 공상에 빠지곤 했으며, 결국에는 실제로 그 공상대로 행동했다.

2007년 섀넌은 노스캐롤라이나주 카토바 카운티Catawba County의 메이든Maiden에서 열린 경매에서 고기구이용 석쇠를 구입했다. 경매를 개최한 창고 회사는 임차료를 못 낸 사람들이 보관해 놓은 물건들을 합법적으로 처분하고 있었다. 지역 상인인 섀넌은 몇 달러를 주고 석쇠를 구매했는데, 거기에는 그가 흥정한 것 이상의 물건이 포함되어 있었다. 석쇠를 열자 섬뜩하게도 사람의 왼발 하나가 눈에 띄었다. 이게 누구의 발이지? 끔찍한 강도의 짓이거나 알려지지 않은 살인의 흔적은 아닐까? 전화를 받고 출동한 경찰은 이 발을 압수해 조사에 착수했다. 이내 모든 사람이 이 발에 관해 이야기했다. 사람들의 광적인 호기심을 이용해 돈을 벌 수 있겠다고 생각한 섀넌은 경찰에 전화를 걸어 발을 돌려달라고 요구했다. 그사이 경찰은 이 발이 사망한 사람의 것이 아니라 사우스캐롤라이나주에서 멀쩡하게 살고 있는 존 우드John Wood의 것이라는 사실을 알아냈다.

3년 전에 존은 비행기 추락 사고로 아버지를 여의고 발을 절단해야만 하는 중상을 입었다. 존은 아버지를 기리는 마음으로 자신의 발을 간직하고자 병원에 이를 요청했고, 놀랍게도 병원은 이를 수락했다. 상식적인 행동은 아니었는데, 사실 당시에 존은 심각한 약물 및 알코올 중독 상태였다. 그리고 마침내 집까지 잃고 사우스캐롤라이나로 떠나게 된 그는 자신의 발과 석쇠를 포함한 소유물을 보관소에 맡겼다. 그러다 그의 어머니가 창고 임차료를 내지 못하게 되자 그 안의 물건은 경매에 부쳐졌고, 이렇게 해서 존의 발은 섀넌의 소유가 되었다.

존이 돌아와 자신의 발을 되찾고자 했을 때 섀넌은 자신이 합법적인 소유자라고 주장했다. 메이든의 어느 주차장에서 존을 만난 섀넌은 그에게 발에 대한 공동 관리권을 주장했다. 결국 분쟁은 법정까지 이어졌고, 법원은 섀넌이 존에게 발을 돌려주되 발에 대한 섀넌의 소유권 주장이 정당하므로 5,000달러의 보상을 받을 자격이 있다고 판결했다.

2015년 〈파인더스 키퍼스Finders Keepers〉라는 다큐멘터리 영화로 소개된 이 이야기는 소유권에 대한 우리의 자연스러운 가정을 흔들고 있다.[1] 과연 나 자신의 몸에 갖는 소유권보다 더 명백한 소유권이 있을까? 누군가가 다른 사람의 신체 부위에 대해 소유권을 주장할 수 있다는 것이 섬뜩하지 않은가? 대다수 사람은 타인의 몸에 대한 소유권은 고사하고 타인의 몸을 그저 만지는 것도 용납하지 않는다. 이는 미취학 아동도 꺼리는 일이다. 4세 정도만 되어도 타인의 손이나 발을 만지려면 먼저 허락을 받아야 한다고 생각한다.[2] 본인 몸에 관한 소유 의식은 나이가 들면서 점차 발달하는데, 이를 바탕으로 개인은 자기 의지대로 자기 신체를 다루는 일종의 권리를 갖는다. 즉 독립된 성인이 문신, 피어싱, 성형이나 타인에게 접촉을 허락하는 등의 행동은 자기 몸에 대한 소유권을 행사하는 자연스러운 방식이다.

그러나 우리의 이러한 직관, 상식과 달리 항상 자신이 자신의 몸을 소유하는 것은 아니다. 만약 자기 몸에 대한 소유권을 가졌다면 자기 몸을 마음대로 처분해도 될 테지만, 이는 지역에 따라 다르다. 문신을 예로 들어 보자. 문신은 생각보다 많은 국가에서 불법이거나 제한되어 있다. 내가 1990년대에 하버드 대학의 교수였을 때만 해도 매사추세츠주에서 문신은 불법이었으며 '개인에 대한 범죄'로 간주됐다. 관련 법이 2000년에 개정되기 전까지, 문신을 하기 위해서는 로드아일랜드주로 건너가야만 했다. 게다가 신체나 신체 일부를 사고파는 행위는 많은 국가에서 법으로 금지되어 있다. 예를 들어 자신의 신장을 판매하는 것은 현재 미국과 영국에서는 불법이지만 호주와 싱가포르에서는 합법이다. 그 지역에서는 살아 있는 장기 기증자가 자신의 장기를 팔아 돈을 벌 수 있다.[3]

사람이 자기 몸에 가할 수 있는 가장 극단적인 행위는 자살이다. 대체로 자살을 범죄로 취급하지는 않지만, 여전히 많은 국가에서 자살은 불법이다. 조력 자살과 안락사는 불치병에 걸려 비참한 일상을 보내는 환자가 대상이라 하더라도 영국에서 위법으로 처벌을 받는 행위다. 고대 로마에서 자살은 시민들 사이에서 때로는 고결한 행위로까지 인정받았으나 노예와 군인의 자살은 불법이었다. 왜냐하면 이들은 주인 또는 국가의 재산이었고, 따라서 자살은 절도 행위에 해당했기 때문이다. 당시 절도는 중죄였으므로, 이들의 자살 미수는 엄밀히 말해 아이러니하게도 사형에 처할 만한 범죄였다.

재물 손괴는 여전히 많은 사법 체계에서 소유의 현대적 정의를 구성하는 요소다. 영미권 법 체계에 존재하는 재물 손괴는 재산을 파괴하거나 마음대로 처분할 수 있는 권리인 로마법의 처분권jus abutendi에서 유래했다. 《렘브란트 그림으로 다트 게임하기*Playing Darts with a Rembrandt*》[4]의 저자인 일리노이대학 법학교수 조지프 색스Joseph Sax가 설명하길, 만약 미술품 수집가가 본인 소유의 렘브란트 초상화로 다트 게임을 한다고 해도 이 처분권 때문에 아무도 그를 저지할 수 없다고 했다. 이러한 처분권 바탕에 깔린 논리는, 파괴가 가장 극단의 합법적 행위로 인정될 경우 파괴할 권리를 가진 소유자는 재산에 관한 다른 모든 권리도 당연히 가진다는 것이었다.

명작을 고의로 파괴할 사람은 그리 많지 않겠지만 그런 사례가 없는 것도 아니다. 1932년에 록펠러Rockefeller 가문은 멕시코의 유명한 화가인 디에고 리베라Diego Rivera에게 가문 소유의 맨해튼Manhattan 빌딩에 벽화를 그려 달라고 의뢰했지만, 작품에 담긴 정치적 메시지가 마음에 들지 않아 금세 이를 지워 버렸다. 그런가 하면 2001년 아프가니스탄의 탈레반Taliban 조직은 거대한 불상 2개를 폭파하는 문화적 파괴 행위를 자행해 전 세계를 아연실색하게 만들었다. 6세기에 절벽 암석을 깎아 만든 이 웅장한 조각상은 세계유산으로 등재되었는데, 탈레반 조직은 우상숭배를 근절하기 위해 이를 파괴했다고 밝혔다. 또한 아프가니스탄의 점령 세력인 자신들에게는 압수한 재산을 마음대로 처분할 수 있는 권리가 있다고 주장했다.

죽은 사람의 신체를 둘러싸고 소유권 분쟁이 일어나기도 한다. 라디오 프로그램 〈미국에서 온 편지Letter from America〉를 진행한 영국 유명 방송인 앨리스터 쿡Alistair Cooke이 사망했을 때, 그의 딸은 전화번호부에서 찾은 저렴한 장례식장에 그의 화장을 의뢰했다. 상자에 담긴 아버지의 유골을 건네받았을 때 딸은 이것이 아버지의 마지막 남은 모든 흔적이라고 생각했다. 그러나 딸이 몰랐던 것은 파렴치한 생체 조직 회사에서 장례식장에 돈을 지불하고 아버지의 다리뼈를 가져갔다는 사실이었다. 인체 조직 시장에서 그 뼈는 7,000달러 상당의 가치가 있었다. 이 시장에서는 사망자 유골에 대한 소유자가 따로 없을 경우 관련 회사가 시체를 '처리'해 조직을 복구하는 대가로 최대 10만 달러를 벌 수 있다. 이는 모두 합법이며 생의학 공정을 위해 반드시 필요한 것이기도 하다. 신체 부위 회수는 미국에서 매년 10억 달러 이상의 규모에 달하는 사업이며, 이때 고인의 가족에게는 1센트도 돌아가지 않는다.[5]

이런 무분별한 파괴와 뻔뻔한 절도 행위가 섬뜩하게 느껴질지 모르지만, 법이 늘 우리의 직관과 일치하는 것은 아니다. 한 연구에서는 '주운 사람이 임자finders keepers'라는 판결이 내려진 10건의 실제 사건을 판례집에서 뽑아 일반인에게 이에 대한 판결을 물어보는 사고 실험을 진행했다.[6] 이 사례는 모두 다른 사람의 소유지에서 누군가가 무엇을 발견한 사건이었는데, 실험 참가자들은 주운 사람이 임자라는 판결 대신 다양한 기준에 따라 실제와 다른 판결을 내렸다. 일부는 땅 주인이 그 물건에 대해 몰랐으면 발견자가 그 물건의 임자라고 답했고, 또 다른 이들은 땅 주인이 알았든 몰랐든 그의 땅에 있는 모든 물건은 그의 것이라고 답했다. 그 밖에도 발견된 물건이 공공장소에 있었는지 아니면 사적 공간에 있었는지, 땅속 아니면 땅 위에 있었는지, 물건을 분실했는지, 엉뚱한 곳에 놓여 있었는지 등에 따라 판결이 달라졌다. 이런 연구의 일면만 보더라도 사람들은 서로 다른 기준을 바탕으로 소유권을 해석하고 있으며, 이에 관한 견해 역시 매우 다양하다는 사실을 알 수 있다.

각자도생의 '재산'

쉬운 일일 것 같지만, 실제로 재산을 정의하기란 간단치 않다. 재산에 대한 명시적 규칙의 기원을 살펴보려면 약 4,000년 전으로 거슬러 올라간다. 지금까지 발견된 것 중 가장 오래된 성문법에는 잃어버린 또는 훔친 물건에 관한 규칙이 포함되어 있다. 또한 플라톤과 아리스토텔레스는 물건의 소유권 및 보유를 어떻게 규정할지에 대해 철학적 논쟁을 시작했다. 이 논쟁은 로마법, 중세법 및 계몽주의 사상가들의 논의로까지 이어졌는데, 예를 들어 토마스 홉스Thomas Hobbes는 재산 소유권을 규정하는 국가의 개입이 없다면 격렬한 분쟁이 수시로 발생해 평화롭고 조화로운 삶이 불가능할 것이라고 주장했다.[7]

이후에 발행된 거의 모든 근대 법률 교과서는 '재산이란 무엇인가?'라는 물음으로 시작하지만, 이에 대해 명쾌한 답변이 제시된 적은 한 번도 없었다. 실제로 이 질문에 정답은 없는데, 왜냐하면 재산의 의미가 끊임없이 변하기 때문이다. 1698년 영국 철학자 존 로크John Locke는 우리가 우리 자신을 소유한 것처럼 노동을 통해 창조, 변형 또는 생산한 재산도 소유할 수 있다고 주장하면서 다음과 같이 정의했다. "그러므로 인간이 자연 상태에서 무엇을 제거했거나 남겨두었든 상관없이 자신의 노동을 거기에 혼합했거나 자신의 무언가를 거기에 결합한 경우 이것은 그의 재산이 된다."[8] 다시 말해 우리는 노동이란 형태로 물건에 투입한 작업이나, 물건을 구매하기 위해 투자한 돈을 근거로 해당 물건에 소유권을 주장할 수 있다. 부는 노동의 결과에서 비롯하며 구매도 물건을 창조하는 또 다른 형태다. 그러나 이렇게 간단한 거래마저도 무엇이 재산인지에 대한 상호 합의가 전제되어야 하며, 무엇보다도 물건을 소유할 수 있어야 한다. 스칸디나비아의 사미Sami족 같은 유목민들은 휴대 가능한 것만 소유할 수 있다고 생각했으며, 북아메리카 원주민은 내세로 가져갈 수 있는 영혼만 소유할 수 있다고 믿었다.

재산에 관한 견해가 문화에 따라 이처럼 다르기에, 때로는 이상해 보이는 거래가 성립되기도 했다. 1626년 네덜란드 탐험가 페터르 미나위트Peter Minuit는 델라웨어Delaware 족으로부터 맨해튼 섬을 24달러 상당의 물품을 주고 구입했다. 당시 당사자의 서명이 담긴 매매계약서는 없었으며, 네덜란드 서인도 회사에 보낸 편지에 다음과 같이 짧게 언급되었을 뿐이었다. "이들은 미개인에게 60길더의 가격을 지불하고 맨해튼 섬을 구입했다." 맨해튼(그들의 언어로 '언덕이 많은 섬'을 뜻하는 만나하타

manna-hata에서 유래)은 물로 둘러싸인 풍요로운 농경지여서 식민지를 건설하기에 완벽한 곳이었다. 부당한 거래처럼 보일지 모르지만, 어차피 그들 부족에게는 거래라는 개념 자체가 없었기 때문에 공정한 거래라는 것이 성립할 수가 없었다. 안전한 통행이나 토지 점유를 위해 물건을 교환하는 것이 일반적인 관행이긴 했으나 토지의 영구 소유라는 개념은 이 원주민들에게 낯선 것이었다. 따라서 아마도 양측은 성사된 일에 관해 서로 다른 생각을 하면서 자리를 떴을 것이다. 캐나다 원주민인 퍼스트 네이션First Nation 부족의 후손으로 현대 스키니피이카니Skinnipiikani어를 할 줄 아는 헤더 크로우슈-허쉬Heather Crowshoe-Hirsch는 다음과 같이 설명했다. "'재산'이라는 용어를 사용하는 것은 부적절하다. 왜냐하면 이는 엄밀히 말해 누구의 것도 아니기 때문이다. 이런 물건의 점유는 '창조주의 선물'이며, 따라서 누가 소유하거나 재산으로 간주할 수 있는 것이 아니다."[9] 북아메리카 원주민은 토지를 소유한다는 개념이 없었으며 따라서 신의 선물을 팔라는 제안에 매우 당황했을 것이다. 자신이 소유하지도 않은 것을 팔 수는 없는 노릇이기 때문이다. 따라서 과연 합법적인 매매가 이루어진 것인지도 불분명하다.

소유권은 사법 구역에 따라서도 다르다. 예를 들어 뉴욕시에서는 고슴도치를 소유하는 것이 불법이지만 허드슨Hudson 강 건너편의 뉴저지주에서는 합법이다.[10] 그런가 하면 미국의 몇몇 주에서는 본인 소유의 콘서트 티켓이라도 액면가 이상으로 재판매할 수 없다. 또한 안경이나 콘택트렌즈 같은 품목의 경우 처방전을 재판매하는 것은 금지되어 있는데, 왜냐하면 이것도 약물 거래와 같은 범주로 취급되기 때문이다. 컴퓨터 소프트웨어는 소유한다기보다 사용 허가를 받는 것이기 때문에 이를 재판매하는 것 역시 불법이다. 국경을 넘으면 상황은 더욱 복잡해진다. 따라서 상이한 법률제도의 충돌을 해결하기 위해 '저촉법Conflict of Laws'이라는 합법적 분야가 생겨나기도 했다. 대다수 국가는 이웃 국가의 제도가 비논리적이라고 생각한다. 만약 그렇지 않다면 전 세계에 모두 같은 국제 재산법이 존재했을 것이다. 그러나 그런 것은 존재하지 않는다. 유엔UN에서 채택한 세계인권선언 제17조에서는 재산권을 인정하고 있지만, 재산이 무엇이며 재산으로 무엇을 할 수 있는지에 대한 통일된 법률은 존재하지 않는다.

무엇을 소유할 수 있는지에 대한 견해는 시대에 따라서도 다르다. 사람을 물건처럼 소유한다는 것은 아주 혐오스러운 관념이다. 그러나 역사를 돌이켜보면 꽤 최근까지 많은 국가에서 노예를 합법적으로 소유할 수 있었다. 전쟁을 통해 승전국이 얻는 이점 중 하나는 땅과 자원의 지배를 넘어 소중한 노동력을 제공할 사람들을 노예로 얻는 것이었다. 고대 세계의 위대한 불가사의 중 몇은 외국 노예들이 건설했다. 기자Giza의 대피라미드는 10만 명의 노예가 30년 동안 힘들게 일해 완성한 결과다.

노예 제도에는 도덕적 문제뿐만 아니라 소유권을 둘러싼 논리적 모순도 담겨 있다. 예를 들어 노동을 통해 재산을 확립한다는 로크의 관념은 정착민과 개척자가 노역을 통해 땅을 일구도록 장려하기 위해 미국 헌법에 안착했다. 새로운 국가 건설의 토대 작업인 '토지 경작'을 도맡은 그들은, 작업의 대가로 합법적인 토지 소유권을 확보했다. 원주민들은 자신의 영토에서 쫓겨나 보호구역으로 이주해야 했고, 정착민들은 원주민 조상의 땅을 넘겨받아 이를 경작했다. 이것은 종종 광란의 토지 수탈 또는 토지 선점 경주land run의 형태로 이루어졌다. 1893년 9월 16일 정오에 출발 신호가 떨어지자마자 오클라호마주의 체로키Cherokee 원주민이 이용하던 600만 에이커에 달하는 방목지에는 먼저 말뚝을 박아 명당자리를 차지하려는 10만 명의 정착민이 있었다. 말과 마차를 타고 질주하기 시작한 장면은 정말로 장관이었을 것이다. 이는 물론 합법적인 행동이었다. 왜냐하면 체로키 원주민들은 쥐꼬리만 한 금액을 대가로 조상의 땅을 양도했기 때문이다.

그러나 노예제와 관련한 이 신생국의 헌법과 로크의 재산 개념 사이에는 중요한 모순이 존재했다. 로크에 따르면 땅을 일군 노예는 땅을 소유해야 마땅했다. 1776년의 독립선언에는 "모든 사람은 평등하게 창조되었다"고 명시되어 있지만, 노예는 매매할 수 있는 재산으로 간주되었다. 그리고 재산에 불과한 노예는 주인의 허락 없이 그 무엇도 소유할 수 없었다.

이와 관련된 모순을 해결하기 위해 노예는 자유의지가 없는 존재가 되었다. 노예는 사실상 스스로 생각할 수 없는 존재였다. 19세기의 한 유명한 판례 사건에서 루크Luke라는 이름의 흑인 노예는 주인의 토지로 뛰어 들어온 당나귀를 쏘아 죽여 고의로 재산을 파괴했다는 혐의로 플로리다의 법정에 섰다.[11] 처음에 그는 징역형을 선고받았으나, 항소심에서는 당나귀를 쏘라는 주인의 명령이 있었다는 이유로 무죄가 선고되었다. 만약 루크에게 처벌을 내렸다면 그것은 루크의 자유의지를 인정하는 꼴이 되었을 것이다. 노예법을 지키기 위해 법원은 아이러니하게도 루크를 감옥에 가두는 것이 옳지 않다는 판결을 내릴 수밖에 없었다. 그들은 노예를 동산動産으로 간주했으며, 따라서 다른 동물과 마찬가지로 '주인에게 불복종하려는 의지'는 인정되지 않았다.

노예를 자유의지가 없는 동물로 간주한 것 외에도 노예주들은 그들이 노예 자체를 소유한 것이라기보다 노예의 생산성을 소유한 것이라고 주장했다. 미국 남부의 법학 교수였던 프랜시스 리버Francis Lieber는 1857년에 다음과 같이 썼다. "정확히 말하자면 (…) 노예 자체는 재산이 아니지만 노예의 노동은 재산이다. 재산이란 소유물에 대한 자유로운 처분을 포함하는 개념이다. (…) 우리는 노예에 대해 이런 권리를 갖고 있지 않으며 이런 것을 주장한 적도 없다."[12] 이것은 다시 말해 노예의 모든 행동은 주인의 것이며, 따라서 노예의 행동까지도 주인이 책임져야 한다는 뜻이었다. 노예에 관한 법은 (어차피 자유의지가 없는) 노예가 대상이 아니라, 재산에 대한 책임이 있는 소유주를 대상으로 한 것이었다. 이런 원칙을 잘 보여주는 예는 1827년에 루이지애나주에서 발생한 사건이었는데, 당시에 한 노예가 주인도 모르는 사이에 소액의 돈을 발견했다가 다시 도난당하자 법원은 이것이 주인 재산에 대한 절도라고 판결했다.

오늘날 노예제도는 모든 국가에서 불법으로 인식되고 있지만, 인신매매는 여전히 수익성이 좋은 사업이다. 세계화 덕분에 서구 사회는 다른 나라의 값싼 노동력을 착취해 상당한 부를 축적할 수 있었지만, 이로 인해 겨우 목숨만 이어가는 최빈곤층이 생겼다. 유엔 국제노동기구International Labor Organization[13]나 세계노예지수Global Slavery Index[14] 같은 각종 기구에 따르면 현재 전 세계적으로 4,000만 명이 넘는 사람이 노예나 다름없는 생활을 하고 있다. 서구 사회가 누리는 삶의 질은, 우리가 더욱 값싼 제품을 요구하느라 의도치 않게 야기한 타인의 불행에 기초한다. 예를 들어 우리가 소비하는 엄청난 양의 차와 초콜릿은 옛날 노예의 노동 강도와 별반 차이 없는 노동자들이 생산한 것이다. 우리는 중국이나 인도의 제품을 자주 구매하면서 값싼 노동력의 혜택을 누리는데, 이 두 국가는 현대판 노예제라 불릴 만한 최악의 노동 조건이 58퍼센트를 차지하는 5대 국가에 속한다. 많은 노동자가 인신매매 업자에게 돈을 지불하고 서구 사회로 이주했지만, 그들은 학대와 기간제 노역indentured labour

의 굴레를 벗어나기 힘들었다.

지난 세기의 노예 매매와 달리 현대판 노예는 '자유롭게' 일터를 떠날 수 있지만, 처벌과 극심한 빈곤의 위협에 직면한 노동자에게는 비좁은 작업장에서 우리가 매일 소비하는 것들을 계속 만드는 것 외에 별다른 대안이 없다. 세계에서 가장 인기 있는 휴대폰으로 꼽히는, "캘리포니아 설계, 중국 조립"의 아이폰iPhone을 예로 살펴보자. 아마도 많은 아이폰 사용자는 디자인 소비문화의 첨병인 이 멋진 필수품을 조립하는 중국 공장들이 착취와 심리적 압박, 집단 괴롭힘과 노동자의 높은 자살률 때문에 오랫동안 비판을 받아왔다는 사실을 잘 알지 못할 것이다.[15] 2012년에 아이폰 공장 옥상에 모인 150명의 노동자는, 근로 조건 개선을 약속하지 않으면 아래로 뛰어내리겠다고 으름장을 놓기도 했다. 전 세계에 걸쳐 이렇게 열악한 환경에서 일하는 현대판 노예의 약 1/4은 아동인 것으로 추정되며, 이들은 매년 1,500억 달러의 불법 수익을 낳는 인신매매업과 관련되어 있다. 이들은 대부분 여성이다.[16] 그리고 이들은 모두 매매 가능한 재산이 되곤 한다.

너는 내 거야

폴Paul: 홀리Holly, 사랑해.

홀리: 그래서?

폴: 그래서? 내가 너를 아주 많이 사랑한다고. 너는 내 거야.

홀리: 아니, 누구도 누구의 것이 될 수 없어.

폴: 아니, 당연히 될 수 있지.

홀리: 누구도 나를 새장에 가두진 못할 거야.

_블레이크 에드워즈Blake Edwards 감독의 〈티파니에서 아침을Breakfast at Tiffany's〉(1961)

노예와 원주민 외에, 수 세기에 걸쳐 예속된 처지에 있던 또 다른 주요 집단은 아내였다. 19세기까지 결혼은 소유물인 아내에게 남편이 그의 소유권을 행사하는 제도였으며, 영국 보통법에서는 이를 '보호관계coverture'라는 용어로 설명했다. 즉 남편의 '보호cover'를 받는 아내는 독립적으로 소유권을 행사할 자격이 없었다. 법적으로 남편과 아내는 한 사람으로 간주했으며, 이때 그 한 사람은 바로 남편이었다.

결혼의 이유도 시대의 흐름과 함께 바뀌었다. 서양의 낭만적 결혼관과 달리 사랑과 결혼은 실과 바늘처럼 늘 함께 붙어 다니는 것이 아니다. 이는 의도한 것이 전혀 아니었다. 역사학자 스테파니 쿤츠Stephanie Coontz가 지적한 것처럼 18세기 후반까지 결혼은 매우 중요한 정치·경제적 문제였기 때문에 이를 당사자의 자유로운 선택에 맡긴다거나 하물며 사랑처럼 일시적이고 덧없는 감정에 따라 결정한다는 것은 상상할 수도 없었다.[17] 실제로 사랑 때문에 결혼하는 일은 사회 질서에 대한 심각한 위협으로 여겼는데, 왜냐하면 이것은 부모와 집안과 믿는 종교보다도 부부 관계를 더 중시하는 태도로 보였기 때문이다.

오랜 시간 결혼은 다양한 측면에서 시장, 정부 및 사회보장제도의 기능을 대신 수행해 왔다. 결혼은 상속을 통한 부의 분배를 맡아 대가족의 일원이 불확실한 미래를 대비하는 데 기여했다. 그리고 최상류층에서 결혼은 정치·경제·군사적 동맹을 구축하는 데 이용되었다. 셰익스피어의 연극은 사랑이라는 주제를 광범위하게 다루었지만, 그의 낭만주의 비극《로미오와 줄리엣*Romeo and Juliet*》에서 보듯, 사랑은 가문의 의무와 자주 충돌했다. 특히 중대 사안이 걸린 상황에서 오로지 사랑 때문에 결혼하겠다는 사람이 있다면 그는 바보 취급을 당했을 것이다. 관심사 중 핵심은 결혼 후의 행복이 아니라 안정과 부의 이전이었다. 결혼 후의 행복이란, 만약 그런 게 있다면 추가 보너스 정도에 속했다.

중요한 사안이 걸려 있을수록 결혼에 대한 친척의 발언권도 강력하게 작용했다. 남편이 아내보다 먼저 죽었을 때 과부가 된 아내는 상속 재산을 지키기 위해 남편 집안의 다른 남성과 결혼했다. 이는 많은 문화권에서 벌어진 일이다. 그런가 하면 결혼에도 가격이 매겨졌는데, 아마도 가장 흔한 형태는 신부 쪽에서 딸의 결혼을 허용한 신랑 쪽에 지급하는 지참금 제도일 것이다.

서구 사회에서 지참금 제도는 몇 세기 전에 폐기되었지만, 결혼식 비용을 지급할 때를 살펴보면 여전히 이런 관습이 남아 있다. 과거에 장인어른이 내 결혼식 비용을 대주었을 때 나는 순진하게도 내가 당시에 가난한 대학원생이고, 장인어른이 친구와 지인들에게 자랑하고 싶어 큰 잔치를 열었다고 생각했다. 그러나 실제로 장인어른이 크게 베풀었던 것은 낡은 지참금 제도의 유물이었던 셈이다. 현재까지도 신부 측에서 결혼식을 준비하고 비용을 대는 전통을 많은 나라가 고수하고 있다.

어째서 딸을 시집보내는 쪽에서 지참금을 지급하는가? 이는 많은 사회에서 남자든 여자든 성인으로 인정받으려면 결혼이 필수 조건이었기 때문이다. 중세 시대에 영국 남성은 가정household을 꾸릴 수 있을 만큼 재정적 독립을 달성해야 결혼 이야기가 오갔다. 남편husband이라는 단어도 '가장householder'이라는 뜻에서 유래했다. 미혼 남성은 실체가 없는 존재였다.

여성은 결혼해야만 사회적으로 그 존재를 인정받을 수 있었다. 미혼 여성은 미심쩍은 존재로 여겨지거나 여러 측면에서 배척당하곤 했다. 그러나 아이러니하게도 결혼과 함께 여성은 재산에 대한 소유권과 법정에서 자신을 대변할 권리까지 상실했다. 신부가 가져온 재산은 모두 남편의 통제를 받았다. 일상적인

가사의 범위를 넘는 모든 중요한 결정은 남편의 허락을 받아야 했다. 영국의 경우 1870년부터 기혼여성재산법Married Women's Property Act이 점차 도입되면서 19세기 말이 되어서야 상황이 크게 바뀌었다. 기혼 여성의 예속적 지위는 미국의 몇몇 주에서 1960년대까지 지속되었으며, 영국에서는 1980년 직전까지도 기혼 여성이 자기 명의로 담보대출을 신청할 수 없었다. 영국 최초의 여성 총리였던 마거릿 대처Margaret Thatcher에게는 총리직에 오른 1979년에도 담보대출을 받을 자격이 주어지지 않았다. 여성에 대한 차별은 오늘날에도 많은 사회에서 존재한다. 2016년 세계은행 보고서에 따르면 아직도 30개국에서는 남성만이 세대주가 될 수 있으며 19개국에서는 아내가 남편에게 복종할 법적 의무가 존재한다.[18]

결혼은 자원을 공유해 가문의 장기적 번영을 도모하는 전략적 수단이었다. 남편은 아내·자녀·하인을 포함한 재산을 책임졌으며 법정에서 이들을 대리할 수 있는 권한이 있었다. 남편은 소유자처럼 이들을 통제했다. '혼인관계wedlock'라는 용어에도 이런 소유권 서약의 의미가 담겨 있다. 서구권에서는 18~19세기에 들어와서야 비로소 낭만주의 운동이 일어나면서 사랑이 결혼 방정식의 일부가 되었고, 오늘날에는 사랑이 성공적인 결혼의 필요조건이 되었다.

현대 사회의 대다수 사람은 중매 결혼에 대해 거부감을 느끼지만, 이것은 실제로 소수일 뿐이며 오늘날에도 대다수 사회에서는 다양한 형태의 중매가 이루어진다. 서양의 편견과 달리 중매 결혼은 최종 결정에 당사자의 발언권이 전혀 인정되지 않는 강제 결혼이 아니다. 실제로 결혼이 성사되기까지 짝이 될 가능성이 있는 후보에 관해 상당한 분량의 조사와 중매, 소개가 이루어지는 것이 일반적이기 때문이다.

흔히 현대 사회에서는 중매 결혼이 많이 사라졌다고 하지만, 짝을 맺게 되는 사회경제적 상황을 조금만 살펴보아도 집안이 여전히 사회에서 중요한 역할을 한다는 사실을 알 수 있다. 자녀의 학력, 거주지 및 최종 직업을 위한 비용은 주로 자녀의 집안에서 제공하며, 이런 요인은 모두 남녀의 만남에 영향을 미친다. 이것이 중매처럼 느껴지지는 않겠지만, 정기적으로 만나는 사람 중에서 짝을 찾을 확률이 더 높은 것도 사실이다.[19] 물론 요즘에는 데이팅 앱에서의 '틴데렐라Tinderella' 세대 인기에서 보듯이(데이팅 앱 틴더Tinder와 신데렐라Cinderella의 합성어로, 틴더 앱 여성 사용자를 뜻한다. –옮긴이) SNS 덕분에 짝을 찾거나 바꾸기가 더 쉬워졌고, 그에 따라 이러한 사정도 꽤 변화하고 있다.

더 넓게 살펴보면 더 많은 변화가 감지된다. 결혼은 필수적인 것이 아니며, 중국의 모수오Mosuo 족처럼 결혼제도가 아예 없는 전통사회도 있다.(모계 사회인 모수오 족은 남녀가 동거하지 않고 밤에만 자유연애를 하며 태어난 아기는 여자가 키우는데, 이런 풍습을 주혼走婚이라고 부른다. –옮긴이) 그런가 하면 복수의 아내

(일부다처제) 또는 복수의 남편(일처다부제)을 인정하기도 하며, 최근에는 복수의 혼외 애인(다자연애polyamory)을 인정하자는 경향도 찾아볼 수 있다. 이런 다양한 형태의 동거가 생기는 데에는 여러 이유가 있겠지만, 그중 중요한 요인 한 가지는 개인을 뒷받침하는 복지 국가의 발전과 함께 결혼에 기초한 공동 의존의 필요성이 줄었다는 점이다. 얼마 전까지만 해도 혼외자 출산은 비교적 드문 데다가 이를 수치스러운 일로 여겼지만, 오늘날에는 영국에서 태어나는 아기의 절반이 혼외자다. 한부모 가정의 증가는 결혼의 감소에 기인하는데, 오늘날 서구 사회의 혼인율은 1960년대의 절반에 불과하며, 오늘날 결혼의 약 절반은 이혼으로 이어진다. 유럽의 이혼율은 같은 기간 내에 2배로 증가했다.[20]

이혼에는 주로 재산 및 소유권 문제가 긴밀히 얽혀 있다. 이혼 전문 변호사가 등장하게 된 것은 비교적 최근의 현상이다. 과거에는 이혼 과정 자체가 너무 어렵고 복잡했기에 실제로는 거의 이루어지지 않았다.[21] 게다가 남편이 모든 것을 차지했다. 1857년에 이혼법이 제정되기 전까지 영국 역사를 통틀어 이혼 건수는 324건에 불과했다. 그중 아내가 제기한 이혼 사건은 겨우 4건이었다. 이에 비해 2016년에만 영국에서 10만 건이 넘는 이혼이 발생했는데, 이것은 약 40퍼센트의 이혼율에 해당한다. 반면에 중매 결혼이 주를 이루는 인도의 이혼율은 1퍼센트에 불과하다. 그러나 인도 경제가 성장하고 개인에 대한 사회적 지원이 증가함에 따라 서구적 가치를 지향하는 추세가 형성되었기에, 전통적 결혼 제도가 얼마나 위협받을지는 좀 더 두고 봐야 알 수 있을 것이다.

이혼은 많은 불행의 씨앗이 될 뿐 아니라 불평등한 소유 구조와 맞물려 있어 여성에게 더 큰 재정적 타격을 가한다. 이혼에 대한 대규모 조사의 추정치에 따르면 이혼한 남성, 특히 자녀가 있는 경우는 이혼 후 약 33퍼센트 더 부유해졌다.[22] 반면 이혼한 여성은 자녀 유무와 상관없이 평균 소득이 20퍼센트 이상 감소했으며 수년 동안 저소득 상태로 남아 있었다. 오직 재산 때문에 결혼하는 과거의 경우만큼은 아니지만, 오늘날에도 재산은 부부가 갈라설 때 중요한 문제로 남아 있다.

아이는 부모의 것일까

소유권은 가족을 하나로 묶는 요인이 된다. 가족에 대한 의무를 바라보는 시각은 다양하지만, 세계 어디서든 자녀의 출발점은 부모의 품안이다. 부모는 소유권을 매개로 자녀를 통제한다. 그러나 이것은 상호적 관계로, 우리는 가족에 속하고 가족은 우리에게 속한다. 자녀가 우리를 수치스럽게 만들어 자녀가 가족의 일원인 것을 더 이상 원치 않을 때 우리는 자녀와 절연disown하며, 자녀가 가족과 더 이상 관계를 맺고 싶지 않을 때 자녀는 가족과 절연한다.('절연하다'라는 의미의 영어 단어 disown은 '소유하기를 거부하다', '자기 것이 아니라고 말하다'라는 의미를 담고 있다. –옮긴이)

부모는 자녀를 재산처럼 독점적으로 통제하려 한다. 자녀가 소유물이라고 말하는 부모는 거의 없지만, 영국 앨더 헤이Alder Hey 아동병원 사건에 대한 2001년도 레드펀Redfern 보고서에는 소유 관계를 시사하는 증거가 넘쳐났다.[23] 1988년부터 1995년까지 리버풀에 있는 앨더 헤이 아동병원에서는 사망한 아동의 장기와 조직 샘플을 부모의 완전한 동의 없이 수집해 보관했다. 앞에서 살펴봤듯 시체는 소유권의 대상이 될 수 없으므로 이것은 불법이 아니었다. 또한 연구 목적으로 인체 조직을 보관하는 것은 당시 병리학계에서는 꽤 일반적인 관행이었다. 그러나 이 사건이 드러났을 때 관련된 부모들은 격노했다. 보고서에는 한 부모가 다음과 같이 말했다고 적혀 있다. "이것은 (과거에 불법으로 무덤을 파헤쳐 사체를 내다 팔았던 –옮긴이) 사체 절도와 다를 바 없어요. 병원이 내 것을 훔쳤어요." 또 다른 부모는 다음과 같이 주장했다. "앨더 헤이 병원이 내 자식의 90퍼센트를 훔쳤어요."

비통한 심정으로 반환을 요구한 부모들의 주장은, 신체 부위가 정당하게 자신의 것이므로 반환해야 한다는 둥 자녀의 유해를 처분할 권리는 자신에게 있다는 둥 소유권의 논리로 가득 차 있었다. 부모들의 주장에서 분명히 알 수 있듯 그들은 자녀의 신체 부위가 절제한 장기이든 조직 절편이든 파라핀으로 굳힌 미세한 조직 조각이든 상관없이 이에 대한 권리가 있다고 생각했다. 보고서에서 가장 특이한 점은 사망자 자신이 신체에 갖는 소유권에 관한 법률적 고려는 거의 이루어지지 않았다는 것이다. 그 대신에 보고서는 부모들의 걱정을 반영해 이런 관행의 재발을 막기 위한 절차를 권고하는 데 초점을 맞추었다.

자녀 보호에 관한 여론과 관련 법률은 여전히 일치하지 않는다. 대다수 부모는 다른 사람이 또는 국가가 자신의 자식을 통제하는 데 적극 반대한다. 설령 그것이 자식을 위한 최선의 선택이라 해도 마찬가지다. 2018년 불치병에 걸린 앨피 에반스Alfie Evans라는 아기의 생명유지장치 제거 결정권을 두고 부모와 의사 사이에 분쟁이 발생했을 때, 앨더 헤이 병원은 다시 한번 여론의 비판적인 감시를 받게 되었다. 이 부모는 고등법원, 항소법원, 대법원, 유럽인권재판소에 연이어 소송을 제기했지만 패소하고 말았다. 이 부모를 지지한 대규모 시위대는 이것이 아기의 생명에 대한 국가 통제를 둘러싼 단순한 사건이라고 생각했다. 브렉시트Brexit 지지자 나이절 패라지Nigel Farage는 폭스Fox 뉴스와의 인터뷰에서 "이제 우리 아이들은 국가의 소유입니까?"라고 투덜거리기도 했다.[24] 그러나 법적으로 볼 때 대다수 국가의 부모는 자식에 대해 소유권이 없으며, 19세기부터 쭉 그래왔다. 부모는 자식에게 최선의 이익이 되는 것을 지켜야 할 보호자일 뿐이며, 이러한 사건에서 법원이 적용하는 기준도 이와 다르지 않다.

많이 알려지지 않은 사실 하나는 부모와 자식의 소유 관계가 양방향으로 작동한다는 점이다. 즉 연로한 부모가 타인에게 의존해야 하는 처지가 되면 성인 자녀는 부모를 돌볼 법적 의무가 있는데, 이것은 예를 들어 미국과 영국의 '노부모부양법filial support law'에 규정되어 있다. 최근 미국의 양로원에서는 노쇠한 부모 대신 자식에게 돌봄 비용을 청구하기 시작했다. 2012년 펜실베이니아의 한 양로원은 아들에게 어머니의 돌봄 비용으로 9만 2,000달러를 청구하는 소송을 제기해 승소했으며, 이와 유사한 소송이 증가하고 있다.[25] 이제 전후 베이비붐 세대가 노년기에 접어들고 인간 수명이 유례없이 증가함에 따라 국가는 노인 부양 비용을 충당하기 위해 점점 더 그 자녀에게 의존하게 될 것이다.

많은 문화권에서는 여전히 부모가 자식을 양도할 수 있으며 때에 따라 상당한 수익을 가져가기도 한다. 인도의 경우 지참금 제도는 이미 40년 전에 불법화되었지만, 여전히 많은 신랑 집안이 신부 집안에 금전을 기대한다. 이것은 일종의 투자 수익과도 같다. 따라서 가난한 경제 사정에 딸만 있는 집안일 경우 이들은 경제적 파탄에 처할지 모른다. 때로는 지참금 분쟁이 폭력으로 이어지기도 한다. 아내를 다그쳐 더 많은 돈을 갈취하는가 하면 재혼으로 또 한 번 지참금을 챙기기 위해 남편이 아내를 살해하기까지 한다. 이에 대한 공식 통계도 있다. 인도

형법 제304B절은 지참금 살해죄를 규정하고 있으며 2012년부터 2015년까지 3년 동안 2만 4,000명 이상이 이와 같은 이유로 살해당했다는 기록이 있다.[26] 살해되지 않았더라도 염산 테러 등의 위협으로 인해 생긴 흉터를 가진 채 아내들은 평생을 살아야 한다. (중매 결혼이 낮은 이혼율의 한 원인이긴 하지만, 인도에서 여전히 강고한 지참금 제도는 많은 여성에게 큰 불행의 씨앗이 되고 있다.)

부모의 소유권이 비열하게 남용되는 사례 중 또 다른 하나는 자식을, 특히 딸을 성매매 집단에 팔아넘기는 행위다. 이는 태국의 시골 등 세계의 가난한 많은 지역에서 여전히 자주 발생한다. 악명 높은 방콕 매춘 업소에서 일하며 온 가족을 부양하는 딸의 경우는 결코 드문 사례가 아니다. 물론 이것이 정당한 생계 수단이 될 수는 없지만, 빈곤은 도덕적 판단을 무기력하게 만들곤 한다. 시골 구석구석을 돌아다니는 중개상들은 가난한 가정에 현금을 대출해 주면서 '여가 산업 또는 엔터테인먼트 산업'에 취직할 기회를 제안한다.

그러나 우리는 이런 가족을 비난하기 전에 19세기 유럽의 산업혁명이, 비참한 환경 속에서 노동해야 했던 아동들에게 상당 부분 의존했다는 사실을 상기할 필요가 있다. 찰스 디킨스Charles Dickens의 소설을 읽은 사람이라면 누구나 쉽게 상상할 수 있듯, 힘든 시기에 아동은 중요한 소득원이었다. 심지어 1646년 뉴잉글랜드에서 제정된 '반항아법Stubborn Children Law'에 따르면 부모에게는 반항하는 아들을 사형에 처할 수 있는 권한이 있었다.[27] 현대의 사회복지제도가 생겨나기 전에 자식은 투자 수단이었다. 자식은 스스로 생활비를 벌어야 했으며 보살핌과 도움이 필요한 부모나 조부모가 있으면 보통 딸이 그들을 돌봐야 했다. 가족을 부양해야 하는 부담이 개인에서 국가의 의료제도와 사회복지제도로 이전한 것은 현대 사회에 와서야 비로소 가능해진 일이다. 전 세계에 걸쳐 이런 사회복지제도는 일반적이지 않고, 예외에 해당한다는 사실을 잊지 말아야 한다. 아직 많은 개발도상국에서는 아동을 중요한 자원으로 취급하며, 여전히 상품으로 거래하고 있다.

아동에 대한 의존은 출생률이 떨어지는 국가, 이른바 인구학적 시한폭탄을 껴안은 사회에서 더욱 뚜렷해질 것이다. 젊은이의 보살핌에 의존해야 하는 노인층이 증가하는 추세다. 인구 고령화는 정부 비용의 증가, 연금 부족, 사회보장기금 감소, 고령자를 돌볼 사람의 부족, 젊은 근로자의 부족, 결국에는 경제 성장의 둔화를 가져온다. 이런 경기 후퇴는 급격한 쇠퇴로 이어지고, 경제가 위축됨에 따라 자녀 수가 감소하여 문제가 더욱 악화될 것이다.

신생아 부족은 특히 인구가 감소하고 점점 더 세속화되는 사회에 심각한 문제를 불러일으킨다. 세속화된 사회와 달리 종교적인 사회의 출산율은 현재 인구수를 유지하기 위해 필요한 인구대체수준population replacement level보다 2~3배 높다.[28] 이런 차이는 출생 감소·기대수명 증가·많은 사회복지 비용과 결합해, 경제적 파탄의 먹구름이 드리운 사회에서 인구학적 시한폭탄이 특히 위험한 까닭을 설명해 준다. 정부의 복지 지원이 일상화된 오늘날, 우익 성향을 지닌 이들은 국가가 너무 멀리 나아갔다고, 가족을 돌볼 책임을 가족에게 돌려주어야 한다고 믿는다.

가난한 이들의 포퓰리스트

스코틀랜드 맥팔레인MacFarlane 가문의 후손인 나는 흥미롭게도 우리 가문의 신조가 "이것은 내가 지킨다This I'll defend"라는 사실을 알게 되었다. 우리 조상이 지키겠다고 맹세한 것이 무엇인지는 확실치 않지만, 아마도 그들의 소유라고 믿었던 땅이 아니었을까 싶다. 현재 전 세계를 휩쓸고 있는 정치적 불안정과 갈등의 이면에는 이 같은 상실의 공포가 잠재해 있다. 오늘날 많은 사람은 자원을 두고 경쟁하는 상대가 자신의 땅을 점령하고, 자신의 삶을 통제할지 모른다고 불안해한다. 극단적인 예로 자살 테러는 종종 자신의 땅을 불법적으로 빼앗겼다는 박탈감과 관련이 있다.

1980년부터 2001년까지 스리랑카부터 중동에 이르기까지 전 세계에 걸쳐 발생한 188건 이상의 자살 공격을 분석한 미국 정치학자 로버트 페이프Robert Pape의 결론에 따르면, 테러리

스트의 이러한 행동의 주요 목적은 조국으로 여기는 점령지로부터 외국 정부를 몰아내는 것이었다.[29]

서양 민주 국가에서 최근 확산 중인 정치적 불안정도, 외부인의 위협으로 느껴진 것들로부터 국가의 정체성과 소유권을 지키려는 싸움이다. 브렉시트의 '통제권 회수'와 트럼프의 '미국 우선주의America first' 정책은 모두 외국인의 공격으로부터 자기 것을 지키려는 국수주의의 노골적 표현이다. 이런 정책의 언어는 모두 소유에 관한 것으로 내 나라, 내 직업, 내 생활방식을 지키겠다는 뜻이기도 하다.

어째서 오늘날 미국의 도널드 트럼프나 이탈리아의 마테오 살비니Matteo Salvini 같은 포퓰리스트가 득세하는가? 어째서 우리는 이런 흐름을 예상하지 못했는가? 돌이켜 보면 트럼프 같은 사람이 대선에서 승리할 수 있었다는 사실 자체가 믿기지 않을 정도로 놀랍다. 어떻게 사람들은 정치 경험도 없고 외국인 혐오·여성 혐오·극단적 견해를 드러내는 사람에게 투표할 수 있었을까? 그는 진실하지도 않고 경쟁자와 언론에 대해 편집증적인 음모 이론을 펼치면서 트위터Twitter에서 비판자들과 욕설을 주고받던 인물이지 않은가? 그는 정치인 같지 않았으나 자칭 국민의 대변자였다. 또 다른 유명한 포퓰리스트인 이탈리아의 독재자 무솔리니Mussolini와 닮은 점은 신체뿐만이 아니었다.[30] 둘은 모두 극우 정치로의 이행을 대표했으며, 이와 유사한 포퓰리즘은 서방의 많은 민주 국가에서 일어났다. 2018년

BBC 방송국 보고서에 따르면 극우 정당은 최근 몇 년 동안 유럽 전역의 선거에서 상당한 득표를 했다.[31] 놀랍게도 이런 정치적 격변을 소유의 관점에서 바라보면 흥미로운 설명이 가능하다.

일반적인 가정을 하나 해보자. 트럼프의 집권은 핵심 유권자층의 경제적 고통에 기인한다. 트럼프를 가장 강력히 지지했던 중서부의 사양 산업 지대에서는 기술 혁신 및 값싼 수입품과의 경쟁에 밀린 전통 산업이 몰락했고, 그에 따라 불평등이 증가했다. 지난 수십 년 동안 세계화의 증가로 이런 경제적 전환이 촉진되었다. 이런 상황에서 보유 재산 상위 1퍼센트에 속하는, 국내 노동자의 희생을 강요한 세계화 과정으로부터 온갖 혜택을 누린 인물을 가난한 사람들이 선택했다는 것은 아이러니가 아닐 수 없다.

경제적 고통 가설에 따르면 불평등·경제적 불확실성의 증가·저소득층의 사회적 박탈감 등이 화약이 되어, 자신들의 이익을 대변하지 않으면서 자신들의 운명을 좌지우지하는 기존 정치 체제에 대해 시민들은 분노를 터뜨린다. 트럼프의 유권자층에 이런 사람들이 상당 부분 포함되는 것은 분명하지만, 경제적 고통만으로는 포퓰리즘이 유럽 전역에서도 광범위한 지지를 얻는 이유를 설명할 수 없다. 또한 이것은 포퓰리즘에 대한 지지가 대체로 노년층·남성·교육 수준이 낮은 집단·기독교 신자에게서 왜 더 강력하게 나타나는지 설명하지 못한다.

원인은 공포에서 찾을 수 있다. 대다수 사람은 권위적이지 않지만, 쉽게 그렇게 될 수 있다. 이유 중 하나는 미래에 대한 불확실성인데, 이로 인해 사람들은 복종과 권위에 호소하는 극우 성향으로 마음이 기운다. 현재의 정치 환경을 분석한 심리학자 캐런 스테너Karen Stenner와 조너선 하이트Jonathan Haidt에 따르면, 유럽과 미국 성인의 1/3은 권위적인 성향이 있는 반면 37퍼센트는 비권위적이며 29퍼센트는 중립적이라고 한다.[32] 그러나 우리는 위협을 느끼거나 도덕적 가치가 허물어진다고 느낄 때, 마음의 문을 닫고 힘 있는 사람에게 끌리는 경향이 있다. 9.11 테러 후 실시된 전국 조사에서 권위주의 척도로 이미 높은 점수를 받은 미국인의 경우, 시민의 자유에 대한 태도에 변화가 없었다. 반면 이전에 더 자유주의적인 편이었던 사람들의 경우에는 위협이 감지되자 경찰의 공격적이고 제한적인 조치를 지지하는 경향이 증가했다.[33] 또한 정치에 관심이 없던 사람들도 두려움을 느끼자 쉽게 우경화되었다.

위협에 대한 반응으로 나타나는 이런 태도 변화는, 평소 자유주의적 성향의 대다수 독일인이 제1차 세계대전 후 직면한 경제적 고통에 대한 반발로 나치의 집권을 지지하게 된 주요 원인이기도 했다.[34] 사람들이 이렇게 반응하는 것은 불확실성을 감당하는 일이 쉽지 않기 때문이다. 인간과 동물을 대상으로 한 광범위한 연구를 통해 확인할 수 있듯 불확실성은 심리적·생리적 스트레스를 유발한다. 불확실성은 이른바 '투쟁-도피fight or flight' 반응을 촉발하는데, 진화를 통해 형성된 이러한 긴장 태세가 해소되지 않으면, 이는 만성 불안으로 발전할 수 있다. 불확실성의 시대에, 우리는 강력하고 단호한 비전을 제시하는 지도자를 통해 마음을 진정시키고 자신의 나약함을 보완하려 한다. 트럼프 같은 인물을 지지하게 되는 이유이기도 하다. "가끔 틀려도 늘 확신에 찬often mistaken but never in doubt" 태도는 이런 상황에서 미덕이 된다. 지난 20년에 걸쳐 69개국의 14만 유권자를 조사한 연구는 이 가설을 뒷받침한다. 이 조사에 따르면, 경제적 고통을 가장 크게 겪고 스스로 자제력이 강한 편이 아니라고 답한 사람들이 포퓰리스트 후보에게 투표했다.[35] 그러나 경제 요인만으로는 경제적 고통과 거리가 멀었던 부유한 백인 남성층마저 트럼프를 지지한 이유를 설명하지 못한다.

정치학자 로널드 잉글하트Ronald Inglehart는 경제적 불평등 외에도 1970년대에 시작된 탈물질주의post-materialism에 대한 반작용의 효과가 나타나고 있다고 주장한다.[36] 인류 역사 중 상당 기간 존재했던 끊임없는 갈등과 경제적 불확실성은 검소하고 신중한 행동을 촉진했다. 제2차 세계대전이 끝난 후 선진국, 특히 미국은 1945년부터 1970년대 초반 불황이 오기 전까지 호황기의 지속을 경험했는데, 이 기간은 흔히 자본주의의 황금기라고 불렸다. "미국을 다시 위대하게 만들자"라는 트럼프의 호소 속 '다시' 역시 이 번영의 시기를 언급하는 것이다. 이 시기의 노동력은 대체로 1925~1945년 사이에 태어난 사람들로 구성되었는데, 전쟁 시기의 내핍 생활과 핵전쟁의 위협이 드리운 전후 시기의 불안정을 모두 겪은 이들은, 부모 세대보다 더 신중했기 때문에 침묵세대silent generation라고 불렸다.

이 시기의 주요 임금노동자였던 침묵세대는 투자와 재무설계를 통해 재산 증식·미래 안정을 위한 대비에 집중했다. 그러나 다음 세대의 가치관은 달랐다. 1960년대에 침묵세대의 자식들은 부모의 가치관에 반항했다. 이들은 반문화counterculture를 대표한 10대와 20대의 베이비붐 세대였다. 이들 중 다수는 권위·통제·관습에 저항하는 사회운동가가 되었다. 불확실한 시대를 살아남은 세대에서, 안정을 당연시하며 성장한 세대로 무게 중심이 이동했다. 이것은 물질을 덜 중시하고 덜 순응적이며 덜 권위적인 세대, 덜 종교적이고 성적 지향이 다양하며 인권·평등·자기표현을 기존 체제보다 더 중시한 탈물질주의 운동이었다. 1960년대의 반문화는 기존 체제를 강력히 성토했지만, 1970년대에 전 세계적으로 경기가 후퇴하면서 이러한 열광적 행동주의는 상대적 주장으로 약화되었다. 그러나 잉글하트의 주장에 따르면 비교적 조용했던 이 시기에, 신세대의 사회적 변화를 전통적 물질주의 가치관에 대한 위협으로 느낀 구세대의 '침묵의 혁명'이 무르익고 있었다.

스테너와 하이트에 따르면, 구세대에게 사회는 너무 빨리 변화하고 있었으며 "서구 자유민주주의는 많은 사람에게 인내의

한계를 넘어서는 것"이었다.[37] 이런 사람들에게 진보는 도덕적 타락을 의미했다. 게다가 이미 언급했듯이 쇠퇴론, 즉 장밋빛 향수와 미래에 대한 두려움으로 과거를 더 좋게 보는 경향이 구세대에게 더욱 확산되었다. 시장조사 회사인 유고브YouGov의 2012년 설문조사에 응답한 영국인 대다수는, 1953년 여왕 대관식 이후로 영국이 더 나빠졌다고 생각했다. 특히 이런 부정적 견해는 60대 이상에서 가장 뚜렷하게 나타났다.[38] 그러나 일반인의 삶의 질이 향상되었는지 묻자 대다수 응답자는 그렇다고 답했다. 즉 사람들은 보건 서비스·교육·삶의 질 향상을 객관적으로 인식했지만, 상황이 전체적으로 나아지고 있다는 느낌은 받지 못했던 셈이다. 2016년에 실시된 두 번째 여론조사에서 "세계가 더 나아지고 있는가?"라는 질문에 겨우 11퍼센트가 그렇다고 답한 반면, 58퍼센트는 앞으로 더 나빠질 것이라고 답했다.[39] 이번에도 응답자의 나이가 많을수록 비관적인 응답이 더 많았다. 칼럼니스트 프랭클린 P. 애덤스Franklin P. Addams가 재치 있게 지적했듯이 "좋았던 옛 시절의 가장 큰 원인은 나쁜 기억력 때문"일지 모른다.

침묵의 혁명은 노년층이 포퓰리스트 정치인에게 투표한 이유를 설명해 줄 수도 있다. 잉글하트와 그의 동료 피파 노리스Pippa Norris는 변화하는 정치 지형을 분석하면서, 경제적 고통 가설로는 31개 유럽 국가의 268개 정당을 지지한 유권자의 인구 통계 데이터를 모두 설명할 수 없다는 사실을 발견했다.[40]

오히려 데이터는 탈물질주의와 변화하는 사회적 가치관에 대한 문화적 반발을 일관되게 뒷받침하고 있다.

> 우리가 보기에는 이들이야말로 자신이 공감하지 않는 문화적 변화의 흐름에 뒤처지고 있으며, 본인 국가의 지배적인 가치관에서 소외되었다고 느끼는 집단이다. 전통적 가치관을 가진 고령의 백인 남성들은 1950년대·1960년대 사회에서 문화적 다수를 차지했지만, 자신들의 우세와 특권이 무너지는 것을 직접 목격했다. 1970년대에 일어난 침묵의 혁명이 오늘날 분노에 찬 반혁명적 반발로 발전한 듯하다.[41]

포퓰리즘이 대기업·은행·다국적 기업·미디어·정부·엘리트 지식인·전문 과학자·특권 부유층 등의 깊은 분개심을 반영한다면, 이러한 집단의 상당수가 탈물질주의의 반체제적 태도에 공감한다는 것은 다소 아이러니하다. 그러나 소유의 관점에서 이 문제를 바라보면, 이들의 공통된 불만이 무엇인지 명확해진다. 왜냐하면 각 세대는 자신이 가장 소중히 여기는 가치를 훼손하는 듯한 현재 주류 세대로부터 통제권을 되찾고 싶어 하기 때문이다.

이 아이디어는 누구 거?

우리는 보통 재산이 물질적 소유를 뜻한다고 생각한다. 그러나 사회는 물성이 없는 것도 재산으로 소유할 수 있다는 견해로 점점 변화하고 있다. 지난 20년 동안 발전된 디지털 기술이 일상 속으로 빠르게 스며들면서, 우리는 노래·이미지·이야기처럼 독창적 아이디어의 기초인 정보를 창조하고 소유하는 것이 자연스러운 현상임을 점점 더 실감하고 있다. 예전에는 정보를 레코드판·필름·종이 같은 물리적 매체에 저장했던 반면 오늘날에는 컴퓨터에 0과 1의 패턴으로 이루어진 '파일'로 저장한다. 과거에 해적은 물성을 가진 물건을 훔쳤지만, 오늘날에는 그냥 코드 파일을 다운로드하거나 복사만 해도 지식 재산권 절도가 될 수 있다.

지식 재산권은 이미 수백 년 전부터 법적으로 보호되어 왔고, 또한 자주 분쟁의 대상이 되었다. 최초의 저작권 침해로 꼽히는 사건은 6세기까지 거슬러 올라간다. 당시에 아일랜드 선교사였던 성 콜룸바St Columba가 성 핀니안St Finnian의 경전을 복사하자, 성 핀니안은 사본의 반환을 요구했다. 디어르마트Diarmait 왕은 성 핀니안의 청원을 받아들여 다음과 같이 판결했다. "모든 암소에게 그 새끼도 딸린 것처럼 모든 책에는 그 사본도 딸려 있다." 그러나 이에 굴하지 않은 성 콜룸바는 누구도 하나님의 말씀을 소유할 수 없다고 주장했다. 이 분쟁은 오닐O'Neill 왕가의 지지를 받아 확대되었고 결국에는 약 560년에 큘 드렘느Cúl Dreimhne 전투(일명 책의 전투)로 이어져 3,000명의 사망자를 냈다.

오늘날 지식 재산권 분쟁은 덜 참혹한 대신 훨씬 더 자주 발생한다. 2017년에 미국 특허청은 34만 7,642건의 특허를 발급했는데, 대부분은 지식 재산권을 보호하기 위한 것이었다. 우리는 지식 재산권의 합법성을 인정할 뿐만 아니라 다른 사람의 아이디어를 표절하는 짓을 경멸한다. 고소는 종종 금전과 관련되어 있지만, 실제로 고소인들에게 이 고소는 긍지와 원칙의 문제이기도 하다. 역사상 가장 위대한 과학적 발견 중 하나라는 DNA 구조를 예로 들어보자. 케임브리지대학(왓슨Watson과 크릭Crick), 런던대학(프랭클린과 윌슨Wilson), 캘리포니아 공과대학(폴링Pauling)의 연구팀은 이중나선 구조를 최초로 발견하기 위해 서로 경쟁했다. 그들은 상을 차지하기 위해 협력보다는 개인적인 갈등이나 직업 윤리상 수상한 행동도 서슴지 않았다. 과학자들은 금전적 이득이 없는 경우에도 발견의 권리를 주장하는 일에 대해 매우 예민하다. 다른 사람의 아이디어를 훔친 사람에게 쏟아지는 독설 때문인데, 이는 표절이 얼마나 비열한 짓으로 취급받는지를 잘 보여준다.

아이들도 6세쯤 되면 지식 재산권의 기초를 직관적으로 이해하며, '흉내쟁이'를 싫어하는 경향을 보인다. 즉 아이들은 모방하는 사람보다 자신만의 그림을 그리는 사람을 더 좋아하며 노력보다 독창적인 아이디어를 더 높게 평가한다.[42] 한 연구에서 6세 아이들에게 여러 그림을 평가하는 과제를 주었다. 이때 몇몇 그림은 어른 또는 아이 자신이 무엇을 그릴지를 결정한 그림이었고, 또 다른 몇몇 그림은 다른 그림을 단순히 베껴놓은 것이었다. 이 연구에서 아이들은 누가 실제로 그림을 그렸는지와 상관없이 독창적인 그림을 선호했다.[43] 그런가 하면 결과물이 비물질적인 경우에도 아이들은 지적 소유권의 개념을 보여주었다. 즉 잭Zack이 씨름 중인 수학 문제에 관해 스티븐이 이야기를 듣는다. 스티븐이 잭에게 해답을 알려주었을 때 아이들은 스티븐이 해답의 소유자라고 추론했다. 그리고 스티븐이 잭에게 해답을 설명하는 것을 엿들은 팀Tim이 다른 친구들에게 해답을 말했을 때, 이 6세 아이들은 팀이 해답을 훔쳤다고 답했다. 또 다른 실험에서 한 아이가 지어낸 이야기의 결말을 다른 아이가 바꾸는 행동은 비난의 대상이 되었다.[44]

이렇게 어릴 때부터 아이디어 소유권에 대한 관심이 발달하지만, 독창적 아이디어라는 것은 실제로 존재하지 않는다. 지금 당장 독창적 아이디어를 하나 생각해 보라. 이것은 논리적으로 불가능한데, 왜냐하면 모든 아이디어는 다른 누군가가 먼저 생각했던 것이기 때문이다. 북아메리카 원주민 조상의 땅처럼 항상 누군가가 먼저 그것을 가지고 있었다. 지식 재산권 변호사는 의뢰인이 소유권을 주장하는 아이디어가 기존 아이디어와 충분히 다르다는 것을 어떤 식으로든 입증해야 하며, 이는 결국 판단의 문제가 된다. 기존 아이디어가 일부 포함되어 있더라도 그것과 다른 존재 가치를 인정받아야만 독창적인 것이 될 수 있기 때문이다.

상상과 허구도 재산이 될 수 있다. 사람들은 비디오 게임에 약 1,650억 달러를 지출할 뿐만 아니라 누구는 가상 재산을 구입하는 데에 상당한 금액을 지출하기도 한다. 현재 최고 기록은 2010년에 63만 5,000달러에 판매된 가상 우주의 가상 소행성에 있는 가상 재산 '클럽 네버다이Club Neverdie'다. 실제로 존재하지도 않는 것을 위해 그렇게 큰 금액을 지불하는 것이 제정신일까 싶지만, 이 클럽의 소유자 존 제이콥스Jon Jacobs는 가상 상품과 서비스를 구매하는 게임 참가자들 덕분에 매년 평균 20만 달러를 벌었다. 〈포브스*Forbes*〉 잡지에 따르면 제이콥스는 자신의 진짜 집을 담보로 대출을 받아 2005년에 해당 가상 소행성을 10만 달러에 구입했다.[45]

디지털 재산은 어떨까? 누가 길에서 당신을 카메라로 찍으면 당신이 찍힌 사진은 그 사람 소유인가? 신체 부위 판매와 마찬가지로 이것도 당신이 세계 어디에 있는가에 따라 다르다. 많은 국가에서 공공장소에서의 사진 촬영을 문제 삼지 않지만, 몇몇 국가에서는 피사체가 되는 사람의 허가 또는 동의를 받아야만 한다. 다른 사람을 그냥 바라보는 것은 괜찮지만, 이런 경험을 사진으로 저장할 수는 없다는 것이다.

지식 재산권과 관련해 가장 놀라운(그리고 많은 사람에게는 가장 걱정스러운) 전개는 아마도 개인 정보에 관한 일일 것이다. 2014년에 페이스북Facebook은 70만 명의 순진한 사용자에게 더 행복한 또는 더 슬픈 스토리의 콘텐츠를 제공하겠다는 명목으로 뉴스피드 내용을 조작하는 실험을 했다가 물의를 일으킨 적이 있었다.[46] 이때 긍정적인 스토리가 감소하자 페이스북 사용자의 긍정적인 게시물이 감소했고 부정적인 게시물이 증가한 반면 부정적인 스토리가 감소한 경우에는 반대 양상이 벌어졌다. 비록 효과는 미미했지만 연구자들의 결론에 따르면, 이것은 페이스북의 규모를 고려할 때 하루에 수십만 건의 감정 표현에 해당하는 것이었다.

문제는 사람들의 선택이 다른 사람에 의해 은밀하게 조작되고 통제될 수 있다는 점이다. 2016년에 데이터 분석 회사인 케임브리지 애널리티카Cambridge Analytica는 5,000만 명의 페이스북 사용자 개인 정보를 훔쳐 영국의 브렉시트 투표 결과에 영향을 미치거나 도널드 트럼프의 집권을 돕는 일을 했다(또는 적어도 그런 혐의를 받았다).[47] 이 경우 귀중한 재산은 사용자 및 친구 명단이었는데, 이것은 '심리서술psychographic' 조작을 통해 투표에 영향을 미치기 위한 표적 마케팅 전략에 사용되었다. 언론에서는 케임브리지 애널리티카 및 심리서술의 잠재적 위험성에 관해 떠들어 댔지만 사람들의 선택이 이렇게 쉽게 통제될 수 있다는 과학적 증거는 거의 없다. 팝콘이나 탄산음료 이미지를 아주 짧게 영화 프레임에 삽입하면 영화 관객이 해당 상품을 더 많이 구매한다고 주장하는 잠재의식 메시지subliminal message의 신화와 마찬가지로[48] 소비자 또는 유권자의 선택이 이런 속임수에 의해 좌우된다는 확실한 증거는 없다.[49]

악의적인 광고로 인해 우리의 선택이 조작당하는 일은 거의 발생하지 않는다. (이럴 때 우리는 대개 이것을 눈치챌 수 있기 때문이다.) 오히려 우리가 분개하는 까닭은 개인 정보를 당사자의 동의 없이 가져다 썼다고, 즉 소유권을 침해했다고 생각하기 때문이다. 실제로 우리는 수년간 이것을 남에게 넘겨주는 중이다. 플랫폼 서비스, 게임 또는 쉽게 구할 수 있는 온갖 놀라운 소프트웨어 등을 '무료'로 제공하는 디지털 회사는 우리가 넘겨주는 개인 정보로 돈을 번다. 그리고 이에 우리는 기꺼이 동의한다. 온라인 서비스에 가입하거나 스마트폰에 앱을 다운로드할 경우 서비스를 이용하려면 동의해야 하는 '이용약관'에는 서비스 제공 업체가 사용자의 개인 정보를 수집, 처리 및 저장하는 것을 허용하는 일련의 문장이 파묻혀 있을 확률이 매우 높다. 데이터의 사용처를 설명하도록 되어 있지만, 우리는 보통 전문적인 법률 용어로 가득 찬 긴 문장을 해독할 만큼의 여유·취향·법률 지식이 없기에 이용약관 동의를 묻는 박스에 그냥 체크 표시를 하고 넘어간다. 이런 데이터를 이용하거나 구매하는 회사에서는 이를 바탕으로 사람들의 차이 또는 행동 방식을 분석하곤 한다. 이런 데이터는 기업에 매우 소중할 수 있는데, 왜냐하면 이를 바탕으로 마케팅 전략 수립에 필요한 패턴이나 트렌드를 발견할 수 있기 때문이다. 과거에는 표본 추출 및 설문조사를 하는 사람이 필요했기 때문에 이런 시장조사가 매우 비싸고 제한적이었지만, 엄청난 양의 데이터가 쏟아지는 디지털 시대에는 이것이 아주 쉽고, 어찌 보면 너무 넘쳐난다. 디지털 회사가 서비스 비용도 받지 않으면서 잘나갈 수 있는 이유는 바로 이 때문이다. 서비스는 무료지만, 우리 자신과 우리의 개인 정보가 상품으로 제공되는 셈이다.

스마트폰을 사용할 때마다 우리가 무엇을 하는지, 어디로 가는지, 누구와 이야기하는지 등이 추적될 수 있다. 동의 박스에 체크 표시를 하는 순간 이러한 행위는 완벽하게 합법이 된다. 적어도 이런 회사에서 데이터 마이닝data mining 사업을 한다는 사실이 주목받기 전까지는 이에 신경 쓰는 사용자도 많지 않았다. 최근 온라인에서는 '추적당하지 않도록' 활동 흔적을 제거 또는 삭제하는 방법으로 개인 정보 소유권을 되찾을 수 있는 법적 권리가 생겼다. 그러나 이는 번거로울 뿐만 아니라 이런 회사가 제공하는 편리함과 혜택까지 포기해야 한다. 이는 디지털 세대의 일부가 되기 위해 우리가 지불하는 대가인 셈이다.

내 거인 듯 내 거 아닌

지금까지 나는 신체·가치관·아이디어·정보 등을 논의하는 데 초점을 맞추었다. 왜냐하면 이것들은 매우 개인적이며 우리가 명백히 소유한 것처럼 보이기 때문이다. 그러나 소유는 시대 및 문화권에 따라 달라지는 관습이다. 수천 년 전에 확립된 법적·도덕적 체계에 따라 소유권 분쟁이 해결될 수도 있지만, 그보다는 변호사가 필요할 때가 더 많다. 소유는 다양하게 해석될 수 있기 때문이다. 또한 사회 변화와 함께 재산법도 계속 개정할 필요가 있다. 소유권 확립의 문제를 지적한 영국의 철학자 제러미 벤담Jeremy Bentham은 다음과 같이 썼다. "재산의 필수 관계를 표현할 수 있는 심상·그림·가시적 특성 같은 것은 없다. 이것은 물질이 아니라 형이상학적인 것이다. 이것은 마음의 개념일 뿐이다."[50] 다시 말해 소유권은 자연에 존재하는 것이 아니라 인간의 마음으로 구성한 것이다. 이것은 개념(생각)에 불과하지만 매우 강력하다. 소유권은 일상의 거의 모든 면을 통제한다. 우리의 권리 주장, 우리가 재산을 사용해 할 수 있는 또는 할 수 없는 것, 우리가 갈 수 있는 또는 갈 수 없는 곳 등이 이에 따라 좌우된다. 소유권이 없다면 우리 삶은 구조가 해체되어 혼돈에 빠질 것이다. 바로 이 때문에 소유권은 법률제도의 핵심이자 우리 대다수가 따르는 사회적 행동 규범의 기초가 된다. 소유권을 무시하거나 제대로 인식하지 못할 경우, 우리의 행위는 반사회적 또는 불법적인 것이 된다.

소유권은 규칙과 법률의 형태로 사회를 구성할 뿐만 아니라 우리를 심리적으로 통제하기도 한다. 법적 소유권은 사회적 산물이므로, 소유권에 수반되는 권리 역시 법률제도에 따라 구체적으로 명시되어 보호를 받는다. 그러나 소유권에는 법 이상의 개념이 담겨 있다. 우리는 반드시 필요하지 않은 재산까지도 가지려 한다. 우리의 마음속 깊은 곳에는 소유를 향한 강박감 같은 것이 있다. 이런 심리적 소유 추구는 법적 소유권과 항상 일치하지는 않으며, 대체로 소유가 선사하는 정서적 만족에서 비롯한다. 우리는 무언가를 법적으로 소유하면서도 그것에 별로 마음을 두지 않을 수도 있다. 또 반대로 법적 소유권도 없는 것에 마음을 두면서 그것을 소유한 것처럼 느낄 수도 있다. 이는 마음의 상태일 뿐이다.

존 피어스Jon Pierce와 그의 동료는 직장에서 흔히 있는 현상을 예로 들어 심리적 소유가 얼마나 쉽게 발생하는지를 설명했다.[51] 광산에 고용된 트럭 운전자들은 새로운 회사 정책에 따라 운전자별로 트럭을 배정받기 전까지는 자신이 트럭을 소유하고 있다고 느끼지 않았다. 이전에는 자신이 운전하는 트럭을 돌보지 않던 그들이 트럭을 배정받고 나자 점차 트럭을 '내' 트럭이라고 부르면서 내부도 청소하고 기계도 정비하기 시작했다. 어느 운전자는 트럭에 이름을 붙이고 문에 이름을 페인트로 칠하느라 개인 돈까지 썼다. 그 트럭은 그의 것이었다. 이와 비슷하게 카레이서는 소속 팀의 스포츠카를 소유하지 않지만 스포츠카에 강한 주인의식을 느끼곤 한다.

우리 모두가 공감할 만한 이야기다. 법적 소유권이 없으면서도 내 것처럼 느껴지는 것이 얼마나 많은지 한번 생각해 보라. 자동차를 잠깐 빌릴 땐 아무 생각이 없지만, 자동차를 장기 임대할 때 생기는 애착은 이야기가 좀 다르다. 우리는 엄밀히 말해 리스 자동차를 소유하지 않지만(그것은 리스 회사의 재산이다.) 차에 주인의식을 느끼면서 매우 소중하게 다루곤 한다. 대출을 받아 구입한 부동산의 경우도 마찬가지다. 대출금을 전부 상환하기 전까지는 법적으로 내 소유가 아니지만, 그래도 우리는 그렇게 구한 집을 '우리 집'으로 여긴다. 임대 주택이라도 그곳에서 오래 살았다면, 많은 사람이 그 집에서 주인의식을 느낄 것이다. 그 때문에 개발업자는 집의 소유자도 아닌 사람을 퇴거시키느라 애를 먹곤 한다. 대출을 받아 구매한 집이라면 소유권이 단순히 절차의 문제일 뿐이라고 생각할지 모른다. 왜냐하면 가까운 미래에 집의 소유자가 될 것이기 때문이다. 그러나 이런 생각은 우리와 재산 사이의 깊은 심리적 연결을 제대로 보지 못해 나온 결과다. 부동산 압류는 경제적 고통뿐만 아니라 우리의 자아감에 대한 공격이기도 하다.

이러한 특징들을 이해하려면 소유의 심리적 차원을 탐구할 필요가 있다. 수그러들지 않는 소유 추구가 많은 사람의 삶을 지배하고 있는데, 과연 이런 충동은 어디에서 비롯하는가? 다음 장에서 우리는 이 물음을 생물학적 관점에서 다룰 것이다.

2장

점유로는 모자란 소유

적어도 너보다는 더

두 장거리 경주자가 세렝게티Serengeti 초원(야생동물보호구역이 있는 탄자니아의 초원 – 옮긴이)을 가로지르다가 잠시 신발을 벗고 휴식을 취하는 중이었다. 바로 그때 그들을 향해 사나운 사자 한 마리가 돌진해 오고 있었다. 한 경주자는 재빨리 신발을 신기 시작했다. 다른 경주자가 숨을 헐떡이며 말했다. "사자가 사람보다 훨씬 빠르니까 달아나 봐야 소용없어." 그러자 옆 사람이 말했다. "사자보다 빠르지 않아도 너보다 빠르면 돼!" 이 오랜 농담에는 자연선택의 핵심이 담겨 있다. 생존과 번식을 위한 경쟁인 이 진화 과정은 지구에 있는 생물의 다양성을 설명해 주는 핵심 메커니즘이다. 생존을 위한 싸움은 폭풍우뿐만 아니라 경쟁자를 이기기 위한 것이기도 하다. 우리는 경쟁자보다 앞서야만 한다.

인간에게는 경쟁의 본성이 있다. 1898년 심리학자 노먼 트리플릿Norman Triplett은 사이클 선수가 그냥 시간을 잴 때보다 경쟁 상대가 있을 때 더 빠르다는 사실을 발견했다. 최초의 사회심리학 실험으로 꼽히는 이 실험에서 그는 아이들이 낚싯줄을 얼마나 빨리 감는지를 측정했는데, 이때 혼자서 낚싯줄을 감는 경우, 다른 아이와 경쟁하면서 감는 경우를 모두 재보았다.[1] 그 결과 아이들은 운동선수와 마찬가지로 서로 경쟁할 때 더 빠른 속도를 보였다. 트리플릿은 이것을 '경쟁 본능'이라고 불렀는데, 동물계 전반에 걸쳐 발견되는 근본적인 행동 방식인 듯하다. 가장 명백한 경쟁 상황은 식사 시간이다. 아이들이 저녁 식탁에서 음식을 게걸스럽게 먹더라도 짐승 같다고 꾸짖지 말기 바란다. 미친 듯이 다투며 먹는 행동은 입이 많을 때 아르마딜로armadillo(아메리카 대륙에 사는 가죽이 딱딱한 동물–옮긴이)든 얼룩말이든 모든 종에서 관찰된다.

현대 사회에서 음식을 두고 다투는 일은 거의 없지만, 우리는 끊임없이 자신을 다른 사람과 비교하며 인척·친구·동료 등에게 경쟁심을 느끼곤 한다. 5,000명의 영국 성인을 대상으로 한 연구에서 노동자들은 임금이 얼마든 상관없이 똑같은 일을 하는 동료가 더 많이 번다고 가정하면 불만이 증가했다.[2] 다만 문제는 우리의 지각이 그리 정확하지 않다는 점이다. 7만 명 이상의 직원을 대상으로 한 또 다른 설문조사에서는 시장

시세에 맞게 보수를 받은 사람 중 거의 2/3가 자신이 보수를 제대로 받지 못했다고 생각하는 반면, 하는 일에 비해 보수가 많다고 생각한 사람은 6퍼센트에 불과했다.[3] 또한 실제로 시장 시세보다 많은 보수를 받은 사람 중 1/5만이 초과 보수를 받았다고 생각했으며, 1/3은 더 받아야 마땅하다고 생각했다. 우리는 상대와의 비교를 통해 경쟁심뿐만 아니라 과소평가를 받고 있다고 느끼며 다른 사람이 더 잘나간다고 믿는다.

자신을 남과 비교하는 가시적인 기준 중 하나는 재산이다. 가장 가까운 경쟁자로 봤던 사람과 나 자신 사이에 발생하는 재산의 상대적 차이는, 더 많이 가지려는 욕구를 부추긴다. 미국의 사회 풍자가 H. L. 멩켄Mencken의 말처럼, 처형의 남편보다 연봉이 최소 100달러 더 많으면 부자인 것이다.[4] 물론 이것은 농담이지만, 연구에 따르면 형제자매 사이의 경쟁 관계는 실제로 존재한다. 남편의 수입이 자매의 남편보다 적은 여성은, 자매 부부보다 더 많은 가족 수입을 올리기 위해 직접 돈을 버는 경향이 있다.[5]

소유는 분명히 경쟁과 관련이 있지만, 소유의 기원에 관해서는 견해가 다른 두 학파가 존재한다. 진화론적 설명에 따르면 소유는 경쟁 본능의 유산이다. 소중한 자원에 배타적으로 접근 가능한 존재가 생존과 번식을 위한 투쟁에서 우위를 점하기 때문이다. 접근 자체가 중요하다면 그저 점유하는 것으로도 충분할 것이다. 또 다른 학파에 따르면 소유는 점유와 달리 공동체가 정착하며 정치·법률제도가 발전할 때 나타나는 문화적 현상이다. 이 경우 경쟁은 기본적으로 사회적 현상이다. 인간의 경우 이 두 입장 모두 일부 타당한 듯하고, 둘 다 생존을 위한 전략으로 볼 수도 있다. 그러나 앞으로 보게 되겠지만 점유는 동물계에서 흔한 일이며, 반면 소유는 인간 사회에서만 발견되는 현상이다.

점유possession의 어원인 라틴어 '포시데레possidere'는 문자 그대로 해석하면 '앉다' 또는 '몸무게나 발을 올려놓다'라는 의미다. 개가 사람에게 앞발을 얹으면 우리는 보통 이것을 애정의 표시로 해석하지만 실제로는 지배의 표시다. 개에게 있는 늑대의 유전자가 여전히 무리 내 위계질서 의식에 관한 신호를 보내는 것이다. 점유는 통제력을 제공하고, 이는 다시 경쟁 우위를 제공한다. 관건은 통제력을 획득하고 유지하는 것이다. 물리적 경쟁은 큰 대가를 치를 갈등으로 이어질 수 있으므로, 대결을 피해 위험을 줄이기 위한 특정 행동 전략이 발달했다.

전략 중 하나는 자원에 대해 다툴 때 우위를 인정하는 '선점 규칙'으로, '우선권 규칙'이라고 부르기도 한다. 가장 단순한 동물도 학습할 필요 없이 본능적으로 선점 규칙에 따라 행동하므로, 이는 동물의 타고난 습관이다. 머리나 힘에 기초한 전략과 달리 이런 상황에서 성공적 점유는 경쟁자의 정신적 또는 신체적 특성과 관련이 적으면서도(물론 가장 빠르고 가장 세고 가장 똑똑한 놈이 선점할 확률이 가장 높다.) 재능이 부족한 경쟁자가 갈등을 피할 수 있는 안정적 전략이 될 수 있다. 무엇보다도 선점자는 자신의 재산을 더 적극적으로 방어하려는 경향이 있다. 점유자가 더 왜소하고 만만한 경우라도 선점이 존중되는 것을 많은 종에서 관찰할 수 있다. 장소를 선점한 귀뚜라미는 덩치가 더 큰 도전자와도 싸우려 하는 반면, 덩치가 더 큰 경쟁자는 더 작은 귀뚜라미가 이미 점유한 경우라면 뒤로 물러나는 경향이 있다.[6]

선점 규칙을 따르는 모습은 동물계 전반에서 관찰된다. 꽤 공격적인 수컷 나비는 짝을 유혹하기에 알맞은 곳, 즉 햇볕이 잘 드는 곳을 점유하려 기꺼이 다른 수컷과 싸운다. 수컷 나비는 먼저 발견한 자원을 적극적으로 방어하지만 늦게 도착했다면 공손한 태도를 보인다. 그러나 선점인 상태가 안정되려면 적극적으로 방어할 때와 물러설 때를 양쪽 모두 알 필요가 있다. 자신의 영역을 지키지 않는 동물이 있다면 약탈자에게 쉽게 빼앗길 것이며, 경쟁자가 공격적이라면 사납게 방어하는 상대와 다툼이 벌어질 것이다. 물러설 때와 버틸 때를 알려면 해당 조건의 충족을 판별할 기준이 필요하다. 애매한 상황일 경우 양쪽 다 자신이 점유를 주장할 수 있다고 느껴 싸움이 일어날 확률도 있다. 두 뱀눈나비가 좋은 자리에 동시에 앉은 경우엔 10배나 더 오래 싸움이 벌어지는데, 이는 아마 양쪽이 모두 먼저 발견했다고 생각하기 때문일 것이다.[7]

선점의 우선권은 전 세계의 법률제도에서도 관찰되는 근본 원칙 중 하나다.[8] 이것은 법적 소유권을 결정하는 매우 중요한 요인으로, "점유가 법의 9/10이다"라는 속담이 있을 정도다. 점유자를 정당한 소유자로 가정하고, 반대의 주장이 더 설득력 있다는 것을 증명할 책임은 도전자에게 있다고 보는 것. 이는 보편적 방정식까지는 아니어도 일반적인 법적 원칙이다.

공작인工作人

많은 동물이 먹이·영역·짝 등을 점유하지만, 인간은 이것을 소중히 여기고 친척에게 물려주기도 하는 등 인공물을 만든다는 점에서 독특하다. 이런 물질적 재산의 양도는 소유권 개념의 확립을 전제하는데, 왜냐하면 자기 소유가 아닌 것을 취하거나 넘겨줄 수는 없는 노릇이기 때문이다.

인간은 호모 사피엔스 전부터 무언가를 손으로 직접 만들었다. 케냐에서 발견된 최초의 도구(돌망치, 모루, 칼) 등장 시점은 약 330만 년 전으로 거슬러 올라가며,[9] 약 30만 년 전 현생 인류가 등장하기 훨씬 전에도 인류의 조상은 도구를 만들었다. 우리가 도구를 만드는 유일한 동물은 아니지만, 도구를 계속 보유하는 유일한 동물이다. 도구를 보유하는 것으로 알려진 또 다른 유일한 생물은 해달이다. 해달은 조개껍데기를 깨기 위해 작은 조약돌을 보관한다.[10] 이와 달리 우리의 조상은 각종 도구

뿐만 아니라 소중히 여기고 애착을 느끼는 다른 인공물도 만들었다. 먹이, 영역 또는 짝이 아닌 재산을 보유하는 야생동물은 알려진 바 없다.

초기 인류는 인공물 제작뿐만 아니라 거래도 했다. 후기 구석기 시대 최소 4만 년 동안 인류는 물물교환과 교역을 했는데, 이것은 이 시기의 인공물이 원래 출처에서 지리적으로 상당히 멀리 떨어진 곳에서 발견되어 세상에 알려졌다. 지중해 연안의 조개껍데기가 수백 킬로미터 떨어진 북유럽 곳곳에까지 도달한 것이다.[11] 가장 그럴듯한 설명은 여행자가 교역에 참여했다는 가정이다. 물물교환은 다른 종에서 흔히 볼 수 없는 인간만의 전형적인 행동 특징이다. 이를 위해서는 다른 사람과 협상에 필요한 의사소통뿐만 아니라 물품의 상대적 가치를 계산하는 능력도 필요하다. 원숭이와 유인원에게 물물교환을 가르칠 수 있지만 이를 위해서는 많은 훈련이 필요하다. 게다가 실험자와 교환하는 법을 훈련받았어도 동물들끼리는 거래를 하지 않고, 이 행동은 강화하지 않으면 이내 사라지고 만다.[12] 다시 말해 거래는 이런 동물의 본성에 어울리지 않는다.

우리 연구실에서는 다양한 유인원의 물물교환 행동을 조사했다. 내 동료인 발달심리학자 파트리치아 칸기저Patricia Kanngießer는 물물교환 훈련을 받은 침팬지·보노보·고릴라·오랑우탄 등이 모두 음식을 일단 점유하면 실험자와 교환하기보다 보유하기를 더 좋아한다는 사실을 증명했다.[13] 당장 손안에 있는 음식이, 거래를 제안받은 일보다 더 소중했던 것이다. 교환을 성사시키려면 교환하기 전에 받은 것보다 훨씬 더 매력적인 음식을 제안해야만 했다. 유인원이 속을까 봐 교환을 망설였던 것 때문이 아니라, 그들이 이미 점유한 음식을 포기하는 것 자체가 쉽지 않아 보였다. 음식에는 매우 유혹적인 무언가가 있다. 그들에게는 손안의 새 한 마리가 수풀 속의 두 마리보다 정말로 더 가치 있는 것이다. 그러나 영장류는 음식을 얻는 데 필요한 도구 같은 소지품에는 이와 유사한 애착을 거의 보이지 않는다. 인공물을 사용한 후에는 그냥 방치한다.

반면에 인간은 소지품을 적극적으로 축적한다. 인류 역사 전체는 제작된 소지품들로 가득 찬 보물 창고이며, 그중 가장 오래된 것은 현재 박물관에 전시되어 있다. 우리는 다른 사람의 소지품을 경탄의 눈으로 바라보곤 한다. 개인적으로 나는 이런 역사적인 물건들을 감상하는 것을 좋아하는데, 이를 통해 우리의 먼 친척과 우리 사이의 공통점과 차이를 확인하면서 유대감을 느끼기 때문이다.

특히 프랑스 남서부에서 발굴된 약 4만 년 전의 정교한 인공물을 비롯해 고고학적 발견이 폭발적으로 이어졌던 후기 구석기 시대는 선사 시대 생산의 황금기였다. 이 시기 전에 도구가 아닌 인공물이 발견된 가장 이른 사례는 약 13만 년 전으로 거슬러 올라간다. 그 물건은 독수리 발톱 형태의 장신구로, 이것은 현생 인류의 사촌뻘인 네안데르탈인Neanderthal의 목에 걸려 있던 것이다.[14] 물론 수컷 자주복Japanese pufferfish의 모래 조각물이나 오스트레일리아 바우어새bowerbird의 정교한 집처럼 아름다운 물건을 만드는 동물도 있지만, 이런 것들은 모두 짝을 유인하기 위한 임시 전시물일 뿐이다. 동물의 도구와 마찬가지로 이런 것들도 일단 목적이 달성되면 방치된다.

반면 초기 인류는 동굴에 그림을 그렸고 작은 조각상을 만들곤 했는데, 뭔가 상징적 의미가 담겼을 이 물건들은 초기 인류가 오래 보유할 목적으로 제작한 것이었다. 그들은 이승과 저승으로 가져갈 소지품을 만들고 있었다. 초기 인류와 네안데르탈인은 모두 죽은 사람을 소지품과 함께 묻었다. 몇몇 물건은 제작에 수백 시간의 노력이 필요했기 때문에 투자한 노동량만 따지더라도 가치 있는 것이었다. 이런 것들은 방치되는 대신 제식의 일부가 되었을 것이다. 이런 매장 관행의 이유에 대해 우리는 추측만 할 뿐이지만, 아마도 이런 물건은 고인의 소지품이거나 내세에 대한 믿음으로 고인에게 준 선물일 것이다.[15]

가치 있는 재산이 축적되면서 인류는 이를 음식, 영역, 서비스와 섹스 등을 위해 거래하기 시작했을 것이다. 그러나 결혼 선물로 이성을 유혹하는 것은 인간만의 행동이 아니다. 동물도 뇌물을 사용한다. 파리, 거미, 귀뚜라미 같은 여러 종의 수컷도 짝이 될 만한 암컷에게 먹을 것을 선물한다. 수컷 침팬지는 짝이 될 만한 암컷에게 고기를 선물해 짝짓기 확률을 높이는데, 물론 이것이 성공하기까지 반복적인 선물 제공과 상당한 시간이 필요할 수도 있다.[16] 그러나 인간은 소유물 자체를 소중히 여기는, (이런 의미에서) 물질주의적인 최초의 동물이었다. 이런 소유물은 상징적이고 심미적이며 자기 정체성의 확장이고, 보호와 때로는 숭배의 대상이 된 소지품이었다. 그들은 결국에는 이 소유물을 다른 사람에게 물려주기까지 했는데, 이런 양도는 소유의 규칙을 이해해야만 가능한 일이다. 소유의 규칙을 따르기 시작하면서 재산 축적과 부의 이전에 기초한, 안정된 사회가 마침내 탄생할 수 있었다.

최초의 유산

마지막 빙하기 이후 인류의 활동은 수렵인·채집인의 이주 생활에서, 작물을 재배하고 야생동물을 기르는 정착 생활로 옮겨갔다. 농경사회로 발전하면서 저장할 수 있는, 또 도난당할 수 있는 잉여 자원이 생산되기 시작했다. 이제 소유권이 결정적으로 중요해졌다. 아마 문명사회의 재산 규칙은 사회 구성원을 조직하고 통제하는 방향으로 형성됐을 것이다. 질서 잡힌 구조가 한 세대에서 다음 세대로 전수되어 연속성과 안정성이 생기면, 일시적인 사회는 확고히 자리 잡힌 사회로 변모하게 된다.

이 과정에서 소유권은 강력한 촉진제였다. 상업과 군사 행동으로 부를 축적하려는 욕구가 사회 계층의 형성을 부추겼다.

이런 위계질서 속에서 시민을 통제할 정치 권력을 가진 지배 엘리트가 탄생했다. 경제적 부에 기초한 번영의 메커니즘을 통해, 생존을 위한 허드렛일에서 자유로워지는 집단이 생겨날 수 있었다. 장인匠人과 지식인은 생계를 위해 허드렛일을 하지 않아도 되는 체제의 지지를 받아 번창해 나갔다. 소유권은 시민이 성장한 질서에 합법적이고 지속적인 정당성을 부여했다.

오늘날 대다수 부모는 자식의 성공을 바라며, 성공의 분야에는 보통 좋은 교육·직업·결혼이 포함된다. 이러한 성공은 행복한 삶뿐만 아니라 혈통의 지속에도 기여한다. 부모는 자식의 더 나은 삶을 위해 자원을 쏟아붓는데, 희생처럼 보이는 이 행동은 생물학적 관점에서 보면 한 세대에서 다음 세대로 복제되기 위한, 유전자의 전략일 뿐이다. 리처드 도킨스Richard Dawkins의 대중과학 저술을 통해 많은 사람에게 친숙한 이 '이기적 유전자selfish gene' 시각은, 자신이 자식에게 헌신한다고 믿는 대다수 부모에게 여전히 거슬리는 이야기다.

우리는 죽어서도 혜택을 물려줄 수 있다. 지금까지 존재한 대다수 인간 사회에서는 (비록 문화적 차이가 있긴 하지만) 이런 저런 형태의 상속이 이루어졌다. 2013년 HSBC 은행이 15개국 1만 6,000명을 대상으로 실시한 설문조사에서 전체 응답자의 69퍼센트는 유언장을 남길 계획이 있다고 응답했고, 응답자 중 인도(86퍼센트)와 멕시코(84퍼센트) 국적인 이들의 비율이 가장 높았다. 반면에 미국인(56퍼센트)과 캐나다인(57퍼센트) 부모는 자식에게 유산을 물려줄 계획이 비교적 적었다.[17] 이런 차이가 생기는 이유는 많겠지만, 선진국의 양호한 사회보장 제도 외에 다른 주요 요인은 가족 중심주의의 문화적 차이다. 즉 다른 집단주의 사회보다 선진국의 부모는 더 개인 중심적이며, 단기적 목표를 추구하는 경향이 있다.

유산에 대한 태도는 경제 상황에 따라서도 변한다. 2011년 푸르덴셜Prudential 보험회사 보고서에서 영국 성인의 약 절반은 자식에게 유산을 물려줄 계획이 있었다. 그러나 2016년 실시한 재조사에서는 이 비율이 약 25퍼센트로 반감했다.[18] '자식 유산 쓰기Spending the Kid's Inheritance, SKIing'라는 단어는 자식에게 많은 돈을 물려줄 생각이 없는 베이비붐 세대의 태도를 대변하는데, 이는 인간 행동의 예측에서 생물학이 항상 옳은 것은 아니라는 사실을 보여준다.

영국에서 상속이 쇠퇴하는 좀 더 이타적인 이유는 부모가 자식에게 이런저런 지원금을 이미 제공하고 있기 때문이다. '엄마·아빠 은행bank of mum and dad'(부모가 자식에게 금융기관 같은 역할을 한다는 뜻-옮긴이)은 밀레니얼 세대가 부동산을 소유할 수 있는 유일한 방법이 되고 있다. 부모나 친척으로부터 증여받거나 빌려오는 상당한 액수의 자금은, 젊은 세대가 성인으로서의 삶을 시작할 때 필요한 대출 상환·결혼 자금·신혼집 장만 같은 단계를 밟는 데 중요한 역할을 하고 있다. 영국의 주택자금 대출회사 리걸앤제너럴Legal and General의 보고서에 따르면,

2017년에 부모가 자식에게 빌려준 총 67억 파운드는 전년보다 30퍼센트 증가한 액수이며 이런 엄마·아빠 은행의 규모는 상위 10위권에 드는 주택자금 대출 회사의 실적과 맞먹는다.[19] 오늘날 부동산 사다리에 올라탈 기회는 부모의 집 소유 여부에 따라 결정되며, 이는 이전 세대보다 더 강력하게 작용한다. 이러한 현상은 '가진 자'와 '못 가진 자' 사이의 격차가 더 벌어질 미래에는 상황이 더 악화할 것임을 의미한다. 우리 대부분은 생전이든 사후이든, 어떻게든 자식에게 부를 물려준다.

이런 이타적인 행동에도 생물학적 메커니즘이 영향을 미친다. 대다수 부모는 자식에게 당연히 재산을 물려줘야 한다고 여기지만, 상속 동향을 분석해 보면 몇 가지 놀라운 패턴을 발견할 수 있다. 상속 시 유전적 관련이 없는 상속인에 비해 유전적으로 관련된 친족과 배우자에게 돌아가는 몫이 더 크다. 유전적 관련이 깊을수록 유산도 많아진다. 충분히 예상 가능한 결과지만, 한편 모든 자녀가 유산을 똑같이 받지는 않는데, 이것은 자녀의 성별 및 축적한 재산 규모에 따라 다르다.

1970년대 초 심리학자 로버트 트리버스Robert Trivers와 수학자 댄 윌러드Dan Willard는 주변 환경에 따라 달라지는 상속 패턴을 예측할 수 있는 독창적인 모형을 제시했다. 이 트리버스-윌러드 가설에 따르면 부모는 형편이 좋을 때 아들을 선호하고, 형편이 어려울 때는 딸을 선호하는 편향이 있다.[20] 또한 부유한 가정에서는 딸보다 아들에게 더 많은 돈을 물려주는 반면 가난한 가정에서는 반대 패턴이 나타난다. 그 이유는 형편이 어려울 때 복지제도의 혜택이 없을 경우, 부유한 남성이 그렇지 않은 남성보다 더 많은 자식을 낳을 확률이 높기 때문이다. 부유한 남성은 더 많은 후보 배우자의 마음을 끌 것이고, 자손에게 더 많이 투자할 것이다. 또한 남성은 여성보다 더 많은 자손을 낳을 수 있으므로 부유한 부모는 딸보다 아들에게 편향 투자하는 것이 자손을 늘리기에 더 좋은 방법일 것이다. 그러나 가난한 딸은 가난한 아들보다 자식을 낳을 확률이 더 높으므로, 가난한 가정에서는 딸이 더 나은 투자처가 된다.

이렇게 다양한 예측을 검증하기 위해 무작위로 1,000개의 캐나다인 유언장을 골라 분석했다. 그 결과 첫째로 상속인의 92퍼센트는 친척이었고 8퍼센트만이 친척이 아닌 사람이었다.[21] 상속인이 될 확률이 가장 높은 사람은 배우자였는데, 이것은 대개 해당 부부가 낳은 자녀의 생존에 관해 확실히 관심 가질 사람이 배우자이므로 충분히 이해는 된다. 유산의 평균 금액은 유전적 친척관계의 패턴을 반영하고 있었다. 즉 유산 금액의 약 절반은 50퍼센트 친척관계인 사람에게 상속되었고, 약 10퍼센트는 25퍼센트 친척관계인 사람에게, 1퍼센트만이 12.5퍼센트 친척관계인 사람에게 돌아갔다.

자식은 부모의 형제자매보다 더 많은 상속을 받았고, 아들과 딸에게 상속된 재산의 상대적 비율은 유산 크기에 따라 달랐다. 트리버스와 윌러드의 예측대로 매우 부유한 가정에서는 아들이 딸보다 2배나 많이 물려받은 반면 매우 가난한 가정에서는 반대 패턴이 나타났다. 형제와 자매가 모두 있는 경우에 공정한 분배가 가장 흔한 패턴이었으며 82퍼센트의 사례에서는 큰 차이가 없었다. 그러나 7퍼센트의 사례에서는 딸 쪽으로 편향이 있었고, 11퍼센트의 사례에서는 아들 쪽으로 편향이 있었는데 재산 크기를 고려하지 않을 경우 이는 그리 큰 차이로 보이지 않는다.

트리버스-윌러드 가설과 일치하게 아들 편향이 있는 가정은 편향이 없는 가정보다 부유했고, 편향이 없는 가정은 딸 편향이 있는 가정보다 부유했다. 부모의 이런 편애 패턴은 자녀를 위해 구입한 선물 가격에서도 엿볼 수 있다. 2018년 온라인 구매 실태를 조사한 한 연구에서 부유한 중국 부모는 딸보다 아들에게 더 많은 돈을 쓴 반면 덜 부유한 부모의 경우에는 반대 패턴이 관찰되었다. 중산층 부모는 아들이나 딸에 대한 선호를 보이지 않았다.[22]

유언의 상속인이 될 확률이 가장 높은 사람은 배우자였는데, 이것은 누가 먼저 사망하는가에 따라 달랐다. 1890년 캘리포니아에서 진행된 유언장에 관한 한 연구에서는 아내보다 먼저 사망한 남편이 대다수 재산을 배우자에게 물려주었다.[23] 그러나 남편보다 먼저 사망한 아내는 유언장에서 남편을 삭제하고 재산을 자식에게 바로 물려주는 경우가 더 많았다. 이 경우에도 이에 대한 훌륭한 생물학적 설명이 있다. 남편이 사망할 즈음의 나이가 되면 대다수 아내는 가임 연령을 지나 더 이상 아이를 낳을 수 없는 경우가 많다. 따라서 남편은 자신의 자식을 돌볼 아내를 위해 자금을 남기는 것이 의미가 있다. 반면 아내가 사망할 즈음에는 남편이 다른 여성과 새로 가정을 꾸릴 수도 있으므로 사망이 임박한 어머니는 재산을 남편과 혹시 모를 사악한 계모에게 물려주는 대신 자식에게 물려주는 경향이 있다.

부모만이 자식을 위해 자금을 남기는 것은 아니다. 자손을 돌보는 것은 다른 친척에게도 이득이 될 수 있다. 예를 들어 어머니는 자식이 자신의 유전자를 가지고 있다고 100퍼센트 확신하는 반면 아버지는 생물학적 아버지라 확신하기 어렵다. 미국 전국여론조사센터National Opinion Research Center의 2010년 종합사회조사에 따르면[24] 오늘날에도 약 15퍼센트의 아내가 혼외정사를 한다. 아주 옛날에는 친자관계에 대한 불확실성이 더 컸다. 실제로 몇몇 남아메리카 부족에는 복수의 아버지를 인정하는 '분할친자관계partible paternity'의 관습이 있었는데, 이는 여러 남성의 정액이 쌓여야 임신이 된다고 믿었기 때문이다.[25] 모든 사회에서 확실하게 믿은 유일한 사실은, 아이가 산모의 아이라는 점이었다. 따라서 외할머니는 자신의 유전자가 손자에게도 있다고 꽤(즉 아이가 태어날 때 바뀌지만 않았다면) 확신할 수 있지만, 외할아버지는 이런 확신을 가질 수 없다. 어쩌면 할아버지 자신도 자기 딸의 아버지가 아닐지 모르니 말이다. 친조부모에게는 이런 보장이 전혀 없는데, 왜냐하면 자기 자식도 혼외정사로 낳은 아이일지 모르는 데다 손자도 유전적 관계가 전혀 없을 수 있기 때문이다.

이렇게 다양한 생물학적 친척관계와 기만의 가능성은 친척의 베푸는 정도에서 분명하게 드러난다. 즉 평균적으로 볼 때 외할머니는 다른 조부모에 비해 손자에게 더 많은 돈을 쓰며 조부모는 아들의 자식보다 딸의 자식에게 더 많은 돈을 쓴다.[26] 예를 들어 미국에서 최근에 실시한 설문조사에서는 5세 미만의 자식을 둔 부모에게 조부모가 얼마나 베푸는지, 얼마나 자녀 양육을 돕는지를 물었다. 이 연구에서 많은 조부모는 재혼한 부부였기 때문에 생물학적 조부모와 재혼해서 생긴 의부 조부모를 비교할 수 있었다. 평균적으로 생물학적 할머니는 손자에게 매년 680달러를 준 반면에 의붓할머니는 겨우 56달러를 주었다.[27] 또한 이모와 외삼촌도 고모와 삼촌보다 조카에게 더 많은 돈을 썼다.[28] 비록 현대 사회에서는 친자관계의 불확실성이 비교적 덜 하지만, 차별화된 지원을 제공하는 유전 전략은, 누가 아버지인지가 불확실했던 시기에서 비롯한 진화적 유산이라 하겠다.

방관자의 감시

"악의 승리를 위해 필요한 단 하나는 선한 사람들이 아무것도 하지 않는 것이다."

_에드먼드 버크(1729~1797)

1754년 프랑스 철학자 장 자크 루소Jean-Jacques Rousseau는 다음과 같이 말했다. "땅에 울타리를 치고 '이건 내 거야'라고 말하자 주위 사람이 그냥 그렇게 믿었던 상황에서, 그렇게 말한 최초의 사람이 시민사회의 진정한 창시자였다."[29] 이렇게 규칙을 지키는 능력 덕분에 사람들은 자신의 소유권이 도전받지 않고 인정받을 것이라는 상호이해를 토대로 활동 영역을 넓힐 수 있었다.

도덕률("도둑질하지 말라")은 원시적이고도 실용적인 해결책으로부터 탄생했다. 자기 소유물을 계속 점유한 채 두 눈 부릅뜨고 감시할 필요가 없게 되자, 비로소 더 많은 부를 축적하는 데 몰두할 시간이 생겼다. 남의 영토를 침략한 후 돌아올 수 있으려면 집이 아직도 거기에 있을 것이라는 믿음이 있어야 한다.

많은 동물이 자기가 점유한 것에 '재산'임을 표시하고 순찰하며 지키는 것처럼 영역 행동은 동물계에서 흔한 현상이다. 다양한 동물이 자신만의 둥지나 굴을 만들고 지킨다. 소라게들은 방치된 조개껍데기를 두고 서로 싸움을 벌인다. 집 짓기의 가장 인상적인 예는 비버가 만드는 댐일 것이다. 겨울철에 포식동물의 접근을 막고 강과 호수의 얼음 아래에 있는 물고기에게 쉽게 접근하기 위해 비버는 줄기를 갉아 쓰러뜨린 나무로 정교한 집을 짓는다. 물 위에 뜬 나무들을 적절한 위치로 이동시켜 구조물을 완성하는데, 이때 얼어붙지 않을 적절한 깊이에 수중 입구를 만든다. 이렇게 만든 안식처에서 비버 가족은 안전하게 쉴 수 있다.

만약 경쟁자가 이곳의 자원에 자유롭게 접근할 수 있었다면 비버의 집 짓기 행동은 진화하지 않았을 것이다. 만약 이런 서식지·영역을 방어하지 않거나 그대로 방치해도 된다면 다른 동물이 빼앗지 못하게 막을 점유물도 별로 없었을 것이다. 이것은 점유할 때 비로소 집이 된다.[30]

그러나 점유와 달리 소유는 더 정교하다. 왜냐하면 자원에 대한 권리를 주장할 수 있는지 계산할 '인지 메커니즘'이 필요하기 때문이다. 또한 소유에 대한 권리를 주장하려면 소유자가 지금 없더라도 그 권한이 유지된다는 양자 간의 이해도 마찬가지로 필요하다. 이것은 영화관에서 외투를 자리에 걸쳐 놓은 채 아이스크림을 사러 나가는 상황과 비슷하다. 이때 중요한 것은 행동의 결과를 상상하고, 미래의 우발적 상황에 대한 계획을 세우는 일이다. 남의 것을 취했을 때 뒤따를 응징과 처벌을 예상할 줄 알아야 한다.

소유권을 관철하려면 잠재적 비용을 감수하는 행동이 필요하다. 법과 경찰이 있기 전에 이러한 행동은 내 것을 지키기 위한 싸움을 의미했다. 도둑으로부터 재산을 지키는 것은 자신에게 직접 이익이 되는 자구행위다. 그러나 이로 인한 내부 갈등이 끊이질 않는다면 안정된 성장과 문명의 번창은 기대하기 어렵다. 따라서 소유권이 제대로 작동하려면 가장 허약한 사람의 재산뿐만 아니라 잠시 자리를 비운 사람의 재산도 보호해 주는 시스템이 있어야 했다. 다시 말해 잠재적 도둑의 절도를 막는 제도가 필요했는데, 이것은 다른 사람의 재산을 보호하기 위한 제삼자 처벌의 형태를 띤다. 자구행위와 달리 제삼자 처벌은 직접적인 이익도 없으면서 타인의 이익을 위해 손해를 입을 위험을 감수해야 한다. 이런 제삼자 처벌은 구성원들이 서로 잘 모르고 직접 마주칠 일도 거의 없는 대규모 공동체에서 특히 필요하다.

많은 동물이 자신의 물건을 지키기 위한 자구행위를 하지만, 제삼자 개입을 하는 동물 사례는 거의 없다.[31] 지배적 지위에 있는 침팬지나 마카크macaque 원숭이가 다른 원숭이의 싸움에 끼어드는 장면을 종종 목격하지만, 이는 재산 분쟁에 휘말린 다른 원숭이를 돕는 행동이라기보다 집단의 현재 상태를 유지하려는 행동이다. 음식 절도에 관련된 제삼자를 처벌할 기회를 의도적으로 설계해도, 침팬지는 다른 침팬지를 돕지 않으며 자신의 음식이 도난당할 때만 이를 지키거나 보복하는 행동을 보인다.

반면에 아동은 매우 어릴 때부터 다른 사람의 재산을 지키기 위해 개입하곤 한다. 2살 된 아이는 누가 자신의 물건을 빼앗으려 하면 화를 내지만 다른 사람의 물건이 도둑맞을 때는 별다른 반응을 보이지 않는다. 그러나 3살 된 아이는 못된 곰 인형이 다른 사람의 물건을 훔치려 하면 이에 항의하는 행동을 보인다.[32] 이런 제삼자 강제는 소유권에 매우 중요한 역할을 하는데, 왜냐하면 소유권의 힘은 주인이 없을 때도 규칙을 준수하는 사람들의 능력에 달렸기 때문이다. 보고도 못 본 척하는 행동은 소유권의 가치 전체를 약화한다. 만약 제삼자 처벌이 없다면 집단 간 협력과 사회는 붕괴될 것이며, 따라서 이것이야말로 동물에게는 관찰되지 않는 소유권의 핵심 특징 중 하나라 하겠다.

어째서 아이들은 3세쯤 되면 제삼자 처벌의 논리를 이해하기 시작할까? 이에 대한 한 가지 답변은 타인과 타인의 물건에 대한 이해의 발달에서 찾을 수 있다. 이것은 특히 심리학에서 '마음 이론theory of mind'이라고 부르는 것과 관련이 있는데, 이것은 마음속에서 다른 사람의 입장이 되어 그 사람의 생각과 행동을 이해하는 직관적 능력을 가리킨다. 마음 이론은 인간과 동물의 인지 분야에서 가장 많이 연구된 주제에 속하는데, 왜냐하면 이런 정신 능력은 사회적 상호작용과 타인의 행동을 예측하는 데 매우 중요하기 때문이다. 다른 사람의 마음을 읽을 수 있으면 그 사람의 다음 행동을 예상할 수 있고, 거짓 정보를 흘려 그 사람의 행동을 조종할 수도 있다. 다른 동물도 초보적인 마음 이론을 가지고 있다는 증거가 있지만, 3~4세쯤 된 아이의 마음 이론은 이보다 훨씬 더 정교하며 더 자주 관찰되는 현상이다.[33] 더 어린 영유아는 다른 사람에게 마음이 있음을 아는 것 같지만, 더 성숙한 아이처럼 능숙하게 다른 사람의 마음을 읽어내지는 못한다. 3세쯤 되면 아이의 마음 이론이 강력해지며 타인의 물건에 대해 그 사람이 가진 생각과 태도, 물건을 잃어버렸을 때의 상실감 등을 이해하기 시작한다. 따라서 못된 짓을 하는 사람을 벌하려는 마음이 생긴다. 다른 사람의 감정을 이해할 수 있는 능력은 사회 규범과 소유권을 확립하는 데 큰 도움이 된다.

소유권 침해인 절도는 꽤 이른 시기인 아동 발달 시기에 터득하는 개념이지만, 이에 대한 성인들의 이해는 동일하지 않다. 수렵·채집인 사회에서는 개인 재산이 거의 없었는데, 계속 이주하려면 소지품을 줄이는 것이 더 유리했기 때문일 것이다. 수렵·채집인은 타인의 사용하지 않는 물건을 사용해도 이를 절도로 보지 않았다. 따라서 이들은 제삼자 처벌을 가할 일도 많지 않았다.[34] 이들은 소유권을 이해하지 못했다기보다는 대다수 물건이 집단 소유였기 때문에, 부족의 한 성원이 사용하지 않는 물건을 다른 성원이 잠시 점유해도 이를 전혀 문제 삼지 않았다. 이것은 "네 것이 필요하니 내게 넘겨" 식으로 작동하는 '수요 기반 공유demand-sharing'라 하겠다. 이런 상황에서 사용 허가를 받는 행동은 개인의 소유권을 인정하는 행위라기보다 물건이 사용 중이 아님을 확인하는 행위다. 만약 수렵·채집인 부족을 방문한다면 텐트 밖에 벗어 놓은 내 신발을 다음 날 누가 신고 다녀도 놀라지 말아야 한다. 어쨌든 오늘은 내가 신고 다니지 않았기 때문이다. 에너지 수입에 따라 캠프 사이를 지속적으로 이동하는 수요 기반 공유 가족은 수렵 채집인의 전형적인 예측할 수 없는 환경에서 살아남는 데 더 잘 적응한 반면, 비공유 가족과 정착 가족은 멸망했다.

수요 기반 공유는 계속 이주해야 했던 수렵·채집인의 전략으로 진화했다. 이는 다양한 생활 전략의 효과를 시뮬레이션한 수학 모형을 통해서도 뒷받침된다. 에너지 원천을 따라 캠프를 계속 옮겨 다니는 수요 기반 공유 방식의 가족은, 전혀 예측되지 않는 환경에서 살아남는 수렵·채집인의 사회에 더 잘 적응한 반면, 공유 방식의 가족과 한곳에 정주하는 생활 방식의 가족은 쇠퇴했다.[35]

전통적인 수렵·채집인 사회는 오늘날 거의 남아 있지 않다. 대부분은 다른 많은 사람에게 둘러싸인 채 한곳에서 살고 있는데, 이런 곳에서는 낯선 사람이 내 물건을 훔칠 위험이 늘 존재한다. 소유권의 요점은 주인이 없어도 남의 자원을 함부로 가져가면 안 된다는 점을 이해하는 것이다. 우리는 이런 사회계약의 일환으로 다른 사람이 우리의 재산권을 보호하고 존중할 것이라고 기대한다.

그러나 다음과 같은 상황에서 어떻게 행동할지에 대해 솔직하게 답해 보라. 수상해 보이는 20대의 한 청년이 절단기로 자전거의 잠금장치를 끊으려 하는 장면을 목격했다면 어떻게 하겠는가? 그 청년은 다른 사람이 지나갈 때는 작업을 멈추고 다른 일을 하는 체했다. 당신의 머릿속에서는 아마도 일종의 위험 편익비 분석이 잽싸게 이루어질 것이다. 저 친구의 자전거인가? 그렇다면 굳이 남이 본다고 작업을 중단할 이유가 없는데? 위험한 범죄자인가? 누가 막아야 할 텐데, 내가 괜히 나섰다가 피곤해지진 않을까?

사람들은 절도처럼 보이는 장면을 목격했을 때 종종 이를 외면하곤 한다. 이것을 확인하기 위해 영화 제작자 케이시 나이스탯Casey Neistat은 뉴욕의 여러 장소에서 자신이 자전거를 훔치는 듯한 모습을 촬영했는데, 이것은 유튜브YouTube에서 300만 회 이상의 조회 수를 기록하기도 했다.[36] 그의 행동은 명백히 절도처럼 보였지만 아무도 그를 막지 않았으며, 마침내 경찰이 나타났을 때까지 그는 사람이 붐비는 유니온 스퀘어Union Square에서 전동 공구를 들고 계속 요란을 떨었다. 이렇게 공공장소에서 직접 나서지 않는 경향은, 주위에 다른 사람이 있을 때 나서길 망설이게 되는 이른바 '방관자 효과'를 보여준다. 주위에 사람이 많을수록 마치 책임이 희석되기라도 하는 것처럼 방관자 효과가 강해진다.

소유권이 제삼자 감시에 달려 있다면 어떻게 방관자 효과를 개입 필요성과 조화시킬 수 있을까? 사람들이 언제나 다른 사람의 재산을 보호하는 것은 아니다. 가정용 도난경보기를 생각해 보라. 그 장치가 주거침입을 억제할 수 있는 것은 이웃, 경비원 또는 경찰이 신속히 출두하리라는 가정에 기초한다. 그러나 실제로 이런 가정은 거의 실현되지 않는다. 영국과 미국의 경보 작동 대부분이 아무런 효과도 낳지 않는다. 영국에서는 또 다른 범죄 증거가 있지 않으면 불특정한 경보에 대응하지 않는 것이 경찰의 표준 방침이다. 상습 절도범과의 인터뷰에서도 드러나듯이 다른 보안 조치에 비해 경보는 도둑에게 특별한 억제 수단이 되지 못하는데, 왜냐하면 도둑은 경찰이 거의 나타나지 않는다는 사실을 잘 알기 때문이다.[37]

3살 된 아이도 도둑질하는 장면을 보면 개입하려 하는데, 어째서 성인에게는 방관자 효과가 나타날까? 연구에 따르면 방관자 효과는 무관심이라기보다 애매함과 공포가 조합된 결과다. 우리 주위 상황은 대체로 애매한 경우가 많고, 따라서 우리는 돌진하기보다 차분히 걸으면서 무슨 일이 벌어지는지를 지켜보곤 한다. 누가 노골적으로 자전거의 자물쇠를 절단하려 하면 우리는 주인이겠거니 생각한다.

아동과 마찬가지로 성인도 물건을 만지는 사람을 보면 그 사람이 물건의 주인일 것이라 추측하는데, 이것은 법치국가에서 통계적으로도 확률이 더 높은 경우에 속한다. 또는 만약 그 사람이 다른 사람을 의식하지 않는 사람이라면 그는 폭력적인 사람일지 모른다. 어떤 경우든 다른 사람의 자전거 때문에 위험을 감수할 필요는 없지 않을까? 다른 사람들도 나를 위해 똑같이 나설까? 이는 더 따져 볼 필요도 없을 듯하다.

그러나 방관자 효과가 늘 우세한 것은 아니다. 혼자 있을 때 재산 침해를 목격하면 사람들은 사태에 개입하는 경향을 보인다. 이런 상황에서는 기댈 다른 사람이 없기 때문이다. 상황에 대한 평가는 범죄의 발생 장소에 따라 달라지기도 한다. 지방 주민은 도시 시민들에 비해 훨씬 더 적극적으로 상황에 개입한다. 이것은 위험을 감수하려는 의지가 더 강하기 때문일 수도 있고, 상황이 덜 애매하기 때문일 수도 있다. 작은 공동체일수록 이웃을 잘 알고 있을 뿐만 아니라 낯선 이를 이방인으로 지각하는 경향이 있다. 또한 작은 집단 속에서 사는 사람은 이웃의 재산을 지키려는 행동, 이웃의 이익에 대해 더 강한 책임감을 느낀다. 수상쩍은 상황을 목격하는 집단이 모두 서로 아는 사이일 경우 방관자 효과는 사라지는데, 이는 충분히 예상할 수 있어서다. 이런 집단에서는 비교적 덜 애매하고, 의사소통이 가능하며, 범죄를 방지하려는 공동 이익이 있기 때문에 방관하지 않는 것이다.[38]

공유지의 비극

서로가 책임감을 가지고 공동 자원을 감시하는 행동은 구성원 모두에게 이익이 된다. 이것은 인류가 지구의 생활 환경을 바꿔감에 따라 점점 더 명확해졌다. 약 1만 2,000년 전에 현대 문명이 탄생한 이래로 세계 인구는 약 500만 명에서 오늘날 70억 명 이상으로 급증했다. 문명이 시작되기 전에는 인구가 적었을 뿐만 아니라 환경 변화에 따라 이주하는 작은 집단을 이루어 생활했다.

그러나 문명화와 함께 상황이 바뀌었다. 건강과 부를 가져온 기술 발전 덕분에 인구가 기하급수적으로 증가했고, 급증한 인구는 오늘날 지구를 위협하는 지경에까지 이르렀다. 오늘날에는 개발할 천연자원도 부족할 뿐만 아니라 인간의 산업 활동이 초래한 기후 변화로 인해 지구상의 모든 생명체가 위협을 받고 있다.

이런 위태로운 상황은 1968년 생태학자 개릿 하딘Garrett Hardin이 과잉 인구의 위험에 관해 저명한 학술지인 〈사이언스*Science*〉에 발표한 "공유지의 비극The Tragedy of the Commons"이라는 논문에서 이미 예측되었던 것이기도 하다.[39] 이 논문에서 하딘은 문제의 주요 원인을 인간의 행동에서 찾았다. 간단히 설명하면, 사람들은 번식하고 경쟁하면서 자신과 가족을 위한 이기심을 바탕으로 행동하려는 동기를 가지고 있다. 이때 하딘은 이기적 행동의 결과가 반드시 뜻대로 되지는 않는다고 지적한다. 그러나 이것은 인간의 본성에 가깝기 때문에, 인간의 동기를 변화시킬 기술적 해결책은 딱히 없다고 그는 주장한다.

하딘은 고전경제학의 시각에서 문제를 고찰했다. 《국부론*The Wealth of Nations*》(1776)을 쓴 현대경제학의 아버지 애덤 스미스Adam Smith는 '보이지 않는 손'이 작동해 사회가 발전할 것이라고 보았다. 그는 "자신의 이익만을 추구하는" 개인이 "보이지 않는 손에 이끌려 (…) 공익을 증진시킨다"고 말했다. 즉 사람들은 이기심을 바탕으로 행동하지만, 이를 통해 누적된 변화가 사회를 더 나은 방향으로 발전시킨다는 뜻이다. 애덤 스미스가 말한 이 상황을 가장 명확하게 보여주는 예는 시장과 혁신의 관계다. 공급이 부족하고 수요가 많은 제품의 경우 기술적·경제적 혁신이 이루어지면 사람들이 많이 찾는 상품의 공급 확대로 이어진다. 그 때문에 사업가들은 끊임없이 돈이 되는 해결책을 모색한다.

개인이 경제 성장의 원동력이라는 이런 신념은, 오늘날에도 개인의 자율성이 진보의 가장 중요한 요인이라고 보는 정치적 입장의 핵심이 된다. 이런 논리는 경제 분야에서는 꽤 잘 작동할 수 있지만(그러나 우리는 뒤에서 이것의 문제점도 보게 될 것이다.), 사회 전체로 보면 스미스의 보이지 않는 손은 나쁜 손임에 틀림없다.

1833년, 수학자이자 경제학자인 윌리엄 포스터 로이드William

Forster Lloyd는 스미스의 오류를 설명하는 공식을 제시했다.[40] 그가 제시한 예에서 사람들은 공유지 또는 공동 목초지에서 가축을 자유롭게 방목할 수 있었다. 사람들이 성공의 욕망과 경쟁 본능에 따라 행동한다면 자신이 기르는 가축의 수를 늘리는 것이 유리하겠지만, 이는 결국 집단 전체의 재앙을 초래할 것이다. 개별 목축업자의 입장에서는 가축을 한 마리 더 기르면 그만큼의 가치가 추가되지만, 이로 인한 추가 방목의 비용은 공유지를 사용하는 모든 사람에게 분할된다. 따라서 개별 목축업자에게는 가축 수를 늘리는 것이 경제적으로 매우 합리적인 선택이지만, 문제는 모든 사람이 동일한 논리로 움직인다는 점이다. 이렇게 모든 사람이 자신의 가축 수를 늘리면 결국 과잉 방목 상태가 되어 풀은 모두 고갈되고 공유지는 붕괴되고 말 것이다.

하딘은 큰 반향을 불러일으킨 그의 논문에서 이 예를 가리켜 비극이라고 불렀다. 왜냐하면 문제가 명백히 보이는데도 해결 방법이 없는 불가피한 현상처럼 느껴졌기 때문이다. 문제는 실제로도 개별 국가들이 각자의 소유권을 주장하면서 이와 똑같은 논리의 비극적 게임을 벌이고 있다는 사실이다. 지난 세대에서부터 우리가 점차 깨달은 것처럼 지구는 섬세한 균형 상태를 유지하고 있는 생태계다. 자원을 마음대로 파괴할 수도 있는 소유자의 권리(로마법의 처분권을 다시 한번 생각해 보라!)는 지구를 살기 좋은 곳으로 보존하려는 우리 모두의 권리와 충돌한다. 한 국가에서는 산림을 개간해 농경지를 만드는 것이 자신의 정당한 권리라고 주장하겠지만, 이 때문에 열대우림이 파괴될 경우 지구상의 모든 사람에게 재앙과도 같은 결과가 초래될 수 있다.

인류 문명이 시작된 이래로 지구상에 존재했던 나무의 절반이 사라졌다.[41] 화석 연료 연소, 해양의 산성화 등등 온갖 지표는 인간이 야기한 문제들로 인해 지구상에서 생명의 미래가 위협받고 있음을 보여준다. 기후 변화는 인간 활동의 직접적인 결과다. 그러나 이 문제를 해결하기 위한 조치는 자국의 자원을 마음대로 처분 가능한 개별 국가의 소유권과 정면으로 충돌한다. 바로 이 때문에 국제 협력과 조약을 통해서만 인간을 위협하는 환경 재해에 맞설 수 있다. '미국 우선주의' 같은 일방적 보호주의가 근시안적이고 위험하며, 결국에는 자기 파괴적인 성향을 띠는 것도 바로 이 때문이다.

경제학자 존 고디John Gowdy의 주장에 따르면 현재의 딜레마는 결코 불가피한 것이 아니었다. 왜냐하면 인류 역사의 90퍼센트 동안 인간은 수렵·채집인으로 살았으며 살벌한 소유권 경쟁도 벌이지 않았기 때문이다.[42] 유목민에게 재산은 짐이 될 뿐이다. 수렵·채집인은 먹고 마시며 놀고 어울리면서 상당한 시간을 보냈다. 그들은 비록 물질적으로 가난했지만, 오늘날 일할 필요가 없는 큰 부자에게만 가능한 종류의 여가 활동을 일상적으로 즐겼다.

실제로 대다수 수렵·채집인은 산업화 사회의 현대인보다 훨씬 더 많은 여가 시간을 즐겼다. 수렵·채집인은 보통 하루에 평균 3~5시간을 일했고 매주 하루나 이틀을 쉬곤 했다.[43] 게다가 대부분의 일은 사냥·낚시·열매 따기 등이었는데, 이것은 오늘날 서구 사회에서 여가 활동으로 간주되는 것들이다. 미래에 효과적인 수렵·채집인 부족을 창설하겠다는 야망을 가진 원시주의자 제이슨 고데스키Jason Godesky의 신념에 따르면, 가장 부유하고 산업화된 사회에서 기대할 수 있는 가장 여유로운 삶도 가장 고된 수렵·채집인의 삶보다 못하다.[44]

물론 이런 유토피아적인 비전은 다분히 감상적이고 낭만적이다. 하지만, 물질적 부의 추구로 인해 현재의 환경 재앙이 초래되었다는 것은 부정할 수 없는 사실이다. 존 고디는 개릿 하딘만큼 미래에 대해 비관적이지 않다. 고디는 공유지의 비극에 맞서 우리가 할 수 있는 수많은 변화의 조치를 제안한다. 그 제안에는 우리에게도 친숙한 것들이 많은데, 지속 가능한 환경, 부의 불평등 축소, 사회보장 제도 마련, 국제 협력 강화 같은 것들이 포함된다.

그러나 이 목록에서 빠진 문제가 하나 있다. 바로 소유권을 어떻게 이해하고 바꿀 것인가라는 점이다. 생물학적 필요성에 기초한 것이라 할지라도 어쨌든 소유권 개념은 인간의 마음속에서 구성되고 아동의 발달 과정을 통해 구체화된 것이다. 심리적 소유가 오늘날의 과소비와 수그러들 줄 모르는 물질주의를 초래한 근본 원인 중 하나라고 볼 때, 우리는 사람들의 지각을 바꿀 수 있는 방법을 찾아야 한다. 그러나 사람들의 지각을 바꾸려면 먼저 그 기원을 이해할 필요가 있다. 다음 장에서는 이 주제를 다룰 것이다.

3장

갖겠다는 권한, 뺏겠다는 욕망

누구의 것도 아닌 뱅크시

2010년 미시간 주 디트로이트Detroit에 있는 낡은 패커드Packard 자동차 공장을 재개발하던 중 철거 예정인 콘크리트 벽에서 한 벽화가 발견되었는데, 거기에는 페인트 통과 붓을 든 아이의 모습과 함께 "나는 이 모든 것이 나무였을 때를 기억한다"라는 문구가 적혀 있었다. 이것은 영국의 유명한 그라피티graffiti 아티스트 뱅크시Banksy의 작품으로 밝혀졌다. 이 벽화의 상징적인 스텐실 이미지, 재치 있는 유머 감각, 남몰래 게릴라처럼(종종 한밤중에) 작업을 한 대담성, 특히 감쪽같이 숨긴 익명성 등에서 이것을 바로 알아챌 수 있었다. 일반 대중은 뱅크시가 누구이고 어떻게 생겼는지 알지도 못하며 그는 자신의 작품에 대해 소유권을 주장한 적이 한 번도 없었다. 그는 그저 자신의 공식 웹사이트(pestcontroloffice.com)를 통해 작품 활동을 인정했는데, 이것도 역시 뱅크시다운 유머였다. 그러나 그가 자신의 노동에 대해 소유권을 주장하지 않는다면 그의 작품은 누구의 것인가?

어쨌든 이것은 매우 귀중한 물건임에 틀림없었다. 낡은 패커드 공장에서 뱅크시 작품이 발견되었다는 사실이 알려지자 디트로이트의 555 미술관에서는 아무것도 모르는 인부들이 불도저로 밀어버리지 않도록 7×8피트에 1,500파운드에 달하는 이 콘크리트 덩어리의 구출 작전을 펼쳤다.[1] 그러나 이 소식을 들은 땅 주인은 이 벽의 가치가 10만 달러 이상이라면서 미술관을 절도 혐의로 고소했다. 철거 예정이던 쓸모없는 벽이 하룻밤 사이에 이렇게 귀중한 물건이 되었다. 법원은 이 그라피티의 정당한 주인이 누구인지를 판결해야 했다. 이것을 벽에 그린 화가가 주인인가? 아니면 토지를 소유한 회사인가? 아니면 그림을 발견한 인부들인가? 아니면 작품을 안전하게 보존하기 위해 상당한 수고를 한 미술관의 것인가? 결국 이 디트로이트 뱅크시 사건은 555 미술관이 땅 주인에게 2,500달러를 지급하고 완전한 소유권을 얻는 것으로 정리되었다. 이것은 좋은 거래였다. 5년 후인 2015년, 뱅크시의 그라피티가 새겨진 이 벽은 캘리포니아의 한 부부에게 13만 7,500달러에 팔렸다. 이 작품은 뱅크시가 디트로이트에 선물했으므로 계속 미시간주에 남아 있어야 한다고 주장했던 디트로이트 주민들은, 이 소식을 듣고 깜짝 놀랄 수밖에 없었다.

뱅크시는 소유권 개념을 이리저리 흔드는 도발적 상황을 즐기는 듯하다. 그는 우리에게 '예술이 무엇인가'라는 질문뿐만 아니라 '누가 이것의 주인인가'라는 질문도 던지게 만든다. 위에서 소유권을 주장했던 모든 논리에 대해 우리는 의문을 제기할 수 있다. 모든 건축물은 개인 또는 조직의 소유물이다. 따라서 뱅크시가 멋지게 장식한 벽은 사실 그가 마음대로 변경할 수 있는 그의 재산이 아니다. 낙서는 훼손으로 간주해 재산의 가치를 떨어뜨리는 존재다. 대다수 서구 사회에서 이것은 벌금이나 징역형에 처하는 기물파손죄에 해당하는 행위다. 2017년 영국에서 낙서를 제거하는 데 들어간 비용은 10억 파운드에 달했다.[2] 뱅크시의 작품은 과연 파괴인가, 건설인가? 그의 고향인 브리스톨Bristol의 공무원들은 뱅크시의 벽화에 공공 예술의 지위를 부여해 이를 보호하고 있다. 그의 거리 예술을 관람하기 위한 관광 상품이 존재하며, 2009년에 브리스톨 시립 박물관에서 주최한 뱅크시 전시회는 그의 작품을 감상하러 몰려온 방문객 덕분에 1,500만 파운드의 수입을 이 도시에 안겼다.[3] 그러나 다른 시각을 가진 사람들도 있다. 런던의 올드 스트리트Old Street 지하철역 근처 벽에는 뱅크시의 가장 유명한 작품 중 하나가 있었다. 영화 〈펄프 픽션Pulp Fiction〉에 출연한 배우 존 트라볼타John Travolta와 새뮤얼 L. 잭슨Samuel L. Jackson이 총 대신 바나나를 겨누고 있는 이 작품은, 추정 가치만 30만 파운드 이상이었다.[4] 그런데 2007년 4월에 런던 교통공사 소속 인부들은 이 벽화를 덧칠해 지워버렸다. 벽화를 제거한 이유를 묻는 취재진에게 런던 교통공사 대변인은 "낙서 제거팀은 전문 미술비평가가 아니라 전문 청소부로 구성되어 있다"라고 답했다.

아이러니하게도 지금까지 뱅크시의 가장 창의적인 작업은 파괴 행위였다. 사건은 2018년 10월 5일 소더비Sotheby 런던 경매회사에서 뱅크시의 대표 이미지 중 하나인 하트 모양 풍선을 날리는 소녀상을 매각하던 중에 벌어졌다. 경매인이 망치를 내려치며 낙찰을 선언한 순간 경보음과 함께 액자 안의 그림이 저절로 미끄러져 내려오면서 갈기갈기 찢어졌고 사람들은 충격에 휩싸였다. 뱅크시는 혹시라도 이 작품이 경매에서 팔릴 경우를 대비해 몇 년 전에 그림 액자에 파쇄기를 직접 설치했던 모습을 인스타그램Instagram에 공개했다. 또한 그는 진열실에 모여 있던 전화 응찰자들이 아연실색하는 모습의 사진을 올리면서 "간다, 간다, 갔다.… Going, going, gone…"라는 재치 있는 태그를 달았다. "파괴의 충동도 창조적 충동이다. _피카소"라는 문구를 덧붙인 뱅크시의 지적처럼 이것은 그의 가장 창의적인 작업이었다. 보통 반으로 찢긴 미술품은 쓸모없게 되겠지만 뱅크시의 작품은 그렇지 않았다. 낙찰자는 이 사건으로 대중의 이목을 더욱 끌게 된 이 그림의 잔해와 액자를 간직하기로 결정했다. 이쯤 되면 뱅크시는 그가 만지는 모든 것을 황금으로 변화시키는 예술계의 미다스 왕인 듯하다.

그는 공개적인 미술품을 제작할 때마다 소유권이 확립되는 방식에 내재한 긴장 관계를 드러낸다. 뱅크시는 자신의 기발한 아이디어와 실제 노동이 담긴 지식 재산권을 확립한 다음, 자기 노력의 산물을 직접 내팽개침으로써 다른 사람들이 소유권을 두고 다투게 만든다. 뱅크시의 모든 창작물은 소유권이 인간 마음의 산물인 '개념'에 지나지 않는다는 벤담의 격언을 상기시킨다.

개념 미술을 대중 마음속에 각인시킨 프랑스 예술가 마르셀 뒤샹Marcel Duchamp은 1917년에 뉴욕에서 열린 독립예술가협회의 첫 번째 연례 전시회에 자기로 된 흔한 소변기를 〈분수Fountain〉라는 제목으로 출품했다. 협회의 이사회는 모든 회원의 출품작을 받아들여야 한다는 자체 규정이 있었음에도, 〈분수〉에 대해서는 이것이 외설적이며 예술품이 아니라고 이의를 제기했다. 독립예술가협회의 첫째 이념은 미술계를 지배해온 고루함과 엘리트주의를 무너뜨리는 것이었다. 그래서 전시회에는 심사위원도, 심사도, 시상도 없었으며 모든 작품을 작가의 성에 따라 알파벳순으로 전시하기로 되어 있었다. 그러나 이사회는 딱 한 작품에 대해, '품위'를 이유로 이의를 제기한 것이었다.

이에 분노한 뒤샹은 전시장 칸막이 뒤에 처박혀 있던 소변기를 회수해 사진을 찍은 뒤 뉴욕 갤러리 소유주이자 당시의 대표적 사진작가였던 알프레드 스티글리츠Alfred Stieglitz에게 보냈다. 이 작품에 대한 그의 반응은 달랐다. "'소변기' 사진은 정말로 놀랍다. 이것을 본 모든 사람은 이것이 아름답다고 생각한다. 그리고 실제로 그렇다. 이것은 동양적인 느낌이 난다. 무슨 불상과 베일을 쓴 여인상이 혼합된 모습이다."

〈분수〉 작품과 관련해 남은 것은 1917년에 찍힌 그 사진뿐이었으며, 소변기는 이내 폐기 처분되었다. 그러나 이것은 중요하지 않았는데, 왜냐하면 이 작품의 핵심은 개념이었기 때문이다. 뒤샹은 일부러 협회 회원들을 자극해 예술에 도전하고 싶었다. 혹자는 뒤샹이 관객이 예술의 개념에 소변을 보도록 유도한 것이라고 했지만, 1964년의 인터뷰에서 뒤샹은 설명하길 "예술이 신기루라는 사실에 대해 사람들의 관심을 끌고자 했다"고 말했다.[5] 예술도 소유권처럼 신기루일 뿐이다.

영국의 저명한 현대미술상인 터너 상Turner Prize의 후원 기관에서 2004년 미술계 주요 인사를 대상으로 실시한 여론조사에서 〈분수〉는 단연코 20세기의 가장 중요한 작품으로 꼽혔다.[6] 비록 〈분수〉의 원작품은 사라졌지만 뉴욕 현대미술관, 런던 테이트 모던Tate Modern 갤러리, 파리 퐁피두 센터 같은 세계의 유수한 미술관에 복제품이 들어섰다. 오늘날 개념 미술은 거액에 거래되는 다수의 작품을 만드는 독자적인 장르가 되었다. 2002년 뒤샹의 작업실에서 제작한 소변기 복제품은 100만 달러가 넘는 경매가에 팔렸는데, 오직 마음속 개념으로 존재하는 작품 금액치고는 꽤 비싼 편이라 하겠다.

예술이 소유권과 관련 있는 건, 이 둘이 모두 개념적 성질의 것이기 때문이다. 이 세계는 인간의 마음이 구성한 개념들로 가득하다. 그런데 어떻게 그렇게 되었을까? 발달심리학자인 나는 내 경력 기간 동안 아동의 개념 발달을 연구하는 데 몰두했는데, 이러한 개념에는 물리적 세계에 대한 이해부터 초자연적 세계에 대한 믿음까지 모든 것이 포함된다. 모든 영역에서의 개념은 우리가 가지고 태어난 몇몇 원칙을, 경험을 통해 점점 더 정교화하면서 발달하는 듯하다. 소유도 인간이 다른 동물과 공유하는 원시적 행동인 '점유 원칙'을 바탕으로 발달한 개념이다.

소유가 있기 전에 점유가 있었다. 점유란 그저 어떤 자원에 대한 물리적 접근을 통제하는 것이다. 어떤 자원을 보유하거나 가지고 다니거나 그 위에 눌러앉는 것 등이 점유의 형태다. 앞에서 설명한 것처럼 많은 동물은 점유물을 차지하고 지킨다. 아동 발달에서도 소유의 개념이 있기 전에 점유가 있다. 심리학자 리타 퍼비Lita Furby는 점유 행동의 발달을 분석한 후 세계 모든 곳에서 작동하는 점유의 두 원칙을 제시했다.[7] 우선 5세 아동부터 50대 성인까지를 인터뷰한 결과 이들은 모두 점유를 통해 대상에 대한 통제력을 얻게 된다는 데 동의했다. 둘째로 이들은 모두 점유물이 자기 정체성의 일부가 될 수 있다는 데 동의했다. 이것은 우리가 1장에서 살펴본 것처럼 나와 내 재산 사이에 형성된 유대감, 재산을 통해 자아가 확장되는 경험에서 비롯하는 심리적 소유다.

처음에 신생아는 사물에 대한 통제력뿐만 아니라 발달된 자아감도 없다. 그러나 신생아는 세계와 상호작용을 하려는 생득적인 호기심을 가지고 있다. 심리학자 로버트 화이트Robert White의 이론에 따르면 인간을 포함한 모든 동물은 환경에 작용을 가하려는 동기를 가지고 있으며, 이런 효능감이야말로 기쁨의 보편적 원천이다.[8] 집에서 반려동물이 노는 모습을 지켜보고 있으면, 동물이 이런저런 물건을 반복해서 발로 건드리거나 후려치는 식으로 물건을 통제하면서 큰 만족을 얻고 있음이 꽤 분명해 보인다. 이런 물건은 반려동물이 통제하고 있으므로 그 동물이 점유하고 있는 것이다. 통제에 대한 욕구는 스위스 아동심리학자 장 피아제Jean Piaget의 인지발달 이론에서 핵심적인 동기 부여 요인으로 꼽힌다. 그의 이론에 따르면 유아는 물체와 상호작용을 하고 그 속성을 학습함으로써 주위 세계의 성질을 발견해 간다. 아기가 식기나 컵으로 식탁을 계속 두드리거나 높은 식탁 위의 물건을 밀쳐내 부모가 계속 집어 올리게 만드는 까닭도 이와 관련이 있다. 피아제에 따르면 유아는 이런 행동을 통해 주위 세계의 성질을 탐색하기 시작하고, 이에 대해 통제력을 발휘하면서 자신이 점유한 것의 특성을 깨닫는다.

통제는 우발성contingency과도 관련이 깊다. 유아는 우발적인 경험 또는 자신의 행동에 때맞춰 발생하는 경험에 특히 이끌린다. '교대로 움직이기'는 부모와 유아가 주고받는 상호작용의 중요한 특징 중 하나다. 아기를 상대로 한 까꿍 놀이가 전 세계에서 인기인 것 역시 이 놀이가 우발성에 기초하기 때문이다.[9] 통제와 우발성에 대한 근본적 충동을 바탕으로 우리는 사물뿐만 아니라 개인의 생각과 행동까지도 점유하곤 한다.(여기서 '우발(성)'이란 국어사전에서 풀이한 "우연히 일어남, 또는 그런 일"이라는 의미라기보다 메리엄-웹스터Merriam-Webster 사전에서 'contingency'의 한 의미로 풀이한 "다른 어떤 것의 부속물 또는 결과로 발생하기 쉬운 어떤 것something liable to happen as an adjunct to or result of something else"이라는 의미로 이해해야 통제·우발성·점유 사이의 관계가 분명해진다.—옮긴이) 미국 심리학자 마틴 셀리그먼Martin Seligman에 따르면 "운동 명령과 시각·운동감각 피드백 사이에 거의 완벽한 상관관계가 존재하는 '물체object'는 자아self가 되고, 그렇지 않은 '물체'는 세계world가 된다."[10]

이런 우발 사태에 대한 통제력을 잃은 성인은 단절을 경험한다. 이럴 때 우리는 자기 생각과 행동에 대한 주인의식을 잃어버리고 비인격화, 즉 인격의 해체를 경험한다. 자아의 완전성과 통제력이 크게 손상되는 일이기 때문이다. 이런 정신병적 상태에서 우리는 무엇에 사로잡힌possessed 것 같다고, 마치 다른 사람이나 영혼이 우리의 몸과 마음을 통제하는 것 같다고 말하곤 한다. 조현병을 앓는 환자처럼 수의적 통제하에 있는 생각과 행동의 불일치가 나타날 경우, 외부 통제 또는 타자의 지배를 받고 있다는 망상이 생긴다.[11] 몸과 마음, 두 측면 모두에서 우리가 누구인가라는 물음은 '우리가 무엇을 배타적으로 통제하며 소유하는가?'라는 물음으로 귀결된다.

주면 당근, 뺏으면 채찍

점유욕이 주변의 물리적 세계를 통제하려는 원시적 충동에서 비롯한다고 했을 때, 아기가 무엇을 만지든 당장 해가 되는 것이 아니면 막지 않는 대다수 부모의 태도는 충분히 이해할 만하다. 이렇게 아기는 부모의 사랑을 한 몸에 받으며 가족의 중심에 놓이게 된다. 아장아장 걷는 아이가 있는 가정을 방문한다면, 아이가 부모에게 이런저런 물건을 보여주느라 어른들의 대화가 얼마나 자주 끊기는지 유심히 지켜보라. 이것은 사람의 주의를 끌고 상황을 통제하는 흔한 방법이며, 어린아이와 부모의 사회적 상호작용에 물리적 객체가 자주 포함되는 것도 바로 이 때문이다.[12]

아기는 탐색의 범위를 끊임없이 넓혀가는 호기심 많은 동물이다. 아기는 이동 능력이 발달하면서 주변 환경에 있는 대다수 물체에 접근할 수 있게 된다. 그러나 이런 접촉은 종종 부상이나 파손을 초래하기 때문에 어른과 나이 많은 형제자매는 아기의 호기심을 억제하려 한다. 이럴 때 아기는 제한된 접근권이 무엇인지, 자신이 통제할 수 있는 것이 무엇이고 또 통제할 수 없는 것이 무엇인지를 배우기 시작한다. 다른 사람의 물건을 아이가 탐색하려 할 때 통제당하면, 아이의 점유 욕구는 좌절을 경험한다. 이를 통해 금지된 물건에 대한 인식이 생기고, 반면에 아이가 마음대로 통제할 수 있는 물건은 그의 것이 된다.

어린아이의 또래 간 상호작용은 많은 경우 언어보다는 물건을 통해 이루어진다. 어린아이는 어떤 장난감을 가져가야 형제자매가 가장 화를 내는지를 잘 안다.[13] 집에서뿐만 아니라 어린이집에서도 아이는 점유 가능한 모든 것을 통제하기 위해 작전을 벌인다. 초기에 진행한 몇 가지 관찰 연구에 따르면 어린이집에서 생후 18~30개월 된 아이들의 다툼은 75퍼센트가 장난감 점유를 둘러싼 분쟁이었다.[14] 같은 공간에 두 아이만 있는 경우 이런 분쟁의 비율은 약 90퍼센트까지 올라간다. 동물계에서도 통용되는 '선점 규칙'은 이 연령대에서 아직 제대로 작동하지 않는 듯하다. 세 살쯤 되면 이런 분쟁의 비율은 모든 다툼의 약 절반까지 떨어진다.

처음에 아이들은 다른 아이가 가장 좋아하는 장난감을 선호한다. 아이가 손에 쥔 장난감을 놓고, 그저 다른 아이가 쥐고 있다는 이유만으로 그 아이의 똑같은 장난감을 향해 손을 뻗는 모습을 우리는 종종 볼 수 있다. '신분의 상징'이라는 것을 이해할 수 있는 나이가 아님에도, 아이는 다른 사람이 좋아하는 물건을 손에 넣는 것이 어떤 가치를 지니는지 알고 있다. 처음에 어린아이는 꽤 자기중심적으로 물건을 가지고 놀다가 이내 또래와 함께 장난감을 가지고 노는 공동 놀이가 늘어난다.[15] 아동심리학자 에드워드 뮬러Edward Mueller의 말처럼 장난감 소유는 같이 놀자고 초대하거나 요구하는 형태로 사회적 상호작용을 촉진하는 당근과 채찍이 된다.[16]

어린이집에서 아이들의 '서열'이 정해질 때도 점유가 중요한 역할을 한다. 물건을 통제하는 것은 지배의 주요 특징인 반면 다른 아이를 때리는 폭력 행사는 일시적인 성질의 것이며, 보복 또는 처벌로 이어지기 쉽기 때문이다.[17] 소유와 관련해 흥미로운 점은 어린아이가 종종 집에서의 경험을 어린이집에 적용한다는 사실이다. 한 연구에 따르면 또래의 물건을 자주 빼앗는 아이의 어머니는 집에서 아이의 물건을 빼앗는 경향이 있으며, 또래에게 물건을 잘 양보하는 아이의 부모는 집에서 아이에게 물건을 잘 건네주는 경향이 있다.[18]

영역 분쟁과 공격적 점유는 유치원 시기를 거치면서 대체로 감소하고 그 대신에 협상의 비율이 커진다. 그때부터는 소유권 분쟁을 해결할 때 언어가 중요해진다. 언어 발달이 지체되는 아동은 소유권을 주장할 때 계속 힘으로 밀어붙이는 경향이 있다.[19] 그래서 이런 아동은 종종 따돌림을 받는다. 여아보다 더 공격적이며 의사소통이 서툰 남아는 소유권 분쟁 시 상대적으로 더 폭력에 의존한다. 남아는 공유도 덜 한다.[20] 아동심리학자들은 남아의 공격성이 자연적 성향인지 아니면 문화적 고정관념인지 오랫동안 논쟁을 벌였는데, 남아의 언어 지체에는 일반적으로 생물학적 이유가 있다.[21] 그러나 점유 협상에 서툴기 때문에 이런 공격성이 발현되는 것일까? 아니면 이런 공격성 때문에 점유 협상에 서툰 것일까?

유아기에 관찰되는 흥미로운 지점은, 지배의 위계질서가 가장 먼저 나타나고 그다음에 우정의 구조가, 더 나중에야 이타주의의 구조가 나타난다는 것이다. 소유권 행사를 통해 아동은 처음에는 힘으로, 그다음에는 협력을 통해, 마지막으로는 명성을 통해 자신의 사회적 지위를 확립하는 법을 배운다. '내 것mine'이라는 말은 아동이 발달 초기에 배우는 한 단어에 불과하지만, 소유권이 지배하는 세계에서 이것은 예나 지금이나 가장 강력한 단어 중 하나다.

내 거라는 꼬리표

우리가 직면하는 재산 갈등 문제 중 대부분은 주인이 없는 경우다. 기차 여행을 하는데 말동무도 없고 지루함을 달래줄 스마트폰도 없다고 상상해 보라. 그때 흥미를 끄는 잡지가 빈자리에 있는 것을 발견한다. 잡지를 집을지 말지를 결정하려면 먼저 이것이 누구 것인지를 알아내야 한다. 잡지 옆 좌석에 앉아 있는 여성이 주인인가? 조금 전에 거기에 앉아 있다가 지난 역에서 내린 사람 것인가? 아니면 승객이 읽을 자료를 종종 배

포하는 철도 회사의 것인가? 어쩌면 누가 식당칸으로 가면서 자리를 잡아두려고 잡지를 놓은 것일 수도 있다. 도대체 잡지의 주인이 있나, 없나?

이렇게 수수께끼를 풀기 위해 우리는 우리의 마음 이론을 가동한다. 별로 신경 쓰지 않고 그냥 잡지를 집는 사람도 있겠지만, 우리는 대부분 소유권에 민감하기에 허가 없이 가져가는 무례를 범하지 않도록 조건화되어 있다. 적어도 잡지를 집기 전 옆자리의 여성에게는 물어볼 것이다. 어쨌든 이 여성이 잡지에 가장 가까이 있고 혹시 우선권을 주장할지도 모르기 때문이다.

잡지 같은 사소한 물건의 소유권에 관해 크게 고민하지 않을 수는 있어도, 대부분의 재산 문제에서는 그럴 수 없다. 특히 우리가 갈 수 있고, 갈 수 없는 곳이기도 한 토지가 그렇다. 보안 요원, 대문과 울타리 등이 이미 많은 구역을 제한하고 보호하지만, 표시가 불분명한 곳에 괜히 출입했다간 치명적 결과를 초래할 수도 있다. 미국에서 무단침입으로 집주인의 총을 맞고 죽는 일은 드물지 않게 일어난다. 무단출입자는 술에 취했거나 길을 잃었거나 외부 방문객인 경우도 있는데, 이들은 집주인이 재산을 보호하기 위해 치명적 무력을 사용할 권리가 있음을 간과하곤 한다.[22]

널리 유포된 가정과 달리, 미국에서 자택 방어를 위한 치명적 무력 사용은 합법이 아니다. 그러나 많은 주에서 자신의 안

전에 위협을 느낄 경우 무단출입자를 쏴 죽이는 것은 전혀 문제가 되지 않는다. 식민지 개척자들과 함께 건너온 영국법에 기초한 '캐슬 독트린Castle Doctrine'은 재산을 방어하기 위한 무력 사용권을 인정하는데, 이것은 "성인 남성의 집은 그의 성이다"라고 주장했던 17세기 변호사 에드워드 코크Edward Coke까지 거슬러 올라간다.

고의가 아닌 무단출입일 수도 있다. 가상의 만화 캐릭터를 포획하려고 스마트폰 GPSglobal positioning system를 따라 사유지에 발을 들여놓았다가 총을 맞은 포켓몬 고Pokemon Go 게임 사용자 사건도 있었다.[23] 매년 이른바 자기방어의 희생양이 되는 불운한 사람들이 있는데, 이들이 총격을 당한 실제 이유는 허가 없이 남의 땅을 밟았기 때문이다. 그런데 어디부터가 무단출입인지 어떻게 알 수 있을까? 몇몇 문화권에서는 무단출입이라는 개념조차 없다. 이를 지키려면 관행을 알아야 하며, 표지판이 보이지 않을 때도 이것을 읽을 줄 알아야 한다.

인간은 신호를 사용해 영역을 표시하는데, 이럴 때 신호는 사람의 대리인 역할을 한다. 이름, 주소, 기호, 깃발 등은 사실 모두 소유권을 가리킨다. 그러나 소유권을 가리키는 표지가 아예 없을 때도 있다. 와이오밍Wyoming주의 옐로스톤Yellowstone 같은 미국 국립공원을 방문해 땅바닥에 있는 신기한 돌을 보면, 집으로 가져가고 싶은 마음이 들 수 있다. 그러나 이는 수백만 년 전 지구 내부에서 생성된 자연물이고, 목격자가 없다 하더라도, 이것을 가져가는 행위는 불법이다.[24] 오늘날 많은 공원에는 방문객에게 자연물 취득 금지를 알리는 표지판이 걸려 있다. 많은 국립공원의 경우 꽃과 바위 등을 소유하기란 불가능한데, 왜냐하면 이것은 어떤 의미에서 모두의 소유, 즉 해당 지역의 소유이기 때문이다. 그러나 이것을 어떻게 알 수 있을까? 이 돌이 아무리 신기해도 다른 돌과 얼마나 다르겠는가? 소유권은 우리 모두를 통제하며 우리는 모두 이것을 지켜야 한다. 그렇지 않으면 대가를 치르게 된다. 그러나 관련 규칙이 항상 분명한 것은 아니다. 소유권처럼 추상적인 것을 우리는 어떻게 학습하는가?

발달 중인 아이에게 소유권이 확립되는 경로는 두 가지로, 시각적 연관과 꼬리표 붙이기labelling가 바로 그것이다. 사람과 물체 사이의 시각적 연관을 규칙적으로 관찰하는 아기는, 이 둘이 어느 정도 서로 연결되어 있다고 가정한다. 엄마가 매일 스마트폰으로 이야기하는 것을 보는 아기는 이 물건이 엄마의 일부라고 가정한다. 특정 물건을 특정인과 동일시하는 것은, 아기가 최소 생후 12개월쯤부터 갖는 기술이다.[25] 그러나 소유관계가 확립되려면 꽤 배타적이고 의도적으로 물건과 상호작용을 할 수 있어야 한다. 만약 그렇지 않다면 아기는 거의 모든 가정용품을 그것과 거의 매일 같이 있는 특정인과 연관 짓는다. 배타적 소유권과는 거리가 먼 냉장고, 식기와 수저, 텔레비전 등등의 온갖 물건이 아기의 작은 마음속에서 특정인과 결부

될 것이다. 그러나 이보다는 오히려 무언가를 점유한 상태에서 그것과 상호작용을 할 때 비로소 소유권의 가정이 촉발되는 듯하다.[26]

일단 시각적 연관이 확립되면 아이는 특정인과 연관된 물건에 언어로 꼬리표를 붙이기 시작한다. 초기 언어 발달을 연구한 학자들은 아기가 스마트폰처럼 특정인과 연관된 물건을 가리키면서 '엄마'라고 말할 때가 매우 많다고 지적하는데, 이는 물건을 개인 정체성의 확장으로 보는 시각이 매우 이른 시기에 발달함을 보여준다. 이런 꼬리표 붙이기가 강화되고 정교해지면 아이는 물건의 이름을 식별한다. "그래, 맞아. 이건 엄마 핸드폰이야." 그러나 평범한 아이가 엄마를 가리키면서 '핸드폰'이라고 말하지는 않을 것이다. 만 2세가 되지도 않은 아이가, 사람과 소유물의 관계를 주인과 주인의 물건의 관계로 이해한다는 것을 보여준다.

생후 12~36개월쯤 된 아이는 언어를 사용해 물건의 주인을 식별할 뿐만 아니라 점유를 주장하기도 한다. "이건 존 거야This is John's"라는 말을 들으면, 우리는 소유격 표현을 통해 이 물건이 존의 것이라는 사실을 인지한다. 어린아이도 이 점을 이해하지만 때로는 그냥 '내 거!'라고 말하면 소유권이 확립되는 것처럼 이것을 과잉 적용할 때가 있다. 생후 18개월 된 또래 아이의 상호작용을 관찰한 연구에 따르면, 소유대명사 '내 거mine'는 다른 아이의 장난감을 가로챌 때 가장 자주 등장했다.[27] 또한 형제자매가 있는 아이는 그렇지 않은 아이보다 더 이른 시기에, 더 자주 소유대명사를 사용한다.[28] 이것은 아이들이 잠재적 경쟁자 앞에서 자기 권리를 언어로 확립하기 위해 '내 거'라는 말을 사용한다는 사실을 보여준다.

만 2세가 된 아이는 주인이 없을 때도 누구의 것인지를 말할 수 있다. 가족의 친숙한 소지품을 보여주며 "이건 누구 거야?"라고 물으면, 아이는 아빠 또는 엄마라고 답할 수 있다.[29] 주인이 주위에 없을 때 주인의 물건을 식별하는 것은 언뜻 간단해 보이지만 실제로는 대단한 능력이다. 이것은 미취학 아동의 마음속에 소유의 개념이, 여기에 없는 사람과 그 사람의 물건이라는 형태로 존재한다는 것을 보여준다. 특정인과 그 사람의 물건이 동시에 있지 않을 때, 둘의 관계를 표상하는 능력은 상상의 수준을 한층 더 높이는 개념적 이해다.

시각적 연관과 꼬리표 붙이기를 통한 학습은 매우 그럴듯해 보인다. 하지만 실생활 속 대다수 사례들처럼, 낯선 사람과 낯선 물건을 처음 접할 때 사람들은 소유권을 어떻게 판별하는가? 기차 안의 잡지가 누구 것인지를 어떻게 알아내는가? 이 세계를 이해하기 위해 아이는 발견된 패턴을 토대로 일반 원칙을 수립한다. 아동심리학자 오리 프리드먼Ori Friedman은 지난 10년 동안 아이가 물건의 주인을 알아내는 방법을 연구했다. 그의 주장에 따르면 아이는 물건의 주인을 알아내기 위해 어린 셜록 홈즈Sherlock Holmes처럼 직관적 추론을 바탕으로 물건의 역사를 재구성한다. 이를 위해 아이는 일련의 규칙을 적용하며, 이때 아이는 소유할 수 있는 것과 소유할 수 없는 것을 구분한다.

노력은 소유의 필요조건일까

공원을 산책하다가 솔방울, 낡은 병마개, 다이아몬드 반지가 땅에 굴러다니는 모습이 눈에 들어온다. 이 중에서 누군가의 소유물인 물건은 무엇인가? 이것은 대다수 성인에게 꽤 분명한 답을 들을 수 있을 질문처럼 보인다. 하나는 자연물이고 다른 둘은 인공물이다. 이 두 인공물 중에서 하나는 버린 것으로, 다른 하나는 잃어버린 것으로 보인다. 적어도 3세쯤 되면 솔방울은 자연물이고, 인공물은 다이아몬드 반지이며, 이것이 누구의 소유물일 가능성이 낮다는 것을 안다. 그러나 누구의 책상 위에 있는 나뭇잎을 생각해 보라. 이것은 누구의 소유물인가? 바람이 많이 부는 날에 사무실 창문이 열려 있고 밖에 나무가 있는 경우와, 고층 건물 30층에 있는 사무실 책상 위에 똑같은 나뭇잎이 있는 경우, 우리는 이 물체의 소유권에 대해 다른 결론을 내릴 것이다.[30] 첫 번째 경우에는 누가 일부러 나뭇잎을 땄다기보다는, 그저 바람의 영향이라 추측할 수 있다. 고층 건물에 있는 나뭇잎의 경우 누가 일부러 거기에 나뭇잎을 갖다 놓았을 테고 따라서 이는 누군가에게 의미 있는 물건일 것이다.

의도적인 노력은 재산의 성립을 알리는 신호 중 하나다. 많은 부모가 그렇듯이 나도 내 아이들이 나뭇잎, 막대기, 돌 등등의 자연물을 주워다 선물했을 때 고마움을 표시했다. 어린 딸들의 그림으로 장식된 우리 집 부엌은 외부 관찰자의 눈에는 구불구불한 선들로 가득한 허접쓰레기처럼 보였을 것이다. 그러나 실제로는 그렇지 않다. 이 '작품'에는 많은 노력과 의도가 들어가 있기 때문이다. 내 동료 멜리사 프리슬러Melissa Priessler가 주장한 것처럼 예술에서 중요한 것은 솜씨가 아니라 의도다. 예술을 정의하는 것은 창작자의 의도이며, 이것은 두 살 된 아이도 이해하는 것이다.[31]

의도·목표·노력은 재산 분쟁에 대한 판정을 요청받았을 때 소유권에 관한 결정을 좌우하는 중요한 요인들이다. 뱅크시 작품 소유권에 관한 법정 다툼이 그랬던 것처럼 소유권에 대한 관점이 연령에 따라 다를 때, 문화권이 바뀔 때 달라지는 것은 그리 놀라운 일이 아니다. 우리가 수행한 연구에서 미취학 아동은 성인과 마찬가지로 처음에는 무엇을 만들거나 획득하기 위해 노력을 들인 사람이 정당한 주인이라고 생각했다.[32] 그러나 아동은 그 과정에 사용된 원재료가 누구의 것이었는지는 고려하지 않았다. 즉 3~4세의 아동은 다른 사람의 공작용 점토를 가져다가 새 물체를 만드는 것이 공정한 일이며 이를 통해 소유권이 생긴다고 생각했지만, 성인은 점토 주인이 누구였는지를 더 고려했다.

이렇게 재료의 선점보다 창조적 노력을 더 중시하는 편향은 다른 문화권에서도 발견된다. 다만 일본의 성인들은 영국의 성인들에 비해 재료의 출처에 대해 훨씬 더 큰 관심을 보였는데,[33] 이것은 일본 성인들이 창조적 행위 여부와 상관없이 다른 사람의 재료를 가져가는 것에 대해 훨씬 더 부정적 태도를 지니고 있음을 시사한다. 이에 비해 영국 성인들은 새로 만들어진 물건의 가치가 노동을 통해 얼마나 달라졌는지를 더 고려했다. 뱅크시 같은 예술가가 노력을 들여 쓸모없는 콘크리트 조각을 예술품으로 만든 경우, 이 예술가는 해당 물건의 정당한 주인으로 간주했다. 하지만 값비싼 금을 가져다가 장신구를 만든 장인은 인정하지 않았다.[34] 즉 노력과 노동을 통한 부의 상대적 증가가 가장 중요한 요인으로 꼽힌 것이다.

무엇을 만드는 데 들어간 노력의 양과 기술은 물건의 주인에 관한 결정에 영향을 미친다. 그러나 기술은 어떻게 판단할 수 있을까? 잭슨 폴록Jackson Pollock의 추상화 작품이 누군가에게는 페인트 공장이 폭발한 것처럼 보일지 모르지만, 또 다른 사람에게는 그의 창조적 천재성이 캔버스를 수백만 달러의 귀중품으로 변모시키기에 충분한 것이다. 어떤 그림은 낙서일 뿐이지만 다른 그림은 걸작이 된다. 미숙한 사람의 눈에는 그저 텅 빈 캔버스처럼 보이는 것이 거액의 현금을 받고 팔리곤 한다. 2014년에 미국 화가 로버트 라이먼Robert Ryman이 그린 흰색 바탕의 흰색 작품은 1,500만 달러에 판매되었다.[35] 개념 미술에서 소장 가치를 결정하는 것은 예술가의 의도다.

주인을 가려내는 법

2010년 플로리다에서는 영화감독 브렛 카Bret Carr가 자신의 애완견에게 약 1,100만 달러를 물려준 어머니의 유언에 반대하는 소송을 제기했다.[36] 사람들은 보호하고 지키길 원하는 동물뿐만 아니라 예술 소장품·건물·땅에도 재산을 물려주곤 한다. 우리는 무엇이든 상관없이 그것을 지키기 위해 설립된 재단에 재산을 물려줄 수 있다.

동물 또는 인공물이 상속된 부의 주인이 될 수 있다는 것은 좀 이상하게 느껴진다. 어린아이도 대개 사람이 물건을 소유할 수 있다고 생각한다. 수차례에 걸친 연구에서 6~10세의 아동에게 누가 물건의 주인이 될 수 있는가를 물었더니, 답에는 인간·동물·인공물이 포함되어 있었다.[37] 이때 다음과 같은 질문을 던졌다. "어린 아기가 담요의 주인이 될 수 있나요? 개가 공의 주인이 될 수 있나요? 소파가 쿠션의 주인이 될 수 있나요?" 그 결과 몇몇 예외는 있었지만, 전체적으로 가장 어린 아동들까지도 사람만이 주인이 될 수 있다고 생각했다. 그러나 질문에 포함된 동물이 반려동물일 때는 소유권을 인정하곤 했다.

내 딸들이 처음으로 반려동물을 키우기 시작했을 때, 딸들은 우리에 설치된 종과 철봉 구조물이 반려동물의 소유물이라 생각했다. 더불어 딸들은 소유물만큼 정체성이 확장된다고 생각했다. 한 대상만이 가질 수 있는 독특한 정체성을 수립할 때, 우리는 소유권을 이 개념의 일부로 여기는 듯하다. 그러나 이 경우에도 예외가 있다. 아동은 의식이 있는 상태여야만 주인이 될 수 있다고 생각한다.[38] 즉 잠자는 사람은 무엇의 주인이 될 수 없다고 생각한다.

이런 예외는 아동에게 소유권이 어떻게 확립되는지 이해할 단서를 제공한다. 성인은 소유권을 개인의 확장으로 간주하는데, 이때 개인이 묶여 있든, 마비 상태든, 잠들었든, 혼수 상태든 개인이 처한 상태는 중요하지 않다. 심지어 사망자도 합법적 상속인이 확정될 때까지는 재산의 주인이 될 수 있다. 반면 아동은 소유권을 물건에 영향을 미칠 수 있는 능력으로 보는 듯한데, 이것은 사물을 통제하려는 유아의 점유 충동의 유물이다. 앞에서 살펴본 것처럼 어린아이는 누구든지 물체와 상호작용을 하는 사람이 정당한 점유자라고 생각하는데, 이것은 수렵·채집인 집단에서 관찰되는 수요 기반 공유와 비슷한 면이 있다. 어린아이는 소유권이 일단 확립되면 주인의 소유권 양도가 있을 때까지 배타적 접근권이 계속 유지된다는 사실을 아직 이해하지 못한다. 그렇다면 절도가 잘못이라는 것을 이해하는 어린아이의 경우, 도둑이 훔친 물건을 계속 보유하면 소유권이 결국엔 이전된다고 생각할까?

독자들은 이런 식의 소유권 이전이 있을 수 없다고 생각할지 모르지만, 미국·영국 법에는 '취득시효adverse possession'라는 법적 절차가 있다. 이는 원래 주인이 불법 점유자에게 보통 10~12년의 기간 내에 이의를 제기하지 않는 경우, 재산 소유권의 이전을 인정하는 법이다. 시간만 충분하다면 무단 점유자도 합법적으로 소유권을 주장할 수 있는 것이다. 소유권은 영원하지 않으며 주인이 사용하지 않는 재산은 다른 사람이 가져갈 수도 있다.

소유권 판단을 위해 일정한 조사가 불가피할 때, 소유권 판단에 도움이 되는 유력한 방법 중 하나는 누가 특정 물건을 소유할 확률이 높은지를 따지는 것이다. 고정관념은 어린 나이에 일찍 형성되는데, 이것의 영향력에 관한 연구는 최근에 와서야 본격적으로 이루어지고 있다. 아이가 3살쯤 되면 아주 열심히 성별을 구별한다. 심리학자 캐롤 마틴Carol Martin과 다이앤 루블Diane Ruble은 아이를 '성 역할의 탐정'과도 같다고 했는데, 왜냐하면 아이는 끊임없이 성별 정보를 탐색해 이를 바탕으로 자신의 소년상 또는 소녀상을 구성하기 때문이다.[39] 나아가 아이들은 소녀만 인형을 가질 수 있다거나, 소년만 장난감 군인을 가질 수 있다는 식의 주장을 내세우며 '성 역할의 경찰' 노릇도 한다. 물론 이 경우에도 예외는 있으며 몇몇 부모는 성 중립적인 장난감을 고르기도 하지만, 대체로 이런 선호도의 차이가 꽤 이른 시기에 나타난다는 것을 보여주는 상당한 증거가 있다. 이런 차이는 생물학적 특성에 기인한 것일 수 있는데, 인간이든 동물이든 어린 암컷 영장류에게 장난감을 선택하게 하면, 수컷에 비해 인형을 더 선호하기 때문이다. 또한 어린 암컷 침팬지가 막대기를 인형처럼 다루고 보살피면서 어미 흉내를 냈다는 관찰 보고도 있다.[40]

아동 시기에는 발달 과정에서 함께 성별·인종별·연령별 정체성에 대한 개념적 모형이 정교해지는데, 여기에는 문화권에 따라 집단별로 소유물에 갖는 전형적인 관념도 포함된다.[41] 이때 아동은 소유권에 관해 탐정처럼 연역적 추론을 한다. 한 연구에서 3~4세의 아동에게 한 소년과 한 소녀가 똑같은 비치볼을 가지고 따로따로 노는 모습을 보여주었다.[42] 둘 중 누가 공의 주인이냐고 물었을 때 아이들은 선점 편향에 따라 먼저 볼을 가지고 논 아이가 주인일 것이라고 추론했다. 그러나 두 번째 연구에서는 비치 볼 대신에 장난감 트럭·보석 상자·럭비 장비·인형 등을 가지고 노는 모습을 보여주었다. 이런 추가 정보가 제공되자 아이들은 누가 먼저 해당 물건을 가지고 놀았는지와 상관없이 성별 고정관념에 따라 소유권을 판단했다. 즉 주인이 될 만한 사람에 대해 본인이 가진 관념이, 소유물에 반영되어 나타난 것이다.

낡아빠진 곰인형과 담요

누가 무엇의 주인인지를 추론할 만한 나이가 되면 아이들은 점점 더 소유물을 정체성의 일부로 보는 경향이 생긴다. 특히 아기 때부터 곁에 두었던 부드러운 장난감이나 담요 같은 애착물은, 다른 사람과 공유하지 않고 강력하게 지키려 한다. 이런 물건을 잃어버린 아이를 진정시키기란 매우 어렵다. 이런 물건은 안정감을 제공하고 아이를 진정시키는 방법의 일부가 되기도 하기 때문에 '안심 담요security blanket'라고도 불린다. 나는 이 애착물에 대해 20년 넘게 연구를 했다. 독특하면서도 보편적인 이 행동은 자신에게 친숙한 누구 또는 무엇을 곁에 두려는 우리의 근본적인 욕구에서 비롯하는 듯하다. 이것은 심리적 소유의 가장 강력한 예시이자 가장 이른 시기에 나타나는 예시다. 그렇다면 이것은 어디에서 비롯하는가?

정신분석학자 도널드 위니코트Donald Winnicott는 이런 안심 담요를 가리켜 '이행기 대상transitional object'이라고 불렀는데, 왜냐하면 이런 물체는 아이가 어머니와 심리적 절연을 할 때 그 빈틈을 메우기 때문이다.[43] 그에 따르면 아기는 어머니와 매우 강력한 유대감을 형성하기 때문에, 어머니가 주위에 없으면 어머니에 대한 정서적 유대감을 전이할 물건을 찾아 그것으로 빈틈을 채운다. 다양한 추정치에 따르면 서양 아동의 약 60퍼센트는 부드러운 장난감이나 담요에 대해 정서적 애착 관계를 형성한다.[44] 흥미롭게도 극동 문화권에서는 아동기 애착물이 일반적이지 않은데, 그곳에서는 이런 물건의 사용 비율이 훨씬 낮은 것으로 보고되었다.[45] 이에 대한 설명 중에는 전통적 취침 방식과 관련된 것도 있다.[46] 서양의 중산층 가정에서는 보통 아기가 1살쯤 되면 분리된 취침 공간에서 아기를 재우는 반면, 동아시아 가정에서는 아이가 거의 학령기에 접어들 때까지도 대개 어머니와 함께 잠을 자곤 한다. 서양인의 눈에는 이상해 보일지 모르지만 이는 단순한 문화적 규범의 차이일 뿐이다. 게다가 인구 밀도가 높은 일본의 도시들처럼 동아시아의 많은 가정이 작은 아파트에 살고 있으며, 개인 침실을 갖기가 쉽지 않은 편이다. 그래서 이런 양육 관행은 정서적 애착 관계에 영향을 미칠 뿐만 아니라 아이가 어머니와 더 가까이 있기에 소지품으로부터 위안을 얻을 필요성도 감소시킨다.

아이가 어머니와 떨어져 잠을 자려면 일정한 준비 절차가 필요한데, 이때 이런 소지품이 결정적인 역할을 한다. 내 큰 딸 마사Martha는 아내가 다시 직장을 나가면서 생후 12개월쯤부터 보스턴에 있는 어린이집에 다니기 시작했는데, 우리는 낮잠 시간에 아이에게 담요를 주라는 지침을 받았다. 이것은 모든 아이를 동시에 진정시켜야 했던 어린이집에서 아이가 학습한 마음 안정 방법이었다. 우리는 화려한 색상의 폴리에스테르 양털 담요를 아이에게 주었는데, 이 사랑스러운 담요는 곧 마사의 필수품이 되었고 지금까지도 그렇다. 명백히 이 물건과 안도감

사이의 연관성이 확립된 것처럼 보였다. 2살쯤 되었을 때 마사는 이 담요와 떨어질 수 없는 사이가 되었으며, 그래서 이 담요가 사라질 때마다 큰 소동이 벌어지곤 했다.

애착물은 쉽게 대체되지도 않는다. 진행한 한 연구에서 우리는 3~4세의 아동에게 복사기나 3D 프린터처럼 무엇이든 복제할 수 있는 기계를 제작했다고 말해주었다.[47] 이때 우리는 등불과 다이얼이 부착된 그럴싸한 상자 2개를 이용해 마술 같은 속임수를 썼다. 물건을 한쪽 상자에 넣고 버튼을 눌러 가동하면 소음과 함께 등불이 켜졌고, 잠시 후 다른 쪽 상자를 열면 똑같은 물건이 그 안에서 나왔다. 아이들은 이 기계가 정말로 똑같은 물건을 복제한다고 믿었다. 물론 우리는 똑같이 생긴 2개의 물건을 준비해 숨은 실험자가 이 '복제품'을 두 번째 상자에 몰래 넣는 방법을 사용했다. 이 실험의 목적은 아이들이 개인 소지품 복제에 동의하는지, 동의한다면 어떤 물건을 더 가지려 하는지를 살펴보는 것이었다. 결과는 분명했다. 아이들이 가진 여러 장난감 중 하나를 복제했을 때는 완전 새것인 '복제' 장난감을 더 선호했다. 어쨌든 이것이 더 멋져 보였기 때문이다. 그러나 애착물을 복제했을 때 아이들은 원래 물건을 다시 가져가려 했다. 아이들은 복제품이 원본 예술품과 똑같이 생겼어도 그것을 원치 않았다.

독자 중에는 애착물이 전혀 없었던 사람도 있을 것이다. 내 둘째 딸 에스메Esmé가 그랬다. 에스메는 마사와 똑같은 가정

환경에서 자랐는데도 애착물이 없었다. 왜 그랬을까? 이것은 부모들이 자주 묻는 종류의 질문이다. 왜 우리 아이는 이렇게 다른가요? 이것은 생물학적 특성과 환경이 개인차에 미치는 영향을 구별해 내기 위해 수행되는, 일란성 쌍둥이와 이란성 쌍둥이의 연구가 매우 중요한 의미를 지니는 점이기도 하다. 최근의 한 쌍둥이 연구에 따르면 애착물의 소유는 유전자 및 환경과 절반씩 관련이 있으며, 특히 어머니와 오랜 기간 떨어져 지낸 아이의 경우에 더 도드라진다고 한다.[48] 내 지도를 받으면서 성인의 애착물 행동을 연구 중인 대학원생 애슐리 리Ashley Lee는 마침 일란성 쌍둥이였다. 그에게는 애착물이 전혀 없었던 반면에 그의 언니인 레이첼Rachel은 아직도 애착물을 가지고 있었다. 이들의 어머니에 따르면 애슐리가 아기였을 때 레이첼은 전염병에 걸려 가족과 떨어져 병원에서 몇 달을 보냈고, 이때 레이첼에게 애착물이 생겼다고 한다.

무생물과 맺은 이 관계는 처음에는 단순한 형식에 불과하지만, 매우 다른 성질의 것으로 바뀔 수 있다. 많은 아이가 마치 자신의 애착물이 살아 있는 것처럼 이름을 붙여주고, 이 존재가 행복한지 또는 외로운지 등에 대해 마음을 쓰기 시작한다. 그러면서 마치 이것에 의식이 있는 것처럼 상호작용을 한다. 심리학 용어로 말하자면 아이들은 애착물을 의인화한다. 즉 애착물을 마치 사람처럼 취급한다. 나는 동료 탈리아 예르쇠Thalia Gjersoe와 함께 아이들이 이런 물건에 정신적 삶이 있다고 믿는지를 조사했다.[49] 이를 위해 우리는 아이들에게 동물 사진 또는 다른 아이의 장난감 사진을 보여주며 동물을 상자에 넣으면 동물이 외로워지지만 장난감은 그냥 더러워진다고 말했다. 그런 다음 상자에 아이들의 애착물을 넣으면 어떻게 되겠냐고 물었다. 그러자 아이들은 다른 장난감은 더러워지겠지만 자신의 애착물은 동물처럼 외로워질 것이라며 슬픈 감정을 드러냈다.

아이가 자라면 이런 행동이 없어질 것이라고 생각할 테지만 항상 그렇지는 않다. 애슐리는 아직도 애착물을 가진 대학생들을 연구 중이다. 내 딸 마사는 24살이 된 지금까지도 그 담요를 가지고 있다! 이들은 자신의 애착물에 거리낌 없이 손상을 가할 수 있을까? 우리는 성인에게 자신의 소지품을 훼손하라고 요청할 수 없었기에 그 대신 일종의 주술을 이용했다. 우리는 성인들이 어릴 적에 가지고 놀던 장난감의 사진을 가위로 조각조각 자르고 그동안 전기 피부 반응을 측정했는데, 측정 도구는 땀이 얼마나 많이 나는지를 알 수 있는 장치였다. 이는 거짓말 탐지기에 사용되는 스트레스 측정 장치 중 하나이기도 하다. 참가자들은 자신의 애착물에 전혀 피해가 가지 않는다는 것을 알면서도, 사진을 자르는 행동만으로도 매우 큰 고통을 느꼈고, 불안 측정치가 급격히 상승했다.[50] 이들은 자신의 애착물과 정서적으로 연결되어 있었다.

나는 매년 브리스톨대학 대학생 중에 실험에 참가할 사람을 모집한다. 이럴 때 애착물에 관해 물으면, 자기만의 독특한 특징이 머릿속에 떠올라 멋쩍은 듯 난처한 표정을 지으며 키득거리는 학생들을 늘 접한다. 우리의 추산에 따르면 대략 2/3의 학생은 아동기에 특별한 장난감을 가진 기억이 있으며 그중 약 절반은 아직도 그 물건을 지니고 있다. 이는 명백히 거기에 딸린 정서적 가치 때문에 좀처럼 버리질 못하는, 정서적 소지품이다.

어느 날 애인의 베개 밑이나 서랍 속에서 더러운 담요나 너덜너덜한 인형이 튀어나오는 것은 결코 드문 일이 아니다. 이는 많은 사람이 창피해서 꼭꼭 숨기는 비밀이기도 하다. 그런가 하면 훨씬 더 개방적인 사람들도 있다. 나는 아동기의 애착물과 맺었던 정서적 관계에 대해 기꺼이 이야기하는 사람들을 많이 접했다. 때때로 이들은 매우 황당한 고백도 털어놓는다. 한번은 만찬회에서 이 연구에 관해 이야기했더니 한 여성 손님이 포도주를 몇 잔 마신 후 남자친구가 집에 올 때마다 곰인형을 침실 벽 쪽으로 돌려놓는다고 고백했다. 그는 곰인형이 그들을 볼까 봐 난처하다고 했다.

정서적 소유는 인간에게는 흔히 나타나지만 야생동물에게서는 좀처럼 관찰되지 않는 특징이다. 동물도 무생물에 대해 정서적 애착을 가질 수 있지만, 그러려면 먼저 동물을 자연환경에서 분리해야 한다. 1960년대 해리 할로우Harry Harlow는 새끼 마카크 원숭이를 어미와 분리해 기르는 잔인한 연구를 진행했다. 이때 어미의 털을 흉내 낸 부드러운 천으로 감싼 철사 구조물과, 천으로 감싸는 대신 젖병이 달린 철사 구조물이 새끼에게 '대리모'로 제공되었다.[51] 할로우는 이 연구를 통해 새끼 원숭이가 먹이를 제공하는 어미와 안도감을 제공하는 어미 중 어느 쪽에 정서적 애착을 갖는지를 알아내려 했다. 연구 결과 새끼 원숭이는 털로 덮인 어미에게 매달렸고 특히 스트레스 상황에서는 이 대리모로부터 마음의 안정을 찾았는데, 이는 먹이를 향한 충동보다 정서적 안정이 영장류 애착 행동의 기본 동기임을 시사한다. 물론 정상적인 야생 환경에서는 어미가 거의 항상 곁에 있으므로 새끼는 이런 선택을 할 필요가 없다.

그러나 포획된 동물은 어느 순간 점유물에 대한 애착을 보이기도 한다. 많은 반려인이 알고 있듯이 반려견(특히 어미와 떨어진 지 얼마 되지 않은)은 아기처럼 장난감에 대해 정서적 애착을 가질 수 있다. 그러나 이런 행동은 개의 조상인 늑대에게서는 찾아볼 수 없다. 인간에 의해 오랜 기간 길든 개는, 길들이기 과정 속에서 동물의 성숙 억제juvenilization, 즉 의존 기간 및 정도의 증가를 유발한다고 알려져 있다. 따라서 점유물에 대한 애착은 이런 과정의 부산물로 추정된다. 그런가 하면 사람의 아이는 거의 전적으로 타인에 의존한다. 그리고 우리는 타인의 보호를 받으며 성장했다. 심리적 소유는 사람이든 물건이든 우리에게 중요한 것에 정서적 애착을 갖는, 사회적 진화의 결과물이다.

4장

불의와 불평등에도 불구하고

스웨덴에서 살고 싶은 미국인

"가난을 걱정하지 말고 부의 불평등을 걱정하라."

_공자

부와 빈곤의 측면에서 삶은 불공평하다. 세계의 빈부 격차가 엄청난 비율에 도달함에 따라 버락 오바마Barack Obama 대통령은 재임 기간 내내 경제적 불평등이야말로 '우리 시대의 핵심 문제'라고 말했다. 2015년 크레디트 스위스 뱅크Credit Suisse Bank 보고서에 따르면 세계 인구의 상위 1퍼센트가 세계 부의 50퍼센트를 소유한 반면, 세계 인구의 70퍼센트는 세계 부의 3퍼센트 미만을 소유하고 있다.[1] 미국에서 빈곤 갭poverty gap은 수년간에 걸쳐 꾸준히 증가했다.(빈곤 갭은 빈곤선에 해당하는 소득과 빈곤선 아래 계층의 평균 소득 간의 차이를 나타내는 지표다.−옮긴이) 2012년에 기업의 보통 최고경영자는 보통 근로자보다 350배 이상 많은 급여를 받았는데, 두 세대 전만 해도 이 차이는 20배에 불과했다.[2]

이런 통계를 접하면 제2의 미국 혁명이 당장이라도 일어날 것 같지만, 실제로 대다수 미국인은 오히려 불평등을 선호한다. 모든 소득 계층을 대표할 수 있도록 선정한 미국 성인 5,000명 이상을 대상으로 진행한 한 연구에서, 참가자들에게 국가명을 표시하지 않은 3개의 원 그래프를 보여주었다. 이는 미국과 스웨덴의 실제 재산 분배 및 재산이 완전히 균등하게 분배된 가상의 공산주의 국가에 각각 상응하는 것이었다.[3] 각각의 원 그래프는 인구의 20퍼센트가 소유한 재산 비율을 나타내는 5분위로 나뉘어 있었다. 그런 다음 참가자들에게 이 중 한 국가로 이주해 5분위의 어느 한 곳으로 무작위 배정되는 상황을 상상해 보라고 했다. 그들은 어느 나라에서 살고 싶어 했을까? 가상의 공산주의 국가를 선택한 사람은 거의 없었다. 그러나 그들은 고국으로 돌아가는 것도 원치 않았는데, 왜냐하면 그들은 미국의 실제 재산 분배를 나타낸 원 그래프의 심각한 불균형을 좋아하지 않았기 때문이다. 오히려 약 90퍼센트의 미국인은 미국의 불평등에 비해 훨씬 공평한 분배를 보였던 스웨덴의 원 그래프를 토대로 그곳에서 살고 싶다고 답했다. '적당한' 불평등의 선호는 미국인에게만 국한된 현상이 아니다.

2018년 5,000명의 성인을 대상으로 한 또 다른 온라인 연구에서는 로빈 후드처럼 의적 역할을 할 수 있는 기회가 제공되었는데, 연구에 참가한 미국인과 독일인 대다수는 부자의 재산을 빼앗아 가난한 사람에게 나눠 주는 선택을 하지 않았다.[4] 이렇게 우리는 삶의 불평등을 일정 예상하며, 일부분 선호하는 듯하다.

우리가 처음부터 불평등을 받아들인 것은 아니다. 간단한 실험을 해보면 어린아이는 불평등에 민감할 뿐만 아니라 이를 매우 싫어한다는 것을 알 수 있다. 생후 15개월밖에 되지 않은 아이도 크래커를 2명에게 고르게 나눠 주지 않으면 놀란 표정을 짓는다.[5] 생후 12~36개월쯤 되면 비록 자기 몫을 가장 많이 챙기려 하지만 제삼자끼리 고르게 나누는 법을 안다.[6] 홀수의 간식을 2명이 나눠 가져야 할 때 6~8세의 아이는 똑같이 나누기 위해 나머지로 남은 간식은 버리는 선택을 한다.[7] 또한 아이들은 누구를 편애하는 사람보다 공평하게 공유하는 사람을 선호한다.[8]

심리학자 크리스티나 스타먼스Christina Starmans는 아동이 불평등을 싫어한다는 연구와, 성인이 불평등한 사회에서 사는 것을 선호한다는 증거가 서로 모순되지는 않는다고 지적한다. 사람들을 화나게 하는 것은 부의 불평등한 분배가 아니라 분배의 공정성 여부다.[9] 공정성과 평등은 같은 개념이 아니기 때문이다. 공정성에 대한 자연적 성향을 다루는 연구는, 보통 당사자가 동등한 보상을 받을 자격이 있다는 상황을 전제로 수행된다. 누구는 열심히 일했고 누구는 게으름을 피운 상황에서 모두에게 똑같이 보상하는 것은 공정하지 않다. 노력의 차이를 반영한 실험실 연구는 실생활과 크게 다르지 않다. 한 아이가 더 열심히 청소했다는 이야기를 들은 아이들은 그 아이에게 더 많은 보상을 주었는데, 왜냐하면 이것이 더 공정하다고 생각하기 때문이다.[10] 아이들은 공로한 만큼 보상받는 것이 당연하다고 생각한다.

부의 분배에 대한 태도를 설명해 주는 또 다른 요인은 지각된 공정성perceived fairness이다. 자본주의 사회의 대다수 주민이 불평등한 재산 분배에 만족하는 이유는, 더 열심히 일한 사람이 그렇지 않은 사람보다 당연히 더 많이 받아야 한다고 생각하기 때문이다. 능력주의meritocracy는 열심히 일하면 성공하고 노동의 열매를 수확할 것이라는 자본주의 이데올로기의 핵심이다. 시민들이 현재 상황에 만족하지 않는다면 그것은 불평등 자체 때문이라기보다 분배가 불공정하다고 믿기 때문이다. 가장 부유한 사람부터 가장 가난한 사람까지 모든 사람은 불평등이 줄어들기를 원하지만, 완전 평등한 사회를 원하지는 않는다. (물론 공산주의자는 예외다. 그러나 지금까지 어떤 공산주의 사회도 완전한 평등을 달성하지는 못했다.)

이런 입장이 가진 문제점 중 한 가지는, 타인의 급여를 견적낼 때처럼 자원의 실제 배분을 예측하기가 쉽지 않다는 것이다. 미국보다 스웨덴을 선호했던 위 연구의 참가자에게 이상적으로 공정한 분배란 어떤 것이며 미국의 실제 재산 분배는 어떠할지를 추정하라는 과제를 주었다.[11] 그러자 응답자들은 상위 20퍼센트가 한 국가의 부의 약 1/3을 소유하고, 하위 20퍼센트가 약 1/10을 소유하면 공정할 것이라고 답했다. 미국의 실제 재산 분배를 추정하는 과제에서 응답자들은 미국 상위 20퍼센트가 빈곤층에 비해 국가의 대다수 부를 소유할 것이라고 옳게 추측했지만 불평등의 정도는 크게 과소평가했다. 실제로는 상위 20퍼센트가 미국 부의 약 84퍼센트를 소유하고 있는 반면 하위 20퍼센트는 겨우 0.1퍼센트를 소유하고 있다. 이렇게 평등과 공정성에 대한 사람들의 지각은 실제와 큰 차이를 보인다. 이런 지각 오류에는 '아메리칸 드림'에 대한 광범위한 믿음 때문도 일부 기여했을 것이다.

아메리칸 드림은 노력한 만큼 정당한 보상을 받는다는 능력주의에 기초한다. 만약 정말로 그렇다면 열심히 일하는 사람은 누구나 성공할 수 있어야 한다. 이는 정상에 오른 사람은 자신의 노력에 대한 보상을 받았거나 받을 것이라는, 사회적 이동성을 가정하는 일과 결부되어 있다. 사람들이 불평등한 사회를 선호하는 것은, 성공의 동기가 없으면 자신과 자식의 삶을 개선하려 노력하지 않을 것이기 때문이다.[12] 아무리 노력해도 수확할 과실이 없다면 굳이 왜 애를 쓰겠는가? 미국인들이 불평등에 대해 일반적으로 관대하고, 스웨덴처럼 부유한 사람에게 더 많은 세금을 거두어 교육 자원 또는 부를 재분배하는 정책을 덜 지지하는 것은 이런 공정성 원칙 때문이다.[13] 자신이 정상에 속한다면 더 공정한 사회를 마다할 이유는 없다. 미국처럼 브리티시 드림 같은 것이 없지만, 영국도 마찬가지로 소득 불평등이 존재한다. 영국은 미국보다 무료 복지나 국민건강보험 등의 더 나은 사회복지제도를 가지고 있지만, 영국도 상위 10퍼센트가 전체 국부의 약 45퍼센트를 소유한 반면, 하위 50퍼센트는 겨우 약 8퍼센트를 소유하고 있다.

능력주의 이념은 현대 우파 정치 세력과 도널드 트럼프 대통령의 부상을 일부 설명해 준다. 많은 평론가가 트럼프의 대통령직 당선이 사회 극빈층의 경제적 반란 투표였다고 평가했지만, 우리가 앞서 살펴본 것처럼 포퓰리즘이 부상한 정치 상황에서 작동하는 요인은 경제적 불평등만 있는 것이 아니다. 도널드 트럼프만큼 특권과 부를 거머쥔 정치인이 드문데도 경제적 혜택에서 소외된 많은 유권자가 그를 선택한 것은 그들의 눈에 트럼프가 아메리칸 드림의 산물로, 즉 자수성가한 사람으로 보였기 때문이다. 반면에 상대 후보 힐러리 클린턴Hilary Clinton은 전직 대통령을 남편으로 둔 기존 체제의 대변인이었다. 클린턴의 민주당은 전통적으로 좀 더 평등주의적이고 사회 극빈층에게 유리한 재분배 정책을 폈지만, 극빈층 시민 대다수는 한 왕조에서 다음 왕조로 이어지듯 특권을 물려받는 것에 강한 반감을 느꼈다. 그들은 그들 자신의 경제적 궁핍과 종속된 지위에 묶어두는 기존 체제 유지가, 엘리트 계층의 통제 때문이라고 느꼈다. 그들은 자신의 삶에 대한 소유권과 통제력을 되찾길 원했던 것이다.

정치의 우경화가 더 나은 세계를 낳았는지는 역사가 말해줄 테지만 분명한 점은 하나 있다. 현재의 정치적 격변이 보여주는 것처럼 사람들은 자신에게 돌아올 가장 큰 이익을 따라 행동하기보다는 다양한 원칙을 따른다. 이것은 특히 소유권일 경우에 더 그렇다. 소유권이 개인의 번영을 뒷받침할 자원에 행사하는 배타적 통제력을 의미한다면, 사회에서 수용 가능한 재산 불평등의 정도에는 강력한 도덕적 요소가 포함될 수밖에 없다. 부를 정당하게 축적했다면 불평등을 받아들일 수도 있다. 하지만 소유권은 본질적으로 불공정한데, 왜냐하면 삶은 공평한 경쟁의 장이 아니기 때문이다.

우리는 모두 집안의 윗세대가, 또는 친척이 누구인가에 따라 일정 혜택을 받는다. 이 혜택은 금전적 상속뿐만 아니라 유전적 기질을 통해서도 그렇다. 누가 열심히 일하면 그것은 그가 다른 사람보다 신체적으로 더 뛰어난 능력을 지녔기 때문일 수 있다. 최고의 운동선수들은 엄청난 연봉을 받곤 하는데, 만약 그들이 원래 그렇게 태어났다면 이것은 공정한가? 선천적으로 수리 능력이 뛰어난 사람은 그렇지 않은 사람보다 더 많이 받을 자격이 있는가? 게다가 우리가 통제할 수는 없지만 인생을 크게 바꾸는 금전적 행운과 횡재, 또는 불운과 재난이 있다. 살면서 벌어지는 무작위 사건·사고로 인해 큰돈을 벌었거나 잃은 경우, 이렇게 생겨난 불평등은 어떻게 볼 것인가? 우리는 살면서 무엇이 공정이고 정의인지에 대해 각자 만의 결정을 내려야 한다. 그러나 어떻게 결정을 내려야 하는가?

소유는 불평등을 낳고, 특권은 상속의 형태로 사회의 불공정을 영속화한다. 그러나 자신의 재산을 덜 가진 사람들과 공유하는 부자들도 있다. 따라서 타인에 대한 관대함을 가르치는 도덕 지침은 소유가 낳은 불균형을 치유하는 힘이 될 수 있다. 경쟁 본능에도 불구하고 인간은 종종 낯선 사람에게 놀랄 만큼 친절하다. 그러나 인생 자체가 경쟁이라면 왜 그럴까? 이 점을 더 잘 이해하려면 행동경제학 분야로 눈을 돌려 도덕의식과 공정한 경쟁이 사람들의 관대함에 어떤 영향을 미치는지를 살펴봐야 한다.

독재자 게임

니콜라스Nicholas는 독재자다. 그러나 그는 파시스트 정권의 지도자도 아니고 히틀러나 무솔리니처럼 무자비한 국수주의적 연설을 하지도 않는다. 니콜라스는 7살 된 아이일 뿐이다. 그러나 그는 상황을 통제하고 자기 몫을 (이 경우에는 반짝이는 동물 스티커의 개수를) 정할 수 있는 권한을 가졌다.

니콜라스는 최근에 수행된 한 연구에서 친구에 대한 이야기를 했고 내 대학원생 산드라 벨치엔Sandra Weltzien은 이 이야기를 바탕으로 그림을 그렸다. 인터뷰가 끝난 후 벨치엔은 니콜라스에게 작별 인사를 하면서 선물 봉지에서 스티커 6개를 골라 집으로 가져갈 수 있다고 말했다. 니콜라스가 가장 마음에 드는 6개를 고른 후, 산드라는 니콜라스에게 6개를 모두 가져도 되고 원하면 일부를 빈 봉투에 넣어 인터뷰할 다음 아이에게 줘도 된다고 말했다. 결정은 전적으로 니콜라스의 몫이었다. 그는 정말로 스티커를 좋아했으며 전부 가지고 싶어 했다. 그는 어떻게 했을까?

니콜라스가 어머니와 함께 떠난 후 산드라가 봉투를 열자 반짝이는 스티커 3개가 탁자 위로 쏟아졌다. 어째서 니콜라스는 스티커 절반을 양보했을까? 설령 모두 가져갔어도 아무도 이를 알지 못했을 테고 니콜라스가 다음 차례의 아이를 알았던 것도 아닌데 말이다. 7~8세쯤 되면 아이들 대부분은 이런 상황에서 상대를 모르더라도 나눠 가진다. 이것은 나눠 가져야 한다고 배웠기 때문일까, 아니면 그것이 옳다고 생각하기 때문일까? 어째서 우리는 다른 사람에게 나눠 주거나 다른 사람을 돕는가? 이것은 우리의 선한 마음 때문인가, 아니면 다른 동기가 있는가?

2017년 미국인은 자선단체에 2,500억 달러를 기부한 반면 영국인은 100억 파운드를 기부했다.[14] 자선 기부의 경우 사람들은 이 행동을 통해 어떤 대가를 기대하지는 않는다. 순수한 이타심이 아니라면 어째서 자신의 자원을 공유하고 거저 주는 것일까? 도덕철학의 아버지인 소크라테스 이래로 위대한 사상가들은 이런 친절에 대해 큰 관심을 가졌다. 사심 없는 관대함은 인문학·과학·신학 등에서 꾸준히 논의된 반면 경제 이론에서는 별다른 관심을 끌지 못했는데, 왜냐하면 이것은 순전히 합리적 측면에서 볼 때 비논리적이었기 때문이다. 친절은 존 스튜어트 밀John Stuart Mill이나 애덤 스미스 같은 사상가의 영향을 크게 받은 고전경제학의 모형과 잘 맞지 않는다.

《국부론》에서 스미스는 다음과 같이 썼다. "우리가 잘 차린 식사를 기대하는 까닭은 정육점, 양조장 또는 빵집 주인의 자비심 때문이 아니라 자기 이익에 대한 그들의 관심 때문이다." 다시 말해 인간은 자신의 자원을 최소한으로 사용해 최대한 많이 얻으려고 합리적으로 행동한다. 사람들이 싸게 사고 비싸게 팔려는 상거래의 동기를 가지고 있으며, 구매자와 판매자의 요구에 따라 조정되는 시장이 존재하는 한 애덤 스미스의 '보이지 않는 손'이 시민들을 번영으로 인도할 것이다. 늘 합리적으로 행동하는 이상화된 소비자를 가리켜 '호모 이코노미쿠스homo economicus'라고 불렀는데, 이는 오직 자기 이익의 극대화를 위해 진화한 인간을 뜻한다.[15]

그런데 아이러니하게도 호모 이코노미쿠스의 주요 문제는 소유에 있었다. 왜냐하면 우리 대부분이 소유에 관한 결정에서 자기 이익을 극대화하지 못하는 경향이 있으며, 물건을 평가할 때도 종종 자신의 최대 이익에 반하는 행동을 하기 때문이다. 사람들은 개인적 소지품이나 중요한 타인과 연관된 물건 같은 특정 품목을 쉽게 과대평가하는데, 이 점에 대해서는 뒤에서 더 자세히 살펴볼 것이다. 그러나 호모 이코노미쿠스의 더 큰 문제는 자선과 관대함에 있다. 사람들은 보상이 없을 때도 다른 사람에게 자원을 거저 주곤 한다. 우리는 어려운 사람을 보면 나눠 준다. 모르는 아이에게 스티커를 선물한 니콜라스처럼 우리는 종종 낯선 사람에게 친절을 베푸는데, 이것은 호모 이코노미쿠스의 거래 원칙에 반하는 현상이다.

자기 이익 극대화가 우리의 본능이고, 타인의 불가피한 희생을 대가로 우리의 유전자를 복제하는 것이 우리의 생물학적 명령이며, 인생 자체가 경쟁의 연속이라면 이타심은 왜 존재하는가? 왜 이 세계에는 관대한 사람과 친절한 행위가 넘쳐나는가? 자선단체는 어떻게 존재할 수 있는가? 친절한 사람의 동기는 무엇인가? 이런 물음에 답하기 위해 생물학으로 눈을 돌려 보자.

오는 게 있어야 가는 게 있다

우리가 이미 살펴본 것처럼 생물학은 다른 사람, 특히 친족에 대한 관대함의 몇몇 패턴을 설명해 준다. 친족 선택kin selection 이론의 예측에 따르면 우리는 우리 유전자의 일정 비율을 가진 친족을 도울 확률이 높지만, 이것이 유일한 메커니즘은 아니다. 친족 선택 이론의 문제점은 우리가 유전적 친척관계로 설명되지 않는 친사회적 행동을 종종 한다는 사실이다. 예를 들어 사람들은 수혈자가 누군지도 모르면서 헌혈을 하곤 한다. 유전자를 공유하지도 않는 완전히 낯선 사람을 도울 때 생기는 이점은 무엇인가?

한 가지 답변은 공동 이익이다. 협력은 사회적 동물의 주요 특징이자 강점이다. 혼자 힘으로는 쓰러뜨릴 수 없는 매머드처럼 거대 동물을 사냥할 때, 우리 조상들은 협력을 통해 그 사냥법을 익혔다.

다른 사회적 동물도 공동 노력의 이점을 학습했다. 늑대나 무리를 지어 다니는 그 밖의 포식동물은 자기보다 큰 사냥감을 잡기 위해 협력한다. 우리의 가장 가까운 사촌인 침팬지는, 붉은 콜로부스colobus 원숭이를 함께 쫓아 잡아먹는 집단 사냥꾼이다. 기운차고 잽싼 콜로부스 원숭이는 여러 침팬지가 협력해 구석으로 몰지 않으면 잡기 힘들다. 때로는 감이 너무 작고 많아서 집단 노력이 더 효율적일 때가 있다. 이런 협력의 가장 독특하고 멋진 사례 중 하나는 여러 혹등고래가 펼치는 '거품 그물' 낚시다. 여러 마리의 혹등고래가 물고기 떼 주위를 둥글게 헤엄치면서 머리 위의 분수공으로 공기 방울을 방출해 물고기

떼를 한곳에 가두면, 각 고래가 교대로 물기둥 중앙으로 헤엄쳐 올라가 모여 있는 먹이를 한입에 꿀꺽 집어삼킨다.

사냥의 이런 모든 사례는, 공동 목표를 위해 상호 조정된 활동이 필요하다. 그러나 동물들은 상호 조정된 사냥이 필요하지 않은 경우에도 먹이를 공유한다. 남아메리카 흡혈박쥐를 예로 들어 보자. 흡혈박쥐는 48시간마다 다른 동물의 피를 먹지 않으면 굶어 죽는다. 그러나 모든 박쥐가 외출할 때마다 사냥에 성공하는 것은 아니다. 이럴 때는 다른 박쥐가 피를 다시 게워 내어 이웃을 돕는데, 이웃 박쥐가 친족 선택 이론에서 말하는 친척관계가 아니라도 그렇게 한다.

이런 이타적 행동은 자선을 베푸는 것처럼 보이지만 실제로는 호의를 저축하기 위한 전략이다. 박쥐는 과거에 자신을 도운 박쥐를 기억하며 그 박쥐에게 도움이 필요하면 우선적으로 도움을 제공한다. 동물원에 갇힌 박쥐 관련 연구에 따르면 실험자가 고의로 집단에서 분리해 굶긴 박쥐 중 이전에 다른 박쥐에게 피를 준 경우 이웃의 도움을 받는 반면, 이기적인 행동으로 평판이 안 좋은 경우 배척당하는 경향을 보였다.[16] 이런 '호혜적 이타주의reciprocal altruism'는 어려운 시기를 견디기 위해 진화한 전략이다.

인류 역사에서 호혜적 이타주의는 생존을 위한 필수 메커니즘이었을 것이다. 진화심리학자 마이클 토마셀로Michael Tomasello는 인간의 도덕성이 공동 노력으로 얻은 전리품을 공유하는 능력에서 진화했다고 생각한다.[17] 이러한 협력은 우리의 상호의존 관계에서 비롯한다. 진화 과정을 살펴보면, 때때로 초기 인류에서 "백지장도 맞들면 낫다"는 속담의 진실을 발견할 수 있다. 우리는 함께 일할 때 더 많은 이익을 얻을 수 있는 상호의존적 존재였다. 협업을 통한 더 큰 보상의 가능성을 위해 개인의 목표를 포기하는 것이, 우리에게 이익이 된다는 것을 배웠다.

호혜적 이타주의는 호의에 보답하는 사람과 속임수를 쓰는 사람을 기억하는 능력을 전제한다. 그렇지 않으면 무임승차자가 집단에 퍼져나간다. 이것은 누가 무엇을 소유하고, 누가 내게 호의를 빚졌는지를 기억해야 하는 소유권의 경우에 특히 그렇다. 이것은 특히 우리가 규칙을 어긴 사람에게 드러내는 분노의 감정과도 연결된다. 다른 개체의 행동을 기억하기 위해 필요한 사회적 뇌는, 소집단을 이루어 함께 생활하면서 협력할 뿐만 아니라 오랜 기간 새끼를 함께 기르는 동물 종에서 주로 발견된다. 긴 미성숙기는 자신을 돕는 개체와 속임수를 쓰는 개체에 대해 충분히 학습할 기회를 제공한다. 흡혈박쥐를 다시 떠올려 보자. 다른 박쥐 종은 보통 생후 한 달쯤 되면 독립하는 데 반해 흡혈박쥐는 평균 9개월간 새끼를 기르는 매우 사회적인 동물이다. 이렇게 긴 미성숙기는 지속적인 사회적 유대 관계를 바탕으로 집단의 다른 개체를 식별하고 호혜적인 행동 방식을 배울 기회를 제공하는 다른 동물에게서도 발견된다. 사회적 동물이 서로의 몸을 손질해 주면서 오랜 시간을 보내는 이유도 이 때문이다. 예를 들어 흡혈박쥐는 다른 박쥐 종보다 14배나 더 길게 서로의 몸을 손질해 준다.[18] 이런 손질은 무차별적으로 베푸는 것이 아니라, 과거에 호혜적 행동을 보인 개체에게 선택적으로 이루어진다. 인간이나 다른 영장류도 마찬가지다. 침팬지는 이전에 자신의 털을 손질해 준 상대의 털을 더 오래 그리고 더 자주 손질해 준다.[19] 상대의 털 손질해 주기는 "오는 게 있어야 가는 게 있다"는 원칙에 철저한 호혜적 행동이다!

정직한 위선자

어린아이가 공정성 원칙을 이해하고 다른 아이의 공정한 행동을 기대하면서도 정작 본인은 그렇게 행동하지 않는다면, 위선적인 아이로 보일 것이다. 어린아이는 아기 때부터 공정성을 인지하지만, 그 원칙이 몸에 배기 시작하는 6~7세쯤까지는 나눠 가지라고 계속 지적해야 한다. 그러나 여러 면에서 어린아이는 더 큰 아이나 성인보다 정직하다. 성인은 보통 자신이 공정하다고 생각하지만, 잠재적 보상이 크고 불공정하게 선택해도 들키지 않을 상황일 때는 대부분 위선자처럼 처신한다. 한 연구에서는 성인들에게 두 과제를 제시했는데, 하나는 보상받을 가능성이 있었지만 다른 하나는 그렇지 않았다. 이때 익명으로 결정을 내릴 수 있는 상황에서는 대다수(70~80퍼센트)가 이익이 생기는 과제를 자신에게 배정했고, 고통 또는 처벌을 피해야 하는 경우에도 마찬가지로 결정했다.[20] 일을 배정하는 가장 공정한 방법은 동전 던지기라고 지침을 준 경우에도, 절반은 그렇게 하겠다고 했지만 나머지 절반은 여전히 가장 좋은 일을 자신이 맡거나 전기 충격을 받을 수 있는 일을 피하는 식으로 편향된 결정을 내렸다. 더 놀라운 것은 동전 던지기에 동의했음에도 90퍼센트는 여전히 가장 좋은 일을 자신이 맡았다는 것이다. 사람들은 공정해 보이고자 하지만, 들키지 않을 거라 판단되면 부정행위를 한다.

이기적인 행동을 억제하고 누그러뜨리는 여러 방법이 있는데, 특히 자신에게 주의가 쏠린 경우가 이에 해당한다. 예를 들어 거울을 보기만 해도 말 그대로 자기 성찰이 일어나 시험의 부정행위가 감소한다는 연구가 있다.[21] 이처럼 거울을 통한 자기 성찰의 도덕적 효과와 일맥상통하는 결과를 보여준 고전적 연구가 있다. 할로윈 저녁, 선물이 담긴 그릇을 거울 앞에 놓아두자 이를 찾은 아이들의 이기적 선택이 줄어들었다.[22] 우리는 누가 지켜본다고 생각하면 점잖게 행동하는 경향이 있다. 발각의 두려움이 규칙 위반을 규제하는 효과가 있다면, 전지전능한 신을 믿는 종교가 도덕적 행동을 촉진하는 것도 누군가 지켜보고 있다고 신도들이 믿기 때문일지 모른다.[23] 세계의 종교 대다수는 설교와 일상의 실천을 통해 친사회적 태도를 장려한다.

기독교의 선한 사마리아인 이야기(강도를 만나 곤경에 처한 사람을 어느 사마리아인이 도와주었다는 이야기. - 옮긴이)처럼 사람들은 보통 종교가 친절과 관대함을 촉진한다고 말한다.

그러나 종교가 도덕적이라고 보는 이런 시각의 문제 중 하나는 이런 고정관념과 달리 신앙인이 비신앙인보다 더 관대하다는 증거가 거의 없다는 점이다.[24] 물론 많은 종교 단체에서 불우 이웃을 돕는 활동을 벌이지만, 이런 조직된 이타주의가 반드시 신도들의 일상생활에서도 작동하는 것은 아니다. 독재자 게임Dictator Game에서 신앙이 있는 게임 참가자에게 은밀하게 신을 환기시키지 않은 경우, 신앙인과 비신앙인의 관대함에 차이가 없었다. (독재자 게임은 주로 분배·공유 행동을 연구할 때 사용되는 특정 실험 조건을 가리킨다. 실험 참가자 A의 분배 제안을 B가 수락·거절할 수 있는 실험 조건을 가리켜 최후통첩 게임이라 부르고, B에게 이런 선택권이 없는 실험 조건을 가리켜 독재자 게임이라고 부른다. 본문에 "관대함에 차이가 없었다"는 것은 A가 신앙인이든 비신앙인이든 분배 제안에 별 차이가 없었다는 뜻이다. - 옮긴이) 그러나 영혼·신성한·신·성스러운·선지자 같은 단어가 포함된 문장을 순서대로 정리하는 과제를 사전에 수행한 신앙인은 이에 더 관대하게 행동했다.[25] 환경 단서도 비슷한 효과를 보인다. 모로코 마라케시Marrakesh에 있는 시장 상인들은 이슬람교의 예배 시간을 알리는 소리가 멀리서 들릴 때, 훨씬 더 기꺼이 자선단체에 기부했다.[26] 그러나 이런 관대함은 신앙인에게만 국한된 것이 아니다. 시민정신·배심원·법원·경찰·계약 같은 단어로 암묵 기억을 활성화해 평등의 세속적 이념을 환기했을 경우, 신앙인이든 비신앙인이든 상관없이 더 관대한 행동을 보였다.[27] 이런 연구에 비추어 볼 때 성인에게는 어린 시절의 이기심이 남아 있지만, 적절한 단서가 제시되면 친사회적 태도가 강화되는 듯하다.

사람들이 특정 맥락에서 친절하고 관대하다고 해서 모든 상황에서 그런 것은 아니다. 이런 위선적 태도는 도덕적 자기 면허moral self-licensing라고 불리는데, 이것은 어떤 상황에서 도덕적으로 행동한 경우 나중에 다른 상황에서 그렇지 않게 행동할 확률이 높아지는 현상을 가리킨다.[28] 이런 현상이 나타나는 이유는 이전에 선행을 베푼 경우, 나중에 부도덕하거나 부적절한 행동을 하더라도 자신이 부도덕하게 느껴지거나 비춰질 우려가 적어서다. 가난한 사람을 돕기 위한 교회 모금행사에서 자원봉사를 한 사람은 그렇지 않은 사람보다 오히려 나중에 다른 자선단체에 기부하지 않는 경향이 있다. 자신의 긍정적이거나 부정적인 도덕적 특성에 관해 글을 쓰라고 했을 때 자신을 꽤 관대한 인물로 묘사한 사람은 자선단체에 덜 기부한 반면 자신의 못된 면을 성찰하는 글을 쓴 사람은 더 많은 금액을 기부했다.[29]

특히 기부와 관련해 관대한 행동을 한 경우 '사회적 면허'가 발급되기도 한다. 자선가의 이름을 딴 건물·장학금·보조금·

병동 등이 그런 것이다. 익명의 기부자도 있지만 대다수 후원자(및 그의 가족)는 이런 공식 인정에 대해 자부심을 갖는다. 그러나 후원금이 부당한 방법으로 얻은 것임이 알려지면 상황은 달라진다. 노예를 부려 큰 재산을 모은 17세기 브리스톨의 상인이자 자선가, 에드워드 콜스턴Edward Colston을 둘러싼 논란을 생각해 보자. 브리스톨 곳곳에는 그의 이름을 딴 교회, 학교, 강당, 기관 등이 있었다. 그러나 그것도 잠시였는데, 그의 악행 때문에 기념물이 위선적이라고 느낀 시민들의 항의가 잇따른 것이다. 그 때문에 이런 기관들이 콜스턴의 유산과 단절하기 위한 개명 작업에 들어갔다.

부의 원천과 의도가 떳떳할 경우 재산을 나눠 주는 것은 사회적 유대관계를 형성하고 강화하는 데 기여한다. 이것은 기부자가 친절하고 관대하며 인정 많고 모든 면에서 훌륭한 사람이라는 증서와도 같다. 아무도 구두쇠나 수전노를 좋아하지 않는다. 종교의 가르침을 통해서든 선인의 지혜를 통해서든 우리는 탐욕, 물욕, 시기심 및 그밖에 물질적 부의 추구와 관련된 온갖 부정적 감정을 멀리하라는 경고를 받는다. 많은 부모는 자식에게 공유의 미덕을 끊임없이 가르치는데, 왜냐하면 그래야 사회에서 인정받을 수 있기 때문이다. 그렇지 않으면 응징과 배척에 직면할 수 있다.

이익보다는 보복을

공정성의 다른 면은 우리가 남을 이용하려는 사람에게 기꺼이 처벌을 가하려 한다는 점이다. 우리는 공유하지 않는 사람을 경계할 뿐만 아니라 이런 사람을 기꺼이 처벌하려 한다. 다음과 같은 상황을 상상해 보라. 당신은 누가 10달러를 거저 준다면 받겠는가? 아마도 거절할 이유가 없을 것이다. 이제 조금 다른 상황을 상상해 보자. 내가 누구에게 100달러를 주겠다고 제안했는데, 유일한 조건은 그 사람이 이 돈을 당신과 나눠 가져야 한다는 것이다. 그 사람이 돈을 얼마라도 가지려면 당신이 그 사람의 분배 제안을 받아들여야 하는데, 이런 종류의 상황을 가리켜 최후통첩 게임Ultimatum Game이라고 부른다. 이제 그 사람이 당신에게 10달러를 나눠 주고 본인은 90달러를 갖기로 제안했다면, 당신은 이 제안을 받아들이겠는가?

이에 대한 답변은 당신이 그 사람을 어떻게 생각하는지 그리고 당신이 어떤 문화권에서 사는지에 따라 다르다. 15개의 소규모 사회에서 최후통첩 게임을 실시한 야심 찬 연구가 있었다.[30] 이에 혼합된 결과가 나왔는데, 왜냐하면 낯선 서양인이 돈을 주는 게임을 하자는 상황에서 참가자들은 이것을 자신의 문화에서 비슷한 상황과 연관 지어 응답했기 때문이다. 선물을 주는 풍습이 있는 오스트레일리아의 멜라네시아Melanesia 사회에서는 평균적으로 절반 이상의 돈을 상대방에게 나눠 주겠다는 제안이 나왔다. 그러나 이렇게 관대한 제안도 거절당하기 일쑤였는데, 왜냐하면 이 사회에서는 선물을 받으면 설령 의도가 자발적이라 해도 언젠가는 보답해야만 한다는 강력한 의무감이 생기기 때문이었다. 즉 "나한테 바라는 것이 뭐지?"라고 생각한다. 반대편 극단에 있는 탄자니아의 수렵·채집인 부족인 하자족Hadza은 최후통첩 게임에서 보통 매우 적은 액수를 제안했으며 거절당하는 비율도 높았다. 이곳 사람들이 살고 있는 배타적인 사회에서는 외부인, 낯선 사람과의 협력·공유·교환이 거의 이루어지지 않는다.

서양 문화권에서 이 게임을 하는 대다수 성인은 약 절반의 돈을 제안하며, 20달러 미만의 제안은 좀처럼 수락하지 않는다. 한 번밖에 없는 기회인데도 사람들이 10달러의 제안을 거절하는 이유는 무엇일까? 위에 언급한 두 상황에서 당신이 거저 받는 금액은 똑같다. 그런데도 두 번째 상황에서 절반의 사람들은 전체 액수의 20퍼센트 미만을 제안받으면 불공정하다고 생각한다. 뇌 영상 연구에 따르면 이것은 주로 정서적 반응인데, 이렇게 적은 제안을 받으면 혐오감 같은 부정적 경험을 겪을 때 활성화되는 부위가 똑같이 반응하는 것을 확인할 수 있다.[31] 무언가를 거저 받느니 내 돈을 들여서라도 상대를 벌하고 싶은 복수심이 드는 것이다.

최후통첩 게임은 가상 상황에 관한 것이지만 인간 본성의 한 단면을 드러낸다. 이것은 이타적 증여 및 호모 이코노미쿠스라는 관념에 의문을 제기하는데, 왜냐하면 제안의 거절은 배려심, 자기 이익의 극대화와는 거리가 멀기 때문이다. 즉 이타주의자라면 제안 금액에 신경 쓰지 않을 것인데, 왜냐하면 제안을 거절할 경우 아무도 이익을 얻지 못하기 때문이다. 그리고 호모 이코노미쿠스라면 제안 금액이 어떻든 수락할 것인데, 왜냐하면 그것이 0달러보다는 낫기 때문이다.

제안을 거절하는 이유는 경제적 측면보다는 심리적 측면의 문제다. 최후통첩 게임에서 컴퓨터가 제안하는 경우 사람은 금액에 상관없이 제안을 수락한다.[32] 우리는 타인의 제안에 대해서만 민감한 듯한데, 바로 그 때문에 이 게임은 공정성의 심리적 측면을 엿볼 수 있게 해준다. 그런가 하면 이 게임의 다른 버전에서는 제안을 받는 사람이 거부권을 행사할 수 없다는 것을 제안자가 아는데도 상대에게 얼마를 제안하는 경우가 많았다. 이것은 우리의 행동이 공정성의 원칙에 따라 조정된다는 것을 보여주는데, 우리는 이 원칙을 사람에게만 적용하고 기계에는 적용하지 않으며, 동물에게도 거의 적용하지 않는다. 인간과 가장 가까운 사촌인 침팬지는 일종의 최후통첩 게임에서 어떤 제안이든 기꺼이 받아들인다.[33]

호혜성은 타인과 공유하고 공정성 규범을 어기는 사람을 처벌하기 위한 전제 조건이 된다. 이기적으로 행동하는 사람 때문에 모두의 미래가 위협받는 공유지의 비극을 다시 떠올려 보라. 공유 자원을 다른 사람보다 더 많이 이용하는 사람에게 보복과 처벌의 위협을 가하는 것이 공유지의 비극을 해결하는 방법이 될 수 있을까? 하버드대학의 수리생물학자 마틴 노왁Martin Nowak은 보복이 공유지의 비극을 해결하기 위한 최선의 방법도, 일반적인 방법도 아니라고 생각한다. 실생활에서 다른 사람이 부정행위를 하는 듯하면 우리는 그냥 협력을 거부하고 물러나는 경향이 있다. 노왁의 연구에 따르면 공유지의 비극을 해결하는 최선의 방법은 처벌이 아니라 소통과 보상과 소유권을 조합하는 데서 찾을 수 있다.

공유지의 비극과 관련된 한 가지 문제는 우리가 다른 사람을 직접 처벌할 기회가 별로 없다는 점이다. 실제로 공동 자원을 부정하게 이용하는 사람을 적발하기란 그렇게 쉽지 않다. 우리는 사기꾼을 싫어하고 분노를 느끼지만, 도대체 누가 사기꾼인가? 누가 탈세자인지 어떻게 아는가? 이런 것은 사람들이 쉽게 자백하지 않는다. 바로 이 때문에 노왁은 사람들에게 공동 이익에 대한 동기를 부여할 최선의 방법은 보상을 제공하고 주인의식을 갖게 하는 것이라고 주장한다. 부정행위자는 당연히 법의 힘으로 처벌하되, 협력하는 사람은 평판의 힘으로 보상하는 것이 중요하다. 협력하는 사람으로 명성을 얻는 것은 대다수 사람에게 긍정적인 동기가 되며, 이것은 다시 우리가 (a)다른 사람의 호감을 얻고 (b)규칙을 위반할 가능성이 작아짐을 의미한다. 노왁은 자신의 저서 《초협력자SuperCooperators》에서 뒤처지는 자동차 근로자에게 벌금을 부과하는 것보다 생산성이 뛰어난 근로자에게 보너스를 지급하는 것이 훨씬 더 효과적이라고 주장한다.[34] 그리고 이보다 더 강력한 공동 노력의 동기는 공동 소유다. 우리는 공동 목표를 위해 함께 일했다고 믿을 때, 더 기꺼이 이익을 함께 나눈다.

우리는 1장에서 포퓰리즘의 부상을 논의하면서 보복의 기회에 관해 언급한 바 있다. 우리는 종종 특정인을 처벌할 기회를 놓치곤 하지만 투표소에서는 기꺼이 우리의 분노를 표출한다.[35] 2016년 예일대학의 심리학자 몰리 크로켓Molly Crockett이 영국 신문 〈가디언*The Guardian*〉에 쓴 기고문을 보자. 그는 경제 게임에서 관찰되는 이러한 인간의 행동이, 영국 극빈층이 브렉시트로 인해 가장 큰 피해를 볼 것이라는 경고에도 불구하고 왜 이에 찬성표를 던졌는지를 설명하는 데에 도움이 될 것이라고 말했다. 국민투표 당시에는 너무 많은 허위 정보와 불확실성이 유포되어, 유권자가 제대로 된 정보를 토대로 결정을 내릴 수 있는 처지가 아니었다. 그러나 설령 참된 정보가 제공되었더라도 많은 사람은 변화를 지지하는 투표를 했을 텐데, 왜냐하면 그들은 이것이 집권 세력에게 해를 가하는 방법이라고 생각했기 때문이다. 그들은 잃을 것이 없었으며 오히려 투표는 그들을 억누른 체제에 분노를 표출할 기회였다. 탈퇴를 지지한 또 다른 유권자들은 자신들이 국가에 대한 통제력을 잃었으며 영국의 주권과 전통적 가치가 사라졌다고 분개했다. 결국 두 집단 모두 분노를 표출하고 싶었던 것이다.

이런 자기표현의 욕구는 최후통첩 게임에서도 예측되었다. 제안을 가장 빈번하게 거절한 사람들은 "나는 누가 내 일에 간섭하는 것을 싫어한다", "나는 다른 사람의 의견을 강요받고 싶지 않다"와 같은 진술에 동의했는데, 이것은 브렉시트 지지자들이 표출한 감정과 크게 다르지 않았다.[36] 이런 분노의 표출 욕구가 얼마나 강력한지는 이 게임의 또 다른 버전인 면책 게임Impunity Game에서도 잘 드러났다. 이 게임에서는 제안이 거절당해도 제안자가 불이익을 받지 않고 나머지 협상금을 보유하는 것인데, 이런 상황에서도 사람들은 여전히 제안을 거절했다.[37] 다시 말해 내가 당신에게 10달러를 제안했고 나는 당신의 결정에 상관없이 90달러를 보유하는 경우라도, 즉 당신의 결정이 내게 아무런 영향을 끼치지 않을 때도 사람들은 여전히 제안을 거절한다. 사람들은 차라리 자신의 자존심을 선택한 것이다.

위의 내용에서 알 수 있듯이, 만약 브렉시트 지지자를 무식하고 적개심에 찬 집단으로 폄하 대신에 그들의 목소리에 귀를 기울였다면 그렇게 강력한 울분의 표출은 없었을 것이다. 최후통첩 게임에서도 제안을 받은 사람이 제안자에게 분노를 표출할 수 있을 때에는 제안 금액이 적더라도 이를 수락하는 경향이 나타난다.[38] 좌절감과 분노가 제안자에게 전달되지 않고 그저 불특정 다수에게 전파되는 경우라 하더라도, 제안을 받은 사람이 자신이 호락호락한 사람이 아니라는 사실을 모두가 안다는 전제에 만족하면서 보잘것없는 제안도 받아들이곤 한다.[39] 사람들은 자신에게 돌아오는 실익이 없더라도 불만을 제기하는 것으로 만족하곤 하는데, 왜냐하면 이를 통해 통제의 환상과 '내 의견'에 대한 주인의식을 회복할 수 있기 때문이다. 이처럼 갈등 해소를 위해 중요한 것은 보복이 아니라 소통이다.

몰리 크로켓은 위에 언급한 기고문에서 경제학을 토대로 인간의 행동을 예측하면 안 된다고, 사람들이 느끼는 불의가 유럽과 미국에서 부상 중인 포퓰리즘의 한 원인이라고 강력하게 경고했다. "이런 유권자를 이해하고 싶다면, 자신의 말에 귀 기울이는 사람이 있기를 바라는 인간의 욕구를 이해할 필요가 있다." 크로켓의 이 기고문은 2016년 7월, 즉 트럼프의 부상을 알린 미국 선거일로부터 4개월 전에 발표되었지만, 미국의 민주당은 그의 말에 귀를 기울이지 않은 듯하다.

슬플 땐 함께 당기기

어린아이는 불평등에 민감하고 다른 사람에게 평등한 대우를 기대하지만, 스스로는 그렇지 않으며 나눠 가지기를 망설인다. 그러나 아이들의 자발적 공유를 촉발하는 상황이 있는데, 그것은 바로 공동 이익을 위해 협력해야만 하는 상황이다. 라이프치히의 마이클 토마셀로와 그의 연구팀은 친사회적 행동의 진화에서 협력의 중요성에 대한 가설을 검증하는 연구를 수행했다.[40] 이 연구에서 짝을 이룬 2명의 3세 아동은 밧줄 2개를 동시에 당겨야만 구슬 4개를 움직일 수 있었다. 이 장치는 한 아이에게 구슬 3개가 전달되고, 다른 아이에게는 1개만 전달되도록 설치되어 있었다. 이런 상황에서 '운이 좋은' 아이는 자신이 얻은 구슬 3개 중 하나를 '운이 나쁜' 아이에게 주었다. 그러나 보상을 얻기 위해 함께 노력할 필요가 없는 상황에서는 이렇게 나눠 갖지 않았다.

이기적인 편향에도 불구하고 사람들을 단합시키는 가장 강력한 순간은 협력이 불가피한 비극적 상황에 처했을 때다. 2017년 런던과 맨체스터에서는 테러 공격이 자주 발생했다. 그리고 이런 끔찍한 사건이 터질 때마다 우리는 무고한 사람에게 고통을 안기는 인간의 냉혹한 본성뿐만 아니라 도움이 필요한 사람을 돕기 위해 나서는 사람들의 선한 마음도 확인할 수 있었다. 사회 각계각층으로부터 생존자와 피해자 가족에게 지원의 손길이 이어졌다. 미국 가수 아리아나 그란데Ariana Grande의 공연장에서 폭탄이 터진 뒤 맨체스터의 헌혈 센터에는 시간당 1,000건 이상의 전화가 걸려 왔다.[41] 사람들은 곤경에 처한 다른 사람을 어떻게든 도우려 했다.

이런 인도주의적 반응은 어릴 때부터 발달한다. 2008년 한 연구팀은 중국 쓰촨성四川省의 6~9세 아동을 대상으로 독재자 게임을 사용해 공유 행동에 대한 연구를 하고 있었는데, 마침

리히터Richter 규모 8.0의 큰 지진이 발생해 8만 명 이상이 사망하는 대참사가 일어났다.[42] 이것은 사람들이 실제로 고통받는 상황에서 아이들의 이타적 행동을 측정할 수 있는 뜻밖의 기회였다. 지진이 발생하기 전에 중국의 아동은 전 세계의 다른 아동과 다르지 않았다. 독재자 게임으로 측정했을 때 9세 아동은 6세 아동보다 더 관대했다. 그러나 재난이 발생하고 한 달 뒤에 거의 모든 아동이 심각한 곤경에 처한 상태에서 다시 독재자 게임을 진행하자 행동에 변화가 나타났다. 피해 지역의 6세 아동들은 지진 전보다 더 적게 자원을 공유하며 더 이기적인 태도를 보인 반면, 9세 아동들은 정반대로 더 많이 공유했다. 쓰촨에서 재난이 발생한 지 3년 뒤에 다시 독재자 게임을 했을 때, 공유 패턴은 전 세계 6~9세 아동의 전형으로 다시 돌아갔는데, 이것은 처한 상황에 따라 관대함의 정도는 변화하며 일종의 대처 메커니즘일 수 있음을 시사한다. 학령기에 접어들면 아이들은 이전의 이기심을 버리고 도움이 필요한 사람을 자발적으로 돕는다.

부는 그것을 소유한 사람에게 능력을 부여한다. 재산의 축적과 함께 재산에 따른 특권도 증가하며, 그래서 큰 부자는 극빈층이 꿈도 꿀 수 없는 기회를 누린다. 여기에는 더 나은 교육·건강·주택·가정 환경·성공에 기여하는 그 밖의 온갖 요인이 포함된다. 대다수 부자는 이런 혜택을 자식에게 물려주지만(물론 눈에 띄는 예외도 있다), 정부 개입을 통해 또는 직접 자선 활동을 통해 재산을 공유하는 사람도 적지 않다.

행동경제학에서 특히 기부 행위를 순수한 이타심으로 설명하는 모형은 혼합된 이타심 모형으로 대체되었는데, 이에 따르면 다른 사람을 도우려는 순수한 동기 외에 기부 행위를 통해 경험하는 '푸근한 만족감warm glow'이 기부자에게 중요한 의미를 지닌다.[43] 이에 반해 증여에 관한 표준적인 수학 모형은 인간의 본성이 자부심·공감·죄책감·수치심 같은 온갖 감정의 영향을 받으며, 이런 감정이 다른 사람을 도우려는 마음의 바닥에 깔려 있다는 사실을 제대로 고려하지 못한다.

모든 활동 영역에서 우리는 남을 돕는 것과 관련된 긍정적 경험을 추구하고, 죄책감이나 수치심과 관련된 부정적 경험을 피하려 한다. 재치 있는 한 실험에서는 성인들에게 참가비로 10달러가 제공되며, 실험이 끝날 때 좋아하는 자선단체에 일정액을 기부할 수 있다고 말했다.[44] 이때 중요한 규칙이 하나 있었는데, 참가자가 선택한 자선단체는 참가자가 선택한 기부금에 상관없이 10달러를 받는다는 것이었다. 즉 참가자가 4달러를 기부하면 실험자는 6달러를 추가로 기부한다. 참가자가 기부하지 않겠다고 결정해도 실험자는 해당 자선단체에 10달러를 기부한다. 따라서 참가자가 어떤 결정을 내리든 상관없이 해당 자선단체는 총 10달러의 기부금을 받게 되어 있었다. 이렇게 반드시 일정액을 기부해야 하는 상황이 아닌데도 참가자의 절반 이상(57퍼센트)은 평균 2달러를 기부했다. 자선단체에 추가 혜택이 돌아가는 것도 아닌데, 사람들이 이렇게 행동한 것은 옳은 일이라고 생각했기 때문이다.

우리는 아이들에게 타인과 함께 나누는 것이 옳은 일이라고 가르친다. 이때 아이들에게는 일종의 책임 의식이 발달한다. 1살이 지난 아기는 자신이 언제 잘못했는지를 느끼기 시작하면서 이런 규칙 위반과 관련된 부정적 감정을 경험한다. 이것이 꾸지람을 들었거나 벌을 받았기 때문인지는 분명하지 않지만, 아이들 대다수는 자신이 잘못한 경우를 점점 더 신경 쓰게 된다. 양심의 가책을 느끼는 것이다.

죄책감은 우리의 행동에 동기를 부여하는 부정적 감정이다. 우리가 가난한 사람에게 무엇을 줄 때 우리는 정말로 친절한 사람일까? 긍정적인 또는 덜 부정적인 감정을 느끼려는 동기는 이기심에 가까운가? 아니면 진정한 이타심에 가까운가? 에이브러햄 링컨Abraham Lincoln은 다음과 같이 말했다. "나는 좋은 일을 하면 기분이 좋다. 그리고 나쁜 일을 하면 기분이 나쁘다. 이것이 나의 종교다." 이것은 도덕에 대한 상식적 견해인데, 우리가 잔인한 행동에 대해 도저히 이해할 수 없다는 반응을 보이는 것도 바로 이 때문이다. 우리는 "사람이 어떻게 그럴 수가 있지? 양심도 없나?"라고 반응한다. 이때 우리는 도덕적으로 우월한 지위에 있는 듯한데, 과연 우리는 정말로 더 선한 존재일까? 아동기를 거치면서 사회의 규칙과 기대가 우리의 감정 체계에 자리를 잡으면, 기부로 얻는 푸근한 만족감이나 가슴이 아리는 죄책감 같은 것들을 인지하게 된다.

타인의 견해가 내면화되면, 이는 우리의 내적 동기가 되기도 한다. 우리는 어떤 것이 옳다고 느껴지기 때문에 그것을 행동으로 옮기며, 반면에 숨은 동기 또는 외적 동기가 있어 보이는 사람에게는 의심의 눈초리를 보낸다. 친절을 베푼 사람에게 대가를 지불하면 역효과가 나는 것도 이 때문이다. 헌혈을 다시 예로 들어 보자. 《선물 관계*The Gift Relationship*》의 저자인 사회학자 리처드 티트머스Richard Titmuss는 미국과 영국의 혈액 관리 제도를 비교하면서 미국처럼 헌혈자에게 대가를 지급할 경우 잘못된 행동을 장려할 수 있으며, 정당성이 의심스러운 관행, 안전 우려가 발생할 수 있다고 봤다. 그뿐만 아니라 만약 이런 관행이 영국에 도입되면 이타심을 표출하려는 사람들의 내적 동기가 망가져 국민건강보험의 토대인 공동체의 헌신이 약화될 것이라고 주장했다.[45] 이 주장을 검증하기 위한 실험에서 스웨덴 연구팀은 성인 참가자를 무상 헌혈을 요청받은 집단, 7달러를 헌혈 대가로 받는 집단, 이 금액을 다시 자선단체에 기부할 수 있는 집단으로 나누었다. 그 결과 티트머스의 예측대로 대가를 지불하니 헌혈자가 뚜렷이 감소한 반면, 이 돈을 다시 자선단체에 기부할 수 있는 경우에는 그렇지 않았다.[46] 타인을 도우려는 선한 의도 및 이와 결부된 우리의 내적 가치를 훼손하는 이런 현상은 '구축crowding out' 효과라고 불린다. 도덕적 동기에 기초한 행위에 대해 금전 보상을 하는 것이 부도덕해 보이는 것도 이런 이유 때문이다. 위에서 설명한 것처럼 참가자의 기부액에 상관없이 자선단체가 동일한 기부금을 받게 되는 독재자 게임에서도 헌혈자는 비헌혈자보다 더 많이 기부했는데, 이것도 헌혈자들이 푸근한 만족감을 더 원했기 때문일 것이다.[47]

이런 감정들은 어디에서 비롯하는가? 이는 타인으로부터 온 것이다. 우리의 자부심은 소속 집단의 칭찬을 상상하는 데서 생겨난다. 또한 다른 사람에게 속았다는 느낌이 들 때는 분노가 폭발한다. 이것은 우리가 있는 모든 곳에서 사회화가 얼마나 강력하게 작용하는지를 잘 보여준다. 우리의 기분을 좋게 유지하려면 다른 사람이 어떻게 생각하는지를 신경 쓸 수밖에 없다. 우리는 부모의 인정에 매달리는 아동기를 보낸 뒤 청소년이 되면 또래의 의견에 집착한다. 성인이 된 후에는 우리 삶의 일부가 된 가치관을 전파하면서 타인의 승인을 받고자 한다. 우리가 어떻게 자원을 소유하며 소유한 자원으로 무엇을 하는지까지도, 우리 가치관의 일부가 된다.

호모 이코노미쿠스와의 작별

호모 이코노미쿠스가 인간 행동에 관한 타당한 설명이라는 증거는 거의 없다. 우리는 자기 이익의 극대화를 꾀하지 않을 때도 많다. 호모 이코노미쿠스를 최초로 주창한 사람으로 꼽히는 애덤 스미스도, 사람들이 종종 남을 도우려는 마음으로 행동한다는 사실을 잘 알고 있었다. 그는 도덕의 기원에 관해 다음과 같이 썼다.

> 인간이 얼마나 이기적인 존재로 여겨지든 상관없이, 타인의 행운에 관심을 가지고 그들의 행복을 바라보는 기쁨 외에는 얻는 것이 없어도, 그것을 원하게 만드는 몇몇 원칙이 인간의 본성에 틀림없이 담겨 있다. 연민 또는 동정심이 이런 종류의 것인데, 이것은 우리가 다른 사람들의 불행을 목격하거나 매우 생생하게 상상할 때 느끼는 감정이다. (…) 가장 잔인한 악당, 사회의 법률을 어기는 가장 냉정한 사람도 이런 것이 전혀 없지는 않다.[48]

우리는 모두 불우한 사람의 고통을 지각할 수 있으며 인간의 본성에는 남을 돕고 싶게끔 만드는 무언가가 있다. 때로는 다른 사람의 고통에 무감각해지기도 하지만, 동정심에 이끌려 행동에 나서기도 한다. 이때 이런 감정에는 우리 자신의 불행이 반영되기도 한다. 타인의 고통을 목격할 때 우리는 만약 우리가 그 사람이라면 얼마나 괴로울지를 상상한다. 이미 수백 년 전부터 알려진 이런 공감 능력은 현대 신경과학을 통해서도 뒷받침된다. 즉 다른 사람의 고통이 우리의 뇌에서 모방 또는 반영되어 우리는 실제로 고통과 관련된 뇌 부위에 기록된 몇몇 고통 요소를 느끼게 된다.[49] 이처럼 자선 행위를 통해 다른 사람의 고통을 완화하려는 노력은 우리 자신의 불편한 느낌을 줄이는 데도 기여한다. 이런 의미에서 자선은 사심 없는 이타심이라기보다 자기 이익에 충실한 행동이다.

만약 인간에게 경쟁 본능만이 있다면 어떨까? 자원이 부족한 어려운 시기라면 자칫 치명적인 손해를 입을 수 있으므로 사람들은 훨씬 더 이기적으로 행동하지 않을까? 하지만 실제로 역경이 닥칠 때 오히려 인간은 자신이 지닌 최선의 측면을 표출하는 듯하다. 공동의 문제를 해결하기 위해 함께 노력하는 경우, 우리는 힘든 시기에 자연스럽게 자원을 공유한다. 공동의 위협에 직면한 집단은, 더 이상 사욕에 따라 행동하는 다수의 방관자가 아니다. 무력 충돌이 수많은 이타적 행동을 촉발하는 이유도 이 때문이다. 전쟁은 그 어떤 이유로도 용납될 수 없지만, 집단에 대한 위협으로 인해 집단적 책임감을 촉발하는 대표적인 예시다. 그러나 불행하게도 우리는 아직 인류에게 가장 큰 위협인 기후 변화를 모든 국가가 바로 협력에 나설 만큼 급박한 위협으로 지각하지 않는 듯하다. 당연히 각 사회는 사회 구성원의 평화롭고 편안한 삶을 추구할 기회를 가져야 한다. 다만 문제는 충분해도 만족할 줄 모른다는 점이다. 어째서 우리는 필요 이상으로 원하는가? 이것은 우리가 다음 장에서 다룰 이 책의 핵심 질문이다.

5장

과시,
비싸고 무겁고
덧없는 옷

과시를 위한 사치

"부자는 자신의 부에 기뻐하는데, 왜냐하면 이 덕분에 자연스럽게 세상의 관심을 받는다고 느끼기 때문이다. (…) 반대로 가난한 사람은 가난을 부끄러워한다. 그는 가난 때문에 사람들의 관심 밖으로 밀려났다고 느낀다. 또는 사람들이 주목하더라도 자신이 겪는 불행과 고통에 대한 동료 의식이 거의 없다고 느낀다."
_애덤 스미스[1]

2010년 뉴델리에서 밀 농사를 짓는 비샴 싱 야다브Bhisham Singh Yadav는 겨우 3킬로미터 떨어진 결혼식장까지 아들을 헬리콥터로 데려가기 위해 8,000달러 이상을 사용했는데, 이 이야기는 세상의 큰 관심을 끌어 1만 킬로미터 이상 떨어진 〈뉴욕타임스New York Times〉에 실릴 정도였다.[2] 가난한 가정에서 태어나 인도의 신흥 부농이 된 비샴은 경제 호황의 혜택을 누리면서 이제야 거침없이 돈을 쓰는 듯했다. 그는 아들의 호화로운 결혼식을 위해 12제곱미터의 농장을 약 11만 달러에 팔았다. 그러나 이와 거리가 먼 가난한 가정에서도, 겨우 생필품 정도 살 수 있을 소득에서 과도한 금액을 사치품에 지출한다. 가난한 가정일수록 불필요한 것에 지출하는 소득 비율이 높다.[3] 왜 그럴까?

비샴은 이후로도 절제 없이 소비했다. 그는 결혼식 손님을 감동시키기 위해 헬리콥터를 동원하는 데 재산의 1/10을 쉽게 사용할 만큼의 부자는 아니었다. 그뿐만이 아니다. 많은 사람이 사람들에게 과시할 목적으로 재산을 낭비한다. 굳이 과시할 필요가 없는 사람이라도 마찬가지다. 트럼프가 플로리다에서 개최한 말 전시회에서 그를 처음 본 제니퍼 게이츠Jennifer Gates는 깜짝 놀랐다. 트럼프가 자리를 떠난 후 다시 20분 만에 헬리콥터를 타고 돌아왔기 때문이다. 그의 아버지인 마이크로소프트Microsoft의 창립자 빌 게이츠Bill Gates는 트럼프가 웅장한 입장 장면을 연출하려 일부러 행사장을 떠난 것이라고 추측했다.[4] 애덤 스미스가 지적한 것처럼 인도의 농부든 미국의 억만장자든 사람들의 눈에 부자로 비치는 것은 부자가 되는 것만큼이나 중요하다. 우리는 과시하기를 좋아한다. 그리고 이를 실현할 방법 중 하나는 부를 쌓는 것이다.

우리는 늘 일정 재산을 가지고 있지만, 더 많이 가지려는 열망도 늘 가지고 있다. 가계 소비의 기하급수적인 증가를 보면 알 수 있다. 《과소유 증후군*Stuffocation*》[5]의 저자 제임스 월먼James Wallman은 가정의 인화점, 즉 가정에 화재가 발생했을 때 집 안 물건이 자연 발화 온도에 도달하는 시간이 30년 전에는 약 28분이었는데 요즘은 집 안에 물건이 워낙 많아서 3~4분으로 단축되었다고 지적한다. 그러나 열정적으로 가사 용품을 쌓는 것은 어제오늘의 일이 아니다. 영국 서머싯Somerset 시골 주택의 19세기 빅토리아 시대 응접실만 살펴봐도 알 수 있다.

카펫, 식탁, 의자, 등받이 없는 의자, 소파, 캐비닛, 책상, 식탁보, 쿠션, 덮개, 거울, 사진, 유화와 소묘 작품, 책장, 양초, 촛

대, 벽난로, 방화 철망, 램프, 스위치, 핸드벨, 종이 자르는 칼, 접시, 그릇, 꽃병, 화초 선반, 병, 작은 조각상, 장식품, 다양한 크기의 상자, 온갖 장신구 등. 100개 이상의 품목을 찾아볼 수 있다. 게다가 다시 살펴볼 때마다 새로운 물건이 또 눈에 띈다. 멀리 떨어진 아시아나 아메리카 대륙에서 온 이국적인 물건들도 있다. 영국에서 나오지 않는 마호가니, 상아 및 비단 소재의 물건들이 공간을 화려하게 꾸미고 있다. 이것은 외국 땅을 점령해 절정의 위력을 뽐내던 대영제국의 한 단면을 보여준다.

물론 이 응접실은 부유층의 것으로, 이렇게 잡동사니로 가득 찬 방은 당시 영국 전역의 많은 중산층 가정이 꿈꾸던 모습이었다. 이와 극명하게 대조되는 극심한 빈곤과 구빈원의 처참한 모습은 사회적 불평등을 소재로 한 찰스 디킨스Charles Dickens의 《올리버 트위스트*Oliver Twist*》, 《작은 도릿*Little Dorrit*》, 《크리스마스 캐럴*A Christmas Carol*》 같은 소설에 생생하게 묘사되어 있다. 이 사진은 산업혁명의 증거이기도 하다. 사진 속의 물건들은 영국 공장에서 대량 생산된 것이다. 19세기 영국은 전 세계에서 산업 생산량이 가장 많은 국가였다. 증기기관 발명과 기계화로 시작된 산업혁명은 세계 근대화의 출발점이었다. 이전에 대다수 영국인은 시골에서 살았다. 그들은 땅 주인이 아니더라도 자급자족하면서 비교적 단순한 삶을 살았다. 그러나 소규모 자작농들의 삶은 계절의 변덕에 취약했기에 그만큼 일이 고되고 내일을 예측하기 어려웠다. 그러다 일정한 임금을 준다는 말에 시골 인구는 급속히 도시로 흘러 들어와 공장의 노동자가 되었다. 도시의 성장과 함께, 시민의 소유욕도 커졌다.

소비는 필요보다 크다

역사가들은 전통적으로 소비문화가 산업혁명 및 값싼 대량 생산 시스템의 탄생 때문이라고 답했다. 그러나 사람들은 항상 더 많은 것을 갖길 원했으며 특히 새롭거나 구하기 어려운 타지의 물건을 갖고 싶어 했다. 지난 500년에 걸친 소비문화의 역사를 자세히 서술한 《사물의 제국*Empire of Things*》[6]에서 역사가 프랭크 트렌트만Frank Trentmann은 산업혁명 전부터 소비문화가 있었다고 주장한다. 예전에는 자원의 소모를 의미했던 용어인 소비consumption에 대해, 고대부터 사람들은 우려를 표했다. 비물질 세계를 논의한 그리스 철학자 플라톤은 물질적 목표를 추구하는 사회의 위험성에 대해 일찍부터 경고했다. 소유에 대한 이러한 우려는 수 세기 동안 많은 종교와 홉스·루소·마르크스 같은 정치사상가들을 통해 이어졌다. 그들은 끊임없는 소유욕, 사회적 불평등의 어리석은 부도덕성뿐만 아니라 수입품에 돈을 낭비할 때 초래하는 경제적 파급 효과에 대해서도 걱정을 표했다.

트렌트만에 따르면 지난 500년 동안 소비문화를 부채질한 존재는 산업혁명보다는 거래량 증가였다. 새로운 통상로의 개척과 제국주의의 성장은 소비자에게 더 많은 물건을 살 수 있는 기회를 제공했다. 무역이 확대되자 대다수 국가는 해외 상품 구매를 금지하는 '사치 금지법sumptuary law'을 공포했다. 명분은 외국 상품을 소비하면 국내 생산품에 소비할 돈이 줄어든다는 우려였는데, 이와 비슷한 의견은 오늘날 보호주의의 한 형태로 무역 제한을 도입하는 국가에서도 많이 찾아볼 수 있다. 그러나 사치 금지법을 제정한 데에는 사회적 이유도 있었다. 수입품은 보통 물건보다 더 비쌌으며, 그래서 상류층 신분의 상징이 되었다. 이런 상황에서 사치 금지법은 평민을 상류층으로 오인하는 것을 방지하는 효과가 있었다. 한때 영국에서는 평민이 비단옷을 입거나, 쇠고기·돼지고기 같은 적육을 먹거나, 결혼식에 일정 인원 이상의 하객을 초대하는 것이 금지되어 있었다. 그러다 18세기 산업혁명이 도래할 무렵에는 거의 모든 사치 금지법이 사라졌다. 산업혁명이 한 일은 이미 굳건히 자리 잡은, 채워지지 않는 소유라는 욕망에 자양분을 제공한 것이었다. 필요하지 않더라도 더 많이 갖기 위해 노력해야 한다고, 일반 대중을 설득할 필요도 없었다. 왜냐하면 이것은 이미 인간의 기본적인 욕망처럼 보였기 때문이다.

부자들은 이미 상당한 구매력을 지닌 상태였지만, 산업혁명을 겪으며 최대한 많이 소유하길 원하는 소비자 계층이 새롭게 탄생했다. 18세기 전에는 대다수 제품이 수공품이었고 많은 노동시간이 필요했기 때문에 결코 값을 싸게 매길 수 없었다. 예를 들어 섬유산업이 자동화되기 전에 물레로 작업한 사람은 한 번에 한 가닥의 실만 생산할 수 있었다. 1764년에 영국에서 다축多軸 방적기가 발명되고 그 후 물레방아를 동력으로 사용하자, 한 번에 100개의 릴을 돌릴 수 있었다. 기계화 및 기계를 구동하는 증기기관의 발명은 공정 속도를 높였을 뿐만 아니라 필요한 노동시간도 단축했다.

더불어 생산비가 급감했고 생산량이 증가했다. 소비문화의 부상을 역사적으로 분석한 오스트레일리아의 기술자 샤론 베더Sharon Beder의 지적에 따르면[7] 1860년부터 1920년까지 미국 인구는 3배 증가한 반면 제조업 생산량은 12~14배 증가했으며, 이로 인해 심각한 과잉생산 문제가 발생했다. 이와 동일한 양상이 산업화된 서구 전역에 걸쳐 전개되었다. 생산비 하락은 필요한 노동시간의 감소를 의미했지만, 기업가들은 주당 근로시간을 줄이는 대신에 임금을 올리는 결정을 했다. 이는 가구의 구매력을 높여 상품 수요를 유지하기 위한 것이었다.

호황기인 1910~1929년 동안 미국인의 급여는 40퍼센트 증가했다. 노동자들은 더 많은 제품을 구매했고 증권시장에 돈이 몰리자 오래 지속될 수 없는 투기성 거품 경제가 번창했다. 결국 1929년 월스트리트Wall Street 대폭락이 대공황을 촉발했고, 뒤이어 세계 경기 침체가 10년 동안 지속되었다. 제2차 세계대전과 수년간의 긴축 시기가 지난 뒤 노동자들은 노동시간단축보다 더 많은 급여를 선택했고 소비는 꾸준히 증가했다. 이제 사람들의 생활 수준은 '무엇을 살 수 있는가'에 따라 결정되었다.

1950년대와 60년대, 이른바 '황금기' 동안 보육시설이 증가함에 따라 점점 더 많은 여성이 노동 인구로 편입되었다. 더 많은 소비재를 위해 더 많은 임금을 원했던 노동자들은 보람 대신에 소유를 선택했다.[8] 이제 노동의 동기는 무엇을 만들어 낼 수 있는가가 아니라 무엇을 구매할 수 있는가에 따라 좌우되었다. 1970년대와 80년대에 걸쳐 서구 세계의 정책은 더 많은 소유를 향한 욕망을 부추겼다. 마거릿 대처와 로널드 레이건Ronald Reagan 같은 지도자는 일반 시민에게 타인에 의존하지 말고 삶의 주인이 되라고 독려했다. 1914년 영국 주택은 10퍼센트만이 개인 소유였는데, 그로부터 100년 후에는 주택의 2/3가 개인 소유가 됐다.[9] 개인 소유가 공공 주택과 공공 서비스를 대체했고, 사회의 무게 중심은 개인의 독립 강화 쪽으로 이동했다.

기업 부패를 소재로 한 올리버 스톤Oliver Stone 감독의 영화 〈월스트리트Wall Street〉(1987)의 기업사냥꾼 고든 게코Gordon Gekko처럼, 1980년대에는 '탐욕은 좋은 것'이라고 생각하는 여피족yuppie이 등장했다.(여피는 '도시의 젊은 전문직 종사자young urban professional'의 약자로, 대도시에 거주지와 직장이 있는 고학력과 고소득의 젊은 성인 계층을 가리킨다.-옮긴이) 당시 정부 정책은 소비를 적극 장려하는 편이었고, 대공황 직전처럼 또다시 투기가 만연해지며 이는 2008년의 금융위기로 이어졌다. 1년 전에 시작된 미국의 서브프라임 모기지 사태subprime mortgage crisis(서브프라임 모기지는 저신용자를 대상으로 한 주택담보대출을 의미한다.－옮긴이)는 한껏 부풀려진 주택 거품의 필연적 결과였다. 집값 상승세에 힘입어 서민 대출은 크게 증가했고, 금융업자들은 대출 수수료를 챙기느라 마냥 행복했다. 사람들은 집을 임차하는 대신에 소유하길 원했는데, 왜냐하면 소유만 성공의 징표로 간주했기 때문이다. 사람들이 더 많은 물건을 사기 위해 더 많은 돈을 빌린 상태였는데, 은행이 융자금 회수에 나서자 금융제도 자체가 붕괴하고 말았다. 호황과 불황, 모든 경기 순환의 근저에는 필요 이상의 물건을 자꾸 더 소유하려는 인간의 집착이 깔려 있다.

수컷 공작의 꽤 지나친 꼬리

산업화에 기초한 소비문화의 급격한 부상은 예전부터 비판의 대상이 되었다. 1899년에 경제학자 소스타인 베블런Thorstein Veblen은 은수저와 코르셋이 상류층의 징표가 되었다고 지적했다. 그는 과도한 소비문화를 비판하면서 저렴하지만 기능은 동일한 상품 대신 값비싼 상품을 구매하는 사람들의 행태를 가리켜 '과시 소비conspicuous consumption'라고 불렀다. 그에 말에 따르면 "동기는 경쟁심이며, 탐욕스러운 비교 충동이 평소 비교 대상이 되는 사람들을 능가하도록 우리를 자극한"다.[10] 다시 말해 소비자들은 자신이 주위 사람들보다 얼마나 더 부유한지를 과시하기 위해 사치품에 돈을 쓴다. 어째서 사람들은 이렇게 행동할까? 그에 대한 답은 진화생물학에 뿌리를 두고 있다.

2장에서 보았듯이 모든 동물은 생존을 위해 경쟁한다. 이 경쟁에는 번식을 통해 자손에게 우리의 유전자를 전달하는 것도 포함된다. 다시 말해 우리는 생존뿐만 아니라 번식을 위해서도 경쟁한다. 번식을 위한 방법 중 하나는 싸움을 통해 경쟁자를 물리치는 것이지만, 이는 부상 또는 사망이라는 위험을 수반한다. 또 다른 방법은 자신이 얼마나 훌륭한지를 이성에게 알려, 이성이 경쟁자 대신 자신을 짝으로 선택하게 만드는 것이다.

많은 동물에게는 자신이 짝으로 적합하다는 것을 상대에게 알리기 위해 진화해 온 속성이 있다. 화려한 깃털이나 정교한 뿔 같은 신체 부가물, 우렁찬 울음소리 같은 과시적 행동, 복어나 바우어새가 구애를 위해 짓는 복잡하고 섬세한 구조물 등이 이에 해당한다. 이런 신체 특성, 많은 시간이 걸리는 행동은 비용이 들지만 그만한 가치가 있다. 만약 아무런 이점도 없다면, 이렇게 비용이 드는 적응 특성은 자연선택을 통해 폐기되었을 것이기 때문이다.

고비용 신호 이론costly signalling theory은 자칫 낭비처럼 보이는 이 같은 속성이, 바람직한 자질이라 신뢰할 만한 표시가 되기도 하는 이유를 설명한다. 고비용 신호의 대표적 예는 수컷 공작이다. 수컷 공작이 지닌 정교한 색채의 부채꼴 꼬리는 암컷 공작에게 자신이 최고의 유전자를 가졌다고 신호하기 위해 진화했다. 이 꼬리는 터무니없이 과시적인 부가물인데, 1860년에 찰스 다윈Charles Darwin은 "수컷 공작의 꼬리에 있는 깃털을 보면 진저리가 난다"고 썼을 정도다. 다윈이 진저리를 낸 것은 수컷 공작의 꼬리가 전혀 생존에 최적화되지 않았기 때문이다. 이 꼬리는 너무 무거운 데다 성장·유지에 많은 에너지가 소모되며, 빅토리아 시대의 불룩한 치마처럼 거추장스럽고, 효율적인 움직임에 전혀 도움이 되지 않는다. 이런 모든 단점에도 불구하고 어떻게 수컷 공작의 꼬리는 진화할 수 있었을까?

깃털의 화려한 장식은 위험과 불편을 수반하는 명백한 단점이지만 유전자의 솜씨를 알리는 신호이기도 하다. 꼬리에 눈꼴무늬가 많은 수컷이 그렇지 않은 수컷보다 더 좋은 면역 체계를 가지고 있다는 연구 결과가 있다.[11] 병든 수컷 공작은 털이 빠지고 깃털이 보잘것없으며 꼬리도 덜 화려한 모습으로 변한다.[12] 커다란 꼬리는 더 나은 생존 적응력을 제공하는 다른 유전자와 상관관계가 있는 것이다.

나아가 신호를 보내는 방법은 잠재적 경쟁자와 신체 대결을 벌일 필요성을 줄인다. 영역을 둘러싼 갈등을 피하는 방법으로 선점 규칙이 진화한 것처럼, 동물계의 많은 수컷은 신호를 사용해 자신이 얼마나 강한지를 경쟁자에게 경고한다. 자세를 잡고 으르렁거리거나 몸을 흔들며 돌진하거나 가슴을 치는 행동 등은 모두 상대에게 잠재적 위험을 알려 실제 신체 대결을 포기하게 만들기 위함이다.

인간도 신호에 반응한다. 인간은 잠재적 배우자에게서 대칭적인 신체, 좋은 피부 같은 신체 특징을 보면 성적 매력을 느낀다. 이런 몇몇 특징을 가진 사람은, 태어날 때부터 타인들보다 훌륭하다는 이유로 주변으로부터 멋지다는 평가를 받곤 한다. 다만 우리가 매력적으로 느끼는 것은 문화와 개인 취향에 따라 상당한 차이가 있다. 또한 신체가 특별히 멋지지 않더라도 재산을 통해 자신이 성공했으며, 적합한 배우자라는 사실을 알릴 수 있다. 멋지게 태어나지 않았어도 재산을 통해 수컷 공작의 꼬리를 흉내 낼 수 있다. 유명 디자이너의 옷, 값비싼 시계, 헬리콥터 등을 통해 성공의 신호를 보내고 인정받을 확률을 높일 수 있다.

과시 소비를 잠재적 배우자에게 감동을 주는 방법으로 보는 생물학적 설명은 최근 연구로도 뒷받침할 수 있다. 이 연구에서는 남성에게 남성 호르몬인 테스토스테론을 투여한 후 다양한 신분 가치를 지닌 시계에 대해 평점을 매기도록 했다.[13] 동물계에서 테스토스테론은 수컷의 다양한 번식 행동 및 경쟁, 지위 등과 관련된 사회적 행동과 깊은 관계가 있다. 성인 남성들은 고품질, 고성능 또는 높은 가치를 지닌 시계로 각각 묘사된 3개의 동일한 시계에 대해 평점을 매겨야 했다. 실험 결과

별다른 약효가 없는 젤을 바른 남성들은 3개 시계를 모두 똑같이 좋게 평가한 반면에 테스토스테론이 함유된 젤을 바른 남성들은 높은 가치를 지닌 것으로 묘사된 시계를 더 좋게 평가했다. 우리는 재산을 통해 잠재적 배우자를 유혹하고 경쟁자에게 겁을 주며, 이런 과시 소비는 일종의 사회적 치장social peacocking이다.

좋아 보여서 좋은 것들

세계 사치품 시장은 약 1조 2천억 달러의 가치를 지니며 그중 개인용품은 약 2,850억 달러의 비중을 차지한다.[14] 브랜드는 상품의 가시적 정체성이자 사치품의 필수 요소다. 가슴에 간단한 로고가 있는 것만으로도 놀랄 만큼 강력한 효과를 발휘할 수 있다. 한 연구에서 브랜드(토미 힐피거Tommy Hilfiger 또는 라코스테Lacoste)의 옷을 입은 사람은 동네 중고매장에서 구입한 옷을 입은 사람보다 일자리를 구할 확률이 더 높았고, 기부 등을 요청했을 때 다른 사람들의 호응을 더 많이 받았다.[15]

제조사는 브랜드 이미지를 지키기 위해 바가지를 씌우거나 모조품을 판매하는 사람을 고발하곤 한다. 고객도 마찬가지로 진품의 가치를 높게 평가한다. 이것을 검증하기 위해 탈리아 예르쇠와 나는 800명 이상의 미국 및 인도 성인을 대상으로 연구를 하나 진행했다. 우리는 참가자들에게 원본과 모든 면에서 똑같은 복제품을 만들어 내는 복제 기계를 상상하라고 한 다음 각각의 가격을 매기는 과제를 주었다.[16] 그러자 두 문화권의 성인 모두 원본보다 복제품의 가치를 낮게 평가했는데, 이는 특히 미국 성인에게서 더 두드러지게 나타났다. 사치품도 마찬가지다. 사람들은 사치품을 구매할 때 진품을 기대하며, 진품이 아니면 실제로는 진품과 아무 차이가 없어도 속았다고 느낀다.

또한 사치품이 효과적인 신호로 작동하려면 아무나 살 수 없어야 한다. 이 때문에 사치품은 배타적인 성격을 띠며, 이것을 구매할 수 있는 사람들에게 특별한 매력을 지닌다. 사치품은 상류층만의 특권과 기회를 알리는 신호로 작용한다. 우리는 이런 모든 신호를 수집해 다른 사람의 신분을 판단한다. 누가 특정 대학의 목도리를 착용해 일류 대학에 다닌다는 신호를 보낼 경우 그는 ①부유한 집안 출신이거나 ②뛰어난 능력의 소유자일 확률이 높다. 이런 사람은 ③유사한 속성을 지닌 다른 사람들과 어울릴 것이고 그래서 ④인적 네트워크의 혜택을 입을 확률도 높다. 고용주도 이런 선택 과정을 활용해 채용 결정의 위험 부담을 줄이려 할 것이며 그래서 성공한 사람(위에 보기 중 해당 사항이 많은 사람)을 선호하는 체계가 지속된다. 이와 다른 선택은 더 공정할지 몰라도 더 위험할 수 있다.

만약 당신에게 이런 기회나 특권이 없다면 당신은 값비싼 구매를 통해 당신이 성공한 사람이라는 거짓 신호를 보낼 수 있다. 가짜 복제품도 어느 정도 효과가 있는데, 왜냐하면 일단 성공한 사람으로 분류되면 미래의 성공을 위한 기회가 열릴 수 있기 때문이다. 그런가 하면 굳이 성공을 위조할 필요가 없는 사람도 기만적인 신호를 보내곤 한다. 배우 찰리 쉰Charlie Sheen은 도널드 트럼프가 한 만찬 석상에서 자신이 착용하고 있던 백금과 다이아몬드의 소매 장신구 세트를 곧 있을 쉰의 결혼식 선물로 주었다고 말했다.[17] 그러나 몇 달 후 쉰은 이것이 값싼 모조품이라는 것을 알게 되었다. 이것이 가짜였든 아니든 이렇게 자발적으로 선물을 주는 것은 재력, 능력을 과시하기 위한 행동임이 틀림없다. 쉰은 전국 텔레비전 방송에서 미래 대통령의 약점을 드러내기 위해 이 이야기를 했는데, 사실 우리 모두 이런 신분 상징의 유혹에 약한 것은 아닐까?

우리는 매우 쉽게 감동받는다. 피상적 증거를 토대로 판단을 내리지만 때로는 사치가 우리의 자신감을 북돋고 행복감을 높이기도 한다. 유명 디자이너의 옷을 입으면 스스로를 바라보는 감정이 좋아지고 그러면 자신감도 강화된다. 명품 의상을 입으면 자기 자신이 특별하게 느껴져 행동도 변한다. 사치품은 뇌의 쾌락 중추를 활성화한다. 값비싼 포도주를 마시고 있다고 생각하면 똑같은 포도주라도 전에 마실 때보다 맛이 더 좋을 뿐만 아니라 쾌락 경험과 관련된 뇌의 가치 평가 체계가 더 많이 활성화된다.[18] 여기서 관건은 실제 사치 여부가 아니라 이에 대한 우리의 생각이다. 하버드 경영대학원 교수 프란체스카 지노Francesca Gino의 연구에서 가짜라고 믿은 (그러나 실제로는 진짜인) 끌로에Chloé 디자이너 선글라스를 낀 사람들은 자신이 사기꾼 같다는 느낌을 받았으며 시험에서 부정행위도 더 많이 했다.[19] 우리는 성공할 때까지 성공한 척할 수도 있겠지만, 내심 자신이 사기꾼이라는 느낌을 받을 것이다.

사치품은 부를 상징하지만 아이러니하게도 감동을 줄 필요가 없는 부자만이 여유 있게 싸구려 티를 낼 수 있다. 특별히 신경 쓸 필요가 없다는 것을 알리려고 특별히 신경 쓸 때 반대 신호가 나타난다. 실리콘밸리Silicon Valley에서는 값비싼 옷이나 정장 대신에 청바지와 운동화를 착용하는 것을 거의 명예의 상징처럼 여기는데, 이것은 지위보다 기술에 더 집중한다는 신호인 셈이다. 이런 스타일에 특히 영향을 끼친 사람은 어디서나 후드 티셔츠와 평상복을 즐겨 입은 페이스북의 창업자 마크 저커버그Mark Zuckerberg였다. 지노의 연구에 따르면 반대 신호로 비전형적인 옷을 입는 것은, 상황이 적절할 경우 더 높은 평판을 유발할 수 있다. 지노는 밀라노의 고급 디자이너 매장에서 일하는 점원들에게 두 쇼핑객에 대한 평가를 요청했는데, 한 명은 운동복을 입고 있었고 다른 한 명은 원피스 차림에 모피를 두르고 있었다.[20] 그 결과 운동복 차림의 고객이 더 많은 돈을 지출할 것이며, 매장에서 가장 비싼 물건을 살 만한 지위에 있으리라 추측한 점원의 비율이 일반인보다 훨씬 더 높았다.

점원들은 부자가 종종 반대 신호를 보낸다는 것을 경험으로 학습한 것이다.

반대 신호는 거부와 자신감의 표시로 규범을 고의로 어길 때만 작동한다. 여러 연구에 따르면 명문 대학에서는 티셔츠 차림에 수염을 깎지 않은 교수가 잘 차려입고 깔끔하게 면도한 강사보다 학생들의 존경을 더 많이 받은 반면, 평범한 대학에서는 오히려 정반대였다.[21] 지노는 정장 차림에 빨간 운동화를 신고 참석한 세미나에서 실무진이 그를 고액 회비를 내고 더 많은 고객을 관리하는 주요 인사로 취급하는 것을 본 후, 이런 반대 신호를 가리켜 '빨간 스니커즈red sneaker' 효과라고 불렀다. A급 여배우 시빌 셰퍼드Cybill Shepherd가 주황색 리복Reebok 운동화를 신은 채 1985년 오스카Oscar 시상식에 나타난 적이 있다. 그저 편해서 신었을 뿐이라고 말한 그 역시도 빨간 스니커즈 효과를 몸소 보여준 사례다. 만약 그가 불편한 하이힐을 신은 채 구석에 처박혀 있을 B급 배우였다면 어땠을까? 권위 있는 이 축하 행사에 편한 복장으로 참석해도 뭐라고 할 사람이 없을 만큼, 자신이 중요하다는 신호는 결코 보내지 않았을 것이다.

사치품 제조사의 고민 중 하나는 최대한 제품의 다량 판매를 원하면서도 모두가 이 제품을 가지고 있으면 더 이상 높은 지위와 소수의 취향을 상징하는 것으로 지각되지 않을 것이라는 점이다. 2000년대 초에 영국의 고급 의류 회사 버버리Burberry

는 대표 이미지인 카멜 체크camel check 디자인이 '차브족Chav' 사이에서 인기를 끌면서 급격한 매출 감소를 겪어야 했다. 차브족은 브랜드명, 값싼 장신구 및 축구에 흠뻑 빠진 저소득 계층을 경멸적으로 가리키는 용어였다. 이렇게 차브족과 연결되는 바람에 브랜드 가치가 손상된 버버리는 다시 상류층 시장으로 진출하기 위해 제품 가격을 올리는 강수를 두어야만 했다.[22]

사치의 또 다른 문제는, 사치품을 위조하거나 일시적으로 획득하는 것이 어렵지 않다는 점이다. 제대로 사치스러움을 드러내기 위해 고급 옷이나 자동차를 하루 이틀 빌리는 것은 어렵지 않다. 브랜드의 과시적인 신호 가치는 가격과 함께 상승하지만, 어느 지점을 지나면 진정한 부자들은 더 이상 자신이 해당 브랜드를 소유했다고 비치길 원하지 않는다. 베블런의 개념을 역설적으로 비튼 '비과시 소비inconspicuous consumption'라는 새로운 현상이 시장의 최상위층에서 나타났는데, 이것은 덜 명시적인 고품질 제품을 선호하는 사람들을 겨냥한 마케팅 전략이었다. 루이비통Louis Vuitton의 경우 상징적인 'LV' 로고를 최상위 가방에서 제거하는 식으로 은밀한 브랜드 전략이 동원되었다. 대성공을 거둔 큰 부자는 대중과 경쟁할 필요가 없으며 대중의 시기심을 자극하지 않으려 한다. 그래서 진정한 상류층만이 누리고 해독할 수 있는 은밀한 신호를 즐기게 되는데, 이 때문에 대량 판매에 의존하는 더 대중적인 브랜드와 달리 최고급 브랜드는 화려한 로고를 사용하지 않는 경향이 있다.[23]

우리는 자신의 경제력뿐만 아니라 다른 사람에게 과시하고 싶은 미덕과 성격 특성에 대해서도 신호를 사용한다. 자선 행위는 타인을 돕는 동기에 관해 흥미로운 물음을 제기한다. 냉소적인 사람들은 친절과 희생이 반드시 진정한 자비심의 표현은 아니며 오히려 '미덕의 신호', 즉 자신이 선한 사람임을 타인에게 알려 자신의 긍정적 특성을 드러내려는 이기심의 발로다. 이런 현상은 전 세계의 여러 문화권에서 발견되었다.

인류학자 에릭 스미스Eric Smith와 레베카 블리지 버드Rebecca Bliege Bird는 오스트레일리아 북부의 메리암Meriam 거북이 사냥족을 대상으로 이런 종류의 관대함에 대해 연구했다.[24] 메리암족은 거북이를 줍거나 사냥하는데, 산란기에는 누구나 해변에서 거북이를 주울 수 있다. 그러나 넓은 바다에서 거북이를 사냥하는 것은 최고의 전사만이 가능하다. 이 사냥족은 거북이 고기를 거의 저장하지 않으며 그 대신에 이웃에게 나눠 주거나 잔치를 열어 소비한다. 이것은 피를 나눠 주고 나중에 돌려받는 흡혈박쥐의 호혜적 이타주의와는 다르며, 오히려 자신의 미덕과 지위를 알리는 행위로 볼 수 있다. 사냥은 능숙한 솜씨가 필요한 만큼 이런 신호는 매우 가치가 있다. 그러나 사냥꾼이 전략적으로 베푸는 듯한 인상을 풍기면 빈축을 사기 쉽다. 다시 말해 한편으로는 무조건 베푸는 행위인 것처럼 비춰야 하지만, 한편으로는 이것이 관대해 보이기 위한 제스처이며 그래야 그에 대해 우호적 여론이 형성된다는 것을 모두가 알고 있다.

멈추지 않는 상대성 기계

과시 소비와 신호 보내기는 모두 경쟁의 또 다른 형태일 뿐이다. 우리는 사치품을 구매해 우리의 지위를 과시하지만, 이러다 보면 늘 다른 사람보다 앞서기 위해 점점 더 많은 돈을 써야만 하는 사치 열풍이 초래된다.[25] 우리보다 부유한 사람은 늘 있으므로 끊임없이 남보다 한발 앞서기 위한 싸움이 벌어진다. 설령 우리보다 부유한 사람이 많지 않더라도 2장에서 살펴본 것처럼 우리는 급여에 대한 판단력이 형편없기 때문에, 자신이 타인에 비해 제대로 대우를 받지 못한다고 생각하기 쉽다. 이런 경쟁심이 건설적으로 작용해 생산성을 높이는 계기가 되어, 경쟁자를 능가하는 대우를 받을 수도 있을 것이다. 그러나 더 잘나가는 사람이 늘 주변에 있고 이길 수 없는 경쟁에 온 힘을 쏟을 경우, 이미 가진 것에 만족하고 거기에서 기쁨을 찾지 못한 채 결국 좌절하고 말 것이다.

내가 보기에 우리 인생의 우선순위는 잘못되어 있다. 물질적 소유와 부를 끊임없이 추구하는 대신 우리가 이미 가진 것에 대해 성찰하는 시간을 가질 필요가 있다. 티나Tina와 매기Maggie의 다음 이야기를 살펴보자. 당신은 누구에 더 가까운가? (성별이 거슬리면 언제든지 티나를 톰Tom으로, 매기를 마이클Michael로 대체하기 바란다.)

티나는 돈보다 시간을 더 소중히 여긴다. 그는 더 많은 시간을 갖기 위해 기꺼이 돈을 희생할 의향이 있다. 예를 들어 티나는 더 오래 일해 더 많이 버느니, 더 적게 벌더라도 더 짧게 일하는 쪽을 선택할 것이다. 매기는 시간보다 돈을 더 소중히 여긴다. 그는 더 많은 돈을 벌기 위해 기꺼이 시간을 희생할 의향이 있다. 예를 들어 매기는 더 많은 시간을 갖기 위해 더 짧게 일하느니, 더 오래 일해 더 많이 버는 쪽을 선택할 것이다.

4,500명 이상의 성인을 대상으로 한 연구에서 자신이 돈보다 시간을 중시하는 티나(또는 톰)에 더 가깝다고 답한 사람들은, 매기(또는 마이클)에 더 가깝다고 답한 사람들보다 뚜렷이 더 행복하다고 말했다.[26] 이는 약간 낯선 선택처럼 보이는데, 왜냐하면 많은 설문조사에서 사람들은 보통 시간보다 돈을 선호한다고 답하기 때문이다. 이런 태도는 지난 세기 동안 부상한 소비문화의 추세와도 일치한다. 우리는 보통 자신이 더 많은 돈을 원한다고 생각한다. 그러나 실제로 출퇴근 시간에 노동자들에게 물어보면 더 많은 시간을 갖길 원한다고 답할 때가 많다.[27] 그러나 이는 매일 출퇴근해야 하는 고된 일상에 대한 잠깐의 푸념으로 보인다. 실제로는 그 대신 얻는 금전적 보상과 이로써 더 행복해질 것이라는 믿음으로 일상의 피로를 정당화한다. 우리는 돈이 더 많으면 더 많은 사치품을 살 수 있으므로 더 행복해지리라 생각한다. 그러나 우리에게 진정으로 필요한 사치품은 시간 자체다.

많은 사람은 살면서 최대한 많은 돈을 벌어야 한다고 생각하며 이것이 행복의 열쇠라고 확신한다. 1970년대 1만 명이 넘는 대학교 신입생을 대상으로, 대학에 진학한 이유를 묻는 설문조사가 시행되었다. 이때 가장 많은 답변은 돈을 벌기 위해서였다. 당시 자신을 비교적 물질주의적이라 평가한 사람들은 20년 후에 평균적으로 자신의 삶에 덜 만족했으며, 정신질환을 겪는 비율은 더 높았다. 이 상관관계 연구에서 20년 후에 가장 부자가 된 사람들이 가장 불행한 사람들은 아니었지만, 경제적 성공이 더 큰 행복을 가져다줄 것이라는 일반적인 기대는 맞아떨어지지 않았다.[28]

어째서 부는 우리를 더 행복하게 만들지 않는가? 어째서 우리는 이미 가진 것에 감사하지 못하고 더 많은 것을 원할까? 이것을 이해하기 위해 복잡한 행복의 문제를 잠시 제쳐두고 우리의 뇌가 가장 간단한 수준에서 결정을 내리는 방식을 살펴볼 필요가 있다. 우리가 살면서 판단을 내릴 때 사용하는 몇 가지 기본 원칙을 살펴보자. 그중 하나는 상대성 원칙이다. 상대성은 아인슈타인이 설명한 것처럼 우주 시공간의 근본적인 물리 법칙일 뿐만 아니라 지구상의 생명체가 조직되는 가장 중요한 원칙 중 하나다. 모든 생물은 상대적 비교의 원칙에 따라 작동한다. 우리 뇌의 가장 단순한 구성 단위도 상대성 기계로서 작동한다.

뇌는 그 자체로 복잡한 정보처리 체계다. 뇌는 정보를 전기 활동 패턴으로 분해해 뇌세포망으로 전파하고, 이곳에서 세계를 해석해 우리가 경험하는 모든 생각과 행동을 산출한다. 우리 신체는 이런 전기 활동 네트워크를 바탕으로 이 세계와 온갖 복잡한 형태의 상호작용을 주고받는다. 이런 정보는 뉴런neuron이라고 불리는 뇌세포의 점화율 변화를 통해 처리된다. 개별 뉴런의 전기 활동 소리를 스피커로 들으면 약간은 가이거Geiger 계수기 소리처럼 재깍거리다가, 수신 정보에 주목할 만한 새로운 것이 있으면 기관총처럼 덜커덩거리기 시작한다.

이처럼 정보는 뇌에서 분산된 활동 패턴으로 처리, 저장된다. 그러나 시간이 흐르거나 활동이 반복되면 이런 점화 역치의 적응 현상이 일어난다. 즉 일련의 동일한 신호가 계속 수신되면 이 네트워크의 점화 역치가 이에 맞게 조정된다. 다시 말해 학습이 일어난다. 이 경우 해당 신경망이 다시 반응하려면 상대적으로 더 높은 수준의 활성화가 필요하다. 우리는 어떤 일을 반복해 경험하면 그에 익숙해지거나 지루해하며, 그래서 새로운 관심을 불러일으키는 신기한 것을 선호하는 자연적 성향을 가지고 있다. 뉴런을 자극하는 단순한 감각 자극부터 물건 구매처럼 복잡하고 다양한 인간 활동에 이르기까지 우리가 온갖 새로운 경험을 추구하는 것은, 우리 뇌가 지루해하기 때문이다. 우리는 늘 새로운 것을 찾는다.

새로움은 소비자가 계속 최신 제품을 찾게 만드는 동기 부여 요인 중 하나다. 우리는 이미 가진 것에 싫증을 느끼기 때문에 갓 출시된 멋진 신제품처럼 지금과는 다른 것을 원한다.[29]

광고에서 이 제품은 '새로운' 또는 '개선된' 것이므로 뭔가 다른 것을 기대해도 좋다고 연일 강조하는 것도 바로 이 때문이다. 뭔가 새로운 보상이 예상될 때, 뇌의 주의 체계는 활성화되어 우리의 욕망과 욕구를 만들어 낸다. 그러나 대다수 경험과 마찬가지로 기쁨도 습관화된다. 원하던 것을 일단 손에 넣으면 또 다른 좋은 것을 찾아 두리번거리기 시작하는데, 이렇게 이른바 '쾌락 적응hedonic adaptation'이 일정한 주기로 계속 반복된다.

그래서 가장 자극적이라 느꼈던 경험도 어느 순간 지루해질 수 있다. 많은 동물 종에서, 특히 수컷에서 교미가 반복되면 성적 관심이 저하된다. 그러나 새로움은 이른바 '쿨리지 효과Coolidge effect'를 낳는다. 이는 새로운 교미 상대가 나타나면 성적 관심과 교미 능력이 다시 회복되는 현상을 뜻한다. 포르노물의 인기 역시 이 장르가 성 충동을 만족시키기 위해 새로운 이미지를 거의 끝없이 제공하기 때문이다. 이 효과의 명칭은 쿨리지 대통령과 그의 아내가 정부 농장으로 휴가를 갔을 때의 이야기와 관련이 있다. 쿨리지 부인은 한 수탉이 교미하는 것을 자주 목격했는데, 수행원은 부인에게 그 어린 수탉이 하루에도 수십 번 그 짓을 한다고 말했다. 이를 들은 쿨리지 부인은 "대통령께서 오시면 이 이야기를 해주세요"라고 말했다. 나중에 부인의 이야기를 전해 들은 대통령은 "매번 똑같은 암탉인가요?"라고 물었다. 수행원이 답했다. "아닙니다, 대통령

님. 매번 다른 암탉입니다." 그러자 쿨리지 대통령은 다음과 같이 짧게 답했다. "쿨리지 부인에게 이 이야기를 해주세요."

작은 연못의 큰 물고기

개별 뉴런 수준에서 적용되는 것은 네트워크 수준에서도 적용된다. 복잡한 행동도 모든 측면에서 적응 현상을 보인다. 우리가 경험하는 시각, 청각, 미각 또는 후각의 모든 감각 경험은 늘 상대적이다. 다시 말해 모든 판단은 비교에 기초한다. 우리는 깨어 있는 매 순간에 이것을 경험한다. 우리 일생은 상대적 비교가 이루어지는 한 번의 큰 행사와도 같다. 우리가 피곤한 상태든 경계하고 있든, 허기를 느끼든 배가 고파 죽을 지경이든, 지루하든 흥미진진하든, 행복하든 슬프든 모두 비교의 문제다. 그리고 기본 경험에 적용되는 것은 정체성 및 우리가 인생에서 소중히 여기는 것에도 적용된다.

경제학자 로버트 H. 프랭크Robert H. Frank가 지적한 것처럼 상대성은 인간 경제 행동의 근본 원칙 중 하나다. 《적합한 연못 고르기*Choosing the Right Pond*》[30]에서 그는 우리의 경제적 결정이 지위에 따라 좌우되는데, 이는 정말로 상대적이라고 말한다. 5,000제곱미터 주택에 사는 이웃 옆의 4,000제곱미터 주택에서 사느니, 2,000제곱미터 주택에 사는 이웃 옆의 3,000제곱미터 주택에서 사는 편이 낫다. 동료가 25만 달러를 벌 때 10만 달러를 버느니 동료가 2만 달러를 벌 때 5만 달러를 버는 편이 나은 것도 이 때문이다.[31] 우리는 다른 사람에 비해 많은 양이면, 적은 양으로도 만족한다. 우리는 다른 사람과 비교해 우리의 성공을 측정한다. 이에 대해 가장 놀라운 모습은, 올림픽 메달 획득에 대한 정서적 반응을 분석한 연구에서 찾아볼 수 있다.[32] 이 분석에 따르면 올림픽 참가 선수들은 출전한 것만으로도 놀라운 성과라 여기지만, 은메달을 획득했음에도 실망하는 선수들도 많다. 은메달리스트가 행복하지 않은 이유는 자신을 승자와 비교하기 때문이다. 반면 동메달리스트는 메달을 따지 못한 다른 모든 선수와 자신을 비교하기 때문에 크게 낙담하지 않으며 오히려 더 행복하다고 느낀다. 우리는 상대성 원칙에 따라 우리의 성취감을 판단한다. 우리는 큰 연못의 큰 물고기일 때보다 작은 연못의 큰 물고기일 때 더 행복하다.

우리가 하는 모든 것에서 다른 사람과 경쟁이 벌어질 수 있다. 식사부터 달리기 경주까지 우리는 다른 사람이 곁에 있으면 더 분발하는데, 이런 현상을 가리켜 사회적 촉진social facilitation이라고 부른다.[33] 자신이 달리기를 잘한다고 생각하는 사람의 실제 달리기 능력은, 다른 사람이 얼마나 빨리 달리는지에 따라 크게 좌우된다. 앞서 세렝게티 초원에서 사자를 피해 달아난 두 사람 이야기처럼, 우리 자신에 관해 생각할 때 가장 중요한 기준은 절댓값이 아니라 상대적 비교다.

자동차 소유는 이에 대한 고전적 예다. 많은 사람이 자신이 운전하는 자동차의 가치를 바탕으로 지위 향상을 꾀한다. 값비싼 자동차는 보통 더 강력하고 더 잘 만들어졌으며 온갖 최신 장비를 갖추고 있지만, 사실 가장 중요한 요소는 자동차의 가격이다. 녹색 신호등에서 앞차가 고가의 스포츠카일 때, 운전자들은 앞차가 고물차일 때보다 경적을 덜 울린다.[34] 이런 사치품은 지위 사다리에서 당신이 있는 위치를 알려주기 때문에 '위치재positional goods'라고 불린다. 즉 이런 물건의 가치는 절대적이라기보다 상대적이다.

타인의 눈에 비친 자신의 지위를 높이기 위해 사치품을 구매할 수도 있지만, 사치품은 그 주인에 대한 사람들의 지각을 바꾼다. 지위를 과시하려는 욕구가 주택·직함·학력 등을 통해서가 아니라 휴대 가능한 개인 소지품을 통해서 충족되는 사회집단에게는, 이 점이 특히 중요하다.

우리가 신분을 상징하는 듯한 위치재의 유혹에 쉽게 빠지는 것은 타인의 인정을 받고 싶은 깊은 욕구 때문이며, 이는 우리를 보호하는 방법이기도 하다. 우리는 서로의 존재에 의존한다. 따라서 고립에 취약한데, 고립은 심리적 행복뿐만 아니라 신체 건강에도 영향을 미친다. 최근에야 제대로 밝혀진 한 가지 놀라운 사실은 사회적 고립이 조기 사망의 확률을 약 30퍼센트 증가시키며, 비만이나 보통 수준의 흡연보다도 더 강력한 이환 위험 요인이라는 점이다.[35] 주목받고 싶을 때는 신호를 보낼 필요가 있다. 우리는 타인으로부터 가치를 인정받을 필요가 있으며 과시 소비가 우리에게 강력한 신호인 것도 이 때문이다. 우리가 다른 사람에게 좋은 인상을 남기려 하는 것은, 그래야 배척의 위험이 상존하는 최하위 계층으로 떨어지는 것을 피하고 더 높은 위치를 확보할 수 있기 때문이다.

다른 사람과 비교하고 다른 사람의 평가에 민감한 것은 우리의 근본적인 심리 특성이다. 심리학자 레온 페스팅거Leon Festinger가 사회적 비교 이론에서 주장하듯이 인간은 끊임없이 자신을 비교한다. 그가 1954년에 발표한 획기적인 논문에서 지적한 것처럼 자신에 대한 객관적 평가는 존재하지 않는데, 왜냐하면 인간의 적성을 측정하는 대다수 척도는 비교 상대에 따라 달라지기 때문이다.[36] 우리는 우리가 가진 것을 다른 사람이 가진 것과 늘 비교하지만 아무나와 비교하지는 않는다. 빌 게이츠나 마크 저커버그 같은 사람에 비해 자신이 부유하다고 생각하는 사람은 이 세상에 그리 많지 않으며, 그래서 우리는 보통 이런 사람과 우리를 비교하지 않는다. 또한 우리는 빈민가나 판자촌에 사는 수많은 가난한 사람들과 우리를 비교하지도 않는다. 우리는 우리에게 가장 중요한 비교 대상이 되는 이웃이나 직장 동료를 기준으로 삼고, 우리 자신에 대해 판단한다. 심리적으로 왜곡된 시각으로 스스로를 바라볼 때 우리는 늘 인생의 계단에서 은메달을 차지하는 위치에 자기 자신을 세워둔다.

블링 문화

힙합 비디오를 보면 금, 값비싼 자동차, 멋진 사람, 샴페인 등을 호사스럽게 과시하는 장면을 쉽게 볼 수 있다. 이런 과시를 흔히 '블링bling'이라고 부른다. 흥미로운 점은 이런 사치품을 살 능력이 없는 사람도 성공한 사람을 모방하려는 욕심으로 유명 디자이너 제품을 손에 넣기 위해 기꺼이 대가를 치른다는 것이다. 2007년 경제학자들이 미국의 과시 소비와 인종의 관계를 조사한 연구에 따르면, 아프리카계 미국인과 라틴계 미국인은 동일한 경제 계층에 속한 백인보다 보석·자동차·개인 위생 용품·의류를 구입하기 위해 가처분소득의 25퍼센트 정도의 금액을 더 많이 지출했다.[37] 왜 그런 것일까?

힙합 스타일의 트레이드마크인 운동화를 예로 들어 보자. 이 운동화의 시초는 19세기 후반에 크로케 경기나 해변 산책 같은 활동을 위해 제작된 고무 밑창의 다목적 캐주얼화 스니커즈였는데, 1980년대 유명한 농구선수들과 연결되면서 큰 인기를 끌었다. 1985년에 나이키Nike에서는 전설적인 시카고 불스Chicago Bulls의 마이클 조던Michael Jordan의 이름을 딴 '에어 조던Air Jordan' 제품군을 출시했는데, 이 제품군의 최고 모델은 오늘날 소매가로 1,000달러가 넘는다. 또 다른 나이키 제품군인 '에어 맥Air Mag'은 현재 가장 비싼 운동화로 약 9,000달러에 판매되고 있다.

나이키 운동화 절도 관련해 강도 및 살인 사건이 여러 번 있었다. 구매할 능력도 없으면서, 어쩌면 신발 때문에 목숨이 위태로울 수도 있는데, 어째서 사람들은 신발에 이렇게 많은 돈을 지출할까? 우선 이 신발은 길거리 젊은이층의 인정을 받아, 그들에게 신분 상징으로서 굉장히 높은 가치를 지닌 물건이 되었다. 둘째로 사치품 소유는 행복감을 낳는다. 앞에서 언급한 인도의 농부 비샴처럼 매우 가난한 사람들은 사치품을 위해 지출할 때 덜 가난한 사람들보다 더 큰 만족을 느낀다. 3만 호 이상의 인도 가구를 분석한 최근 연구 결과에 따르면 과시 소비가 주관적 행복 수준의 제고와 관련이 있었으며, 특히 극빈층 가정에서 그 효과가 가장 두드러졌다.[38]

그러나 블링 문화에는 인종적 고정관념도 담겨 있다. 어째서 아프리카계 미국인과 히스패닉계 미국인은 꼭 필요하지 않은 상품에 비슷한 소득 수준의 백인보다 더 많은 비율의 소득을 지출하는가? 이것은 주거 환경에 따라 다르며, 이는 다시 사회적 비교의 문제가 된다. 경제학자들이 미국의 비교적 부유한 지역에 사는 흑인들을 살펴본 결과 그들은 과시 소비에 돈을 덜 지출했다.[39] 다시 말해 소수 인종이 사치품에 더 큰 비율의 돈을 지출한 까닭은 그들이 가장 빈곤한 지역에서 살았기 때문이다. 왜 그럴까?

자신이 속한 인종 집단이 대체로 가난할 경우 과시 소비를 통해 자신을 구별할 필요성이 커지는데, 왜냐하면 그들은 더 많은 사람과 훨씬 더 치열하게 경쟁해야 하는 처지에 있기 때문이다. 그러나 비교적 부유한 지역에 사는 경우 좋은 인상을 남기려 지나치게 노력할 필요가 없는데, 왜냐하면 그곳에서는 같은 인종 집단의 구성원과 직접 경쟁할 일이 별로 없기 때문이다. 아프리카계, 라틴계 사람들은 부유한 백인 이웃과 경쟁할 필요를 느끼지 못한다. 왜냐하면 그들은 중요한 비교 집단이 아니기 때문이다. 그렇다면 이런 패턴은 다른 집단, 특히 미국보다 덜 부유한 국가에서는 어떨까? 과시 소비를 하면 건강·의료서비스 같은 기본 수요를 위한 가처분소득에 더 큰 영향을 받는 집단에서도 이 패턴이 똑같이 발견될까? 그렇다. 남아프리카 사회에서는 집단 간·동일 집단 내에서 엄청난 차이를 보였다. 1995년부터 2005년까지 7만 호 이상의 가구를 대상으로 집단 내 상대적 지출을 같은 방식으로 분석한 결과, 유색 인종과 흑인은 비슷한 소득 수준의 백인보다 과시 소비를 위한 상품과 서비스에 30~50퍼센트를 더 지출했으며 이런 효과는 극빈층 가구에서 가장 두드러졌다.[40] 이렇게 극심한 빈곤 상황에서도 신호를 보내려는 욕구는, 기본 생활 수요를 충족해야 할 필요성보다 더 강력하다.

소유를 과시하려는 이런 욕망은 악순환을 낳을 수 있다. 사치품에 돈을 쓰면, 사회적 불평등을 완화하는 데 도움이 되는 교육 등에 투자할 비용이 그만큼 줄어든다. 그러나 이런 논리는 미국의 인종적 불평등이 실제로 얼마나 심한지를 과소평가하고 있다. 경제정책연구소Economic Policy Institute의 2016년도 보고서에 따르면, 흑인과 백인의 임금 격차는 1979년 이래로 꾸준히 증가했다.[41] 대학 교육을 받아도 이 격차는 줄어들지 않았으며 오히려 대졸 흑인 남성과 대졸 백인 남성 사이의 격차가 가장 큰 것으로 밝혀졌다. 게다가 지난 수십 년에 걸친 경제 성장의 혜택은 대부분 백인 남성들로 구성된 최고 연봉자들에게 돌아갔으며, 이 때문에 소수 집단의 번영을 방해하던 격차는 더욱 커졌다.

샤덴프로이데와 키 큰 양귀비

남의 것을 탐하는 짓은 특히 《성경》의 십계명에서 삼갈 것으로 언급된 7대 죄악 중 하나다. "이웃의 집을 탐하지 말라. 이웃의 아내를 탐하지 말고 이웃의 남종이나 여종, 이웃의 소나 나귀, 이웃에 딸린 어떤 것도 탐하지 말라." 《탈무드》와 《코란》에서도 다른 사람의 것을 탐하는 일의 위험성에 대해 특별히 경고하고 있다. 대량 생산 이전 모두가 서로를 알았던 고대에는 그럴싸한 물건이 훨씬 적었다. 그 때문에 재물을 탐하는 것은 불가피하게 경쟁, 남의 것을 손에 넣으려는 욕망으로 이어졌다.

우리는 물건을 탐하고 사람을 시기한다. 그러나 시기는 다른 사람이 누리는 듯한 혜택에 대해 분개하고 이를 곱씹는 부정적 감정을 촉발할 수 있다. 이런 부정적 감정은 자신의 돈을 불태워서라도 시기하는 사람의 수입을 감소시키고 싶을 만큼 강렬하기도 하다.[42] 이렇게 남의 불행에 대해 느끼는 독특한 기쁨을 독일어로 샤덴프로이데Schadenfreude(직역하면 '피해의 기쁨'이다.-옮긴이)이라고 부른다. 시기심은 명백히 비합리적이고 표준적인 경제 행동에 모순되며 악의적인 행동과 생각을 낳는다. 시기심은 우리가 다른 사람에 대해 생각할 때 활성화되는 뇌의 감정 회로에 뚜렷이 기록된다.[43] 우리의 시기심은 위에서 설명한 상대성 원칙에 따라 작동한다. 즉 우리는 우리에게 가장 가까운 사람을 시기하며 특히 그 사람의 행운이 내 것일 수도 있었을 때 그렇다.

그러나 다른 사람과 비교하는 것은 때때로 우리의 선망을 자극할 수도 있다. 두 형태의 부러움을 최초로 구분한 사람은 아리스토텔레스였다. 그의 말에 따르면 선망에는 타인의 성공을 못마땅하게 여기는 악의적인 시기심과, 타인의 성공을 칭찬하고 모방하려 하는 선의의 부러움이 있다. 이런 구분은 긍정적인 선망과 부정적인 시기심의 차이를 표현하는 단어가 별개로 존재하는 언어들에서도 확인할 수 있다. 영어와 이탈리아어에는 부러움envy을 뜻하는 단어가 하나뿐이지만, 폴란드어와 네덜란드어에는 단어가 2개씩 있다. 네덜란드어에는 악의적인 시기심을 뜻하는 아프군스트afgunst와 선의의 부러움을 뜻하는 버네든benijden이라는 단어가 있다. 이 두 부러움은 모두 우리가 가진 것과, 다른 사람이 가진 것의 불균형에 대한 지각에 기초한다. 그러나 악의적인 시기심은 샤덴프로이데와 관련이 있는 반면 선의의 부러움은 그렇지 않다.[44] 게다가 이런 불균형에 기초한 동기는 서로 다른 대응 전략으로 이어진다. 악의적인 시기심에 사로잡히면 우리는 불균형을 바로잡기 위해 다른 사람의 성공을 제거하려 한다. 즉 다른 사람을 끌어내린다. 반면에 선의의 부러움에 가득 찬 경우 우리는 다른 사람이 가진 것을 획득해 동등한 자리에 서려고 노력한다. 즉 우리 자신을 끌어올린다.[45] 악의적인 시기심은 이익을 얻는 사람이 아무도 없는 제로섬 게임이 되어버리지만, 선의의 부러움은 모두의 역량을 향상하는 경주로 이어져 모두에게 이익이 될 수 있다. 과거에는 이웃의 것을 탐하거나 지나치게 잘난 척하지 말라고 경고했지만, 오늘날에는 다른 사람에 대한 선의의 부러움을 장려한다. 우리는 다른 사람의 부러움을 받고자 하지만 시기를 받는 것은 원치 않는다.

선의의 부러움은 다른 사람처럼 되고 싶은 소비자의 열망을 자극해 상품을 구매하도록 부추기는 광고의 목표 지점이다. 유명인의 추천은 우리가 존경하는 사람을 모방하려는 선의의 부러움을 자극하는 데 사용된다. 스마트폰 구매자를 대상으로 한 연구에서 대학생들에게 친구가 최근에 구입한 애플Apple 아이폰의 최신 기능을 자랑하는 장면을 상상해 보라고 했다.[46] 그런 다음에 참가자들에게 이 스마트폰을 구입한 사람에 대한 정보를 제공하면서 자신이 이것을 갖고 싶어 하는 모습을 상상해 보라고 했다. 이때 한 집단에는 이 사람을 형편없는 인물로 묘사해 악의적인 시기심을 유도한 반면에 다른 집단에는 이 사람을 그럴듯하게 묘사해 선의의 부러움을 유도했다. 그리고 세 번째 집단에는 아이폰 소유자에 관해 아무 정보도 제공하지 않은 채 자신이 이 스마트폰을 얼마나 원하는지 성찰해 보라고 요청했다. 그러자 선의의 부러움을 느낀 학생들은 이런 아이폰을 구입하는 데 악의적인 시기심을 느낀 학생들보다 평균 100달러를 더 지불할 용의가 있다고 말했다. 그러나 악의적인 시기심을 느낀 학생들은 형편없는 인물로 묘사된 아이폰 소유자와 차별화하기 위해 다른 스마트폰인 블랙베리BlackBerry 제품에 더 많은 금액을 지출할 용의가 있었다. 이런 연구 결과는 객관적인 제품 평가라기보다 애플 사용자와 타사 제품 사용자 사이에 존재하는 브랜드 부족의식brand tribalism 및 소유의 집단 정체성을 엿볼 수 있게 해준다.[47]

명품 유무가 성공의 가시적인 척도가 되어 사람들의 질투를 유발하기도 하지만, 사회적 비교와 관련해 가장 많이 논의된 주제는 역시 급여일 것이다. 2017년 영국의 일류 기업에서 일하는 최고경영자와 직원의 평균 급여 비율은 130:1이었다. 다시 말해 평범한 직원은 최고경영자 급여의 1퍼센트도 벌지 못한다는 뜻이다.[48] 미국의 격차는 더욱 크다. 2014년 자료에 따르면 최고경영자와 노동자의 평균 급여 비율은 354:1이었다.[49]

몇몇 경영자의 연봉은 평균적인 노동자가 평생 일해도 벌 수 없는 액수였다. 〈USA 투데이*USA Today*〉에 따르면 2016년 최고 경영자의 평균 연봉은 1,100만 달러였다.[50] 이런 '살찐 고양이fat cat'(큰 부자를 뜻함.—옮긴이)가 개인적 불운, 스캔들 때문에 벌을 받는 모습을 보면서 대중이 통쾌해하는 것이 이상한 일일까? '살찐 고양이'는 1920년대에 〈볼티모어 선*the Baltimore Sun*〉의 언론인 프랭크 켄트Frank Kent가 공적인 명예와 인정을 갈망한 거액의 정치헌금자를 묘사하면서 사용한 표현이다. 스캔들이 실린 신문이 잘 팔리는 이유는 스캔들이 우리를 흥분시킬 뿐만 아니라 사회 고위 계층 사람이 추락하는 모습을 통해 우리 자신의 삶이 좀 더 살 만하게 느껴지기 때문이다. 이 때문에 신문은 계속 이런 이야기를 실으면서 독자에게 인과응보의 느낌을 선사한다.[51]

높은 위치에 있는 사람을 끌어내리려는 행동을 가리켜 '키 큰 양귀비 증후군tall poppy syndrome'이라고 부른다. 이 명칭은 로마의 마지막 왕인 자랑스러운 타르킨Tarquin the Proud에 대한 리비우스Livy의 이야기에서 비롯했다. 이 왕은 권력을 유지하는 법에 관한 질문을 받자 막대기로 정원에 있던 가장 큰 양귀비의 머리를 내려쳤는데, 이는 가장 잘나가는 시민의 처형을 빗댄 것이다. 오늘날에는 (특히 영국의 경우) 주로 언론이 너무 유명해진 사람을 끌어내리는 역할을 한다.

키 큰 양귀비 증후군은 오스트레일리아에서도 흔히 볼 수 있다. 오스트레일리아 사람들은 자기 비하적인 유머로 유명한데, 이것은 질투를 피하려 너무 크게 자랑하기를 꺼리는 태도에서 비롯했다. 오스트레일리아 사람들은 성공한 사람을 가리켜 '키 큰 양귀비'라고 부르며, 끌어내리는 행동은 '키 큰 양귀비 자르기tall poppying'라고 부른다. 2017년에 오스트레일리아의 떠오르는 여배우 루비 로즈Ruby Rose가 미국 배우 세스 마이어스Seth Meyers와 함께 미국 토크쇼에 출연했을 때, 사회자가 로즈를 유명한 사람으로 소개하자 로즈는 사회자를 꾸짖으며 다음과 같이 말했다. "그렇게 말씀하시면 제가 너무 곤란해져요. 우리나라에서는 그런 말을 듣는 것을 좋아하지 않아요. 저를 도살할 작정이신가요?"**52** 성공한 사람 중 대다수는 악의적인 시기심이 두려워 자기 비하를 전략적으로 사용해 잠재적 비난을 피하려 한다. 또는 시기할 만한 사람들에게 먼저 아량을 베푸는 경우도 있다. 전통적으로 폴리네시아에서는 한 어부만 물고기를 잡은 경우, 잡은 물고기를 모두 다른 어부들에게 나누어 주었다. 그렇지 않으면 다른 사람들이 마을로 돌아와 자신을 험담할 것이기 때문이다.

부를 자랑하는 것은 성공의 신호일 수 있지만 악의적 시기심을 촉발하는 매개체이기도 하다. 따라서 불평등이 가시화되면 부자들이 더 부담을 느껴 폴리네시아의 어부처럼 뭔가 대책을 세울 것이라 예측할 수도 있다. 그러나 실제로는 정반대다. 부유한 사람들은 자신이 이웃보다 얼마나 더 나은지를 알게 되면 불균형을 줄이려는 노력을 훨씬 덜 한다. 이런 반직관적인 효과를 최초로 관찰한 사람은 예일대학의 심리학자 니콜라스 크리스타키스Nicholas Christakis였다. 그는 2개의 '국가'에서 생활하는 온라인 시민들의 가상 세계를 만들었는데,[53] 한 시민 집단은 지니 계수Gini coefficient로 측정한 불평등 수준이 서로 다른 3개 사회에서 부자와 가난한 사람의 역할을 무작위로 맡게 되었다. 0퍼센트의 지니 점수는 모든 사람이 평등한 위치에 있는, 완벽하게 평등한 상태를 가리킨다. 반대로 점수 100퍼센트는 심각하게 불평등한 사회임을 나타내는 수치다. 세계에서 가장 가난한 몇몇 국가(예를 들어 중앙아프리카공화국)는 지니 계수가 세계에서 가장 높은(61퍼센트) 반면에, 가장 부유한 몇몇 국가(예를 들어 덴마크)는 지니 계수가 가장 낮다(29퍼센트). 흥미롭게도 덴마크에는 '얀테의 법칙Law of Jante'이라고 불리는, 키 큰 양귀비 자르기 같은 관행이 있는데, 이것은 평범한 수준에 머물면서 자신이 다른 사람보다 낫다고 생각하지 않는 것을 미덕으로 강조한다. (또한 덴마크어 '휘게hygge'는 다른 사람과 나누는 소박한 일상의 기쁨과 만족을 의미하는데, 북유럽 국가가 가장 행복한 국가의 최상위에 있는 까닭도 이와 관련이 있을 것이다. 몇 년 전에는 몇몇 국가에서 휘게 열풍이 불어 이와 관련된 베스트셀러가 쏟아졌고 양말과 양초 판매가 급증하기도 했다. 사람들은 휘게에서 행복을 찾으려 했던 것이다.)(폭신한 양말과 양초는 아늑한 휘게 분위기를 연출하기 위한 장비로 활용된다.-옮긴이) 또한 스웨덴어 '라곰lagom'

은 '딱 알맞은 양'을 뜻하는데, 이것은 과도한 소비 또는 과시 행동을 삼가는 스칸디나비아 사람들의 태도를 반영한다.

크리스타키스의 가상 세계에서 한 사회는 지니 계수 0퍼센트로 설정되었고 또 다른 사회는 (스칸디나비아 국가들에 가까운) 20퍼센트로, 세 번째 사회는 (미국에 해당하는) 40퍼센트로 설정되었다. 이때 한 조건에서는 사회들이 이웃 사회의 부를 서로 '볼' 수 있었고, 다른 조건에서는 이웃 사회의 부를 볼 수 없었다. 크리스타키스의 연구팀은 시민들에게 공유지의 비극과 비슷한 협력 게임을 반복해서 수행하라고 요청했는데, 이때 시민들은 공동의 부에 기여하거나 또는 사익을 위해 집단을 배신하는 선택을 할 수 있었다. 이 게임을 좌우한 주요 요인은 불평등 수준이 아니라 게임 참가자들이 서로의 부의 정도를 볼 수 있느냐의 여부였다. 서로의 부를 볼 수 없었을 때 부자와 가난한 사람은 약 16퍼센트의 지니 점수에 해당하는 평등주의로 수렴했다. 이것은 스칸디나비아 국가에 전형적인 협력 사회에 가까웠는데, 여기에 내재한 편향은 앞서 논의한 연구에서 미국인들이 가상의 재산 분배 중에서 스웨덴에 사는 것을 선호한 이유를 설명해 주는 듯하다. 그러나 서로의 부를 볼 수 있었을 때 사람들은 최초의 불평등 수준에 상관없이 50퍼센트나 덜 협력적이었고 덜 친절했으며 덜 부유해졌다. 게다가 서로의 부를 볼 수 있었을 때 부자는 가난한 이웃을 착취했다. 물론 이것은 가상 세계였기 때문에 폴리네시아의 어부처럼 배신이나 착취로 인한 보복 같은 것은 실제로 일어나지 않았다. 그러나 어쨌든 경제적 불평등과 관련해 행복의 조건은 무지인 듯하다. 이 실험 결과는 부의 신호 보내기가 역효과를 낼 수 있음을 시사한다. 부의 지나친 과시는 선의의 부러움에 기초한 감탄을 자아내는 대신에 악의적인 시기심을 촉발해 반란의 불을 지필 수 있다.

국부國富

제2차 세계대전 후 미국을 필두로 여러 국가에서는 현저한 부의 증대를 달성했지만, 경제학자 리처드 이스털린Richard Easterlin의 관찰처럼 행복 수준의 증가는 달성하지 못했다.[54] 부는 늘어났지만 행복 수준은 그대로였다. 1970년대에 처음으로 확인된 이 '이스털린 역설'은 그 후 전 세계의 여러 국가에서 집중적인 연구 대상이 되었는데, 그 결과는 혼합되어 있었다. 영국과 미국의 결과는 모두 소득 증가가 우리를 더 행복하게 만들지 않는다는 일반 경향에 부합한다. 실제로 심리적 행복의 많은 지표는 그 반대를 보여주는 듯하다. 2006년 〈파이낸셜 타임스*Financial Times*〉에 실린 기고문에서 영국 경제학자 앤드류 오스왈드Andrew Oswald는 바로 이 이스털린 역설을 이유로 고든 브라운Gordon Brown 재무장관의 경제 성장 전략을 비판했다.[55] 당시에 미국과 영국은 모두 부의 증가와 함께 우울증·업무 관련 스트레스·자살률 증가에 직면해 있었다.

당시 경제 정책이 시민의 불행을 낳고 있다는 우려가 매우 컸기 때문에 몇몇 저명한 학자들은 '주관적 행복과 불행의 국가 지표 지침'이라는 선언문을 통해 경제 성장에 우선하는 정신 건강의 중요성을 강조했다.[56]

이스털린 역설은 여전히 전문가들이 데이터를 토대로 논쟁을 벌이는 뜨거운 주제다. 논쟁의 양쪽 모두 자기 입장을 지지하는 증거를 가지고 있다. 국가마다 매우 각각 다른 차원에서 다양한 양상을 보이기 때문에 경제와 심리적 행복 사이에 단순한 관계를 가정하기엔 문제가 있다. 인간은 복잡하기에 부와 행복 사이의 연관성을 발견하기란 결코 쉽지 않다.

실제로 행복의 정의도 복잡한 문제다. 2010년 심리학자 대니얼 카너먼Daniel Kahneman과 경제학자 앵거스 디턴Angus Deaton은 미국 성인 45만 명의 표본에 기초한 주관적 행복과 소득에 대한 분석을 발표했다.[57] 그들은 행복의 지표로 긍정적 정서, 우울하지 않음 또는 최근에 스트레스를 받지 않은 날의 수를 조사했다. 또 응답자들에게 자신의 삶을 0~10점의 성공 척도로 평가해 달라고 요청했는데, 이때 0은 '발생할 수 있는 최악의 삶'에 해당했고 10은 '발생할 수 있는 최선의 삶'에 해당했다.

연구 결과는 둘로 나뉘었다. 연 소득이 약 7만 달러 이상까지 증가할 때는 돈을 많이 벌수록 더 행복해졌으나 그 이상일

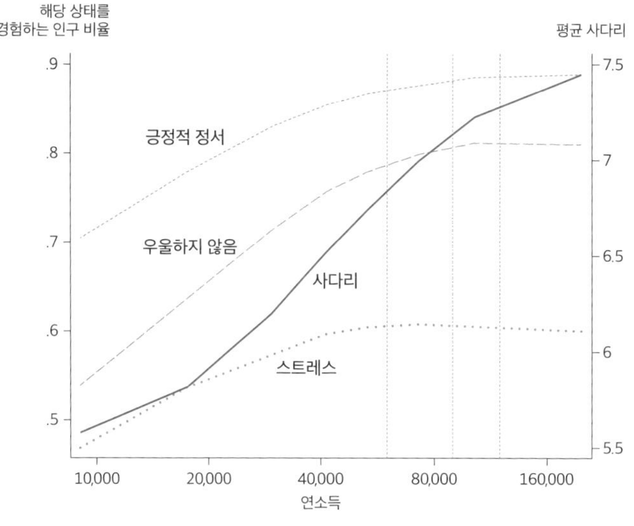

평가 기계 Esteem Machine**와 성공의 사다리 오르기**

(출처: Kahneman and Deaton (2010), 〈Proceedings of the National Academy of Sciences〉)

때는 행복의 오름세가 멈추어 추가 소득이 차이를 낳지 않았다. 두 번째 결과는 주목할 만한데, 사람들은 소득이 증가할수록 인생의 사다리에서 더 크게 성공했다는 느낌을 지속해서 받았다는 점이다. 부와 행복 사이의 연관성은 특정 지점까지만 유효하며 그 지점을 넘으면 돈이 별다른 영향을 미치지 않는다. 가난한 사람은 더 부유한 사람만큼 만족하지 않는다. 그러나 카너먼과 디턴의 결론처럼 고소득으로 삶의 만족은 살 수 있어도 행복은 살 수 없다. 다시 말해 우리는 돈을 많이 벌수록 우리의 삶을 더 높게 평가하지만, 그렇다고 해서 더 행복한 것은 아니다. 그런데도 우리는 대부분 더 큰 경제적 성공을 끊임없이 추구한다. 우리는 우리가 올라간 사다리의 높이만큼 성공 지표가 측정된다고 믿지만, 이를 통해 우리가 반드시 더 행복해지는 것은 아니다.

돈으로 행복을 살 수 없다면 그것은 잘못된 것에 돈을 쓰기 때문일지 모른다. 오늘날 소유보다 체험에 돈을 쓸 때 더 큰 만족을 얻는다는 것을 보여주는 많은 연구가 존재한다. 이것은 '존재being'와 '소유having'의 차이다. 심리학자 톰 길로비치Tom Gilovich의 연구에 따르면 휴가, 연주회, 외식 같은 체험소비experiential consumption에서 얻는 편익은 명품 의류·장신구·전자제품 같은 물질적 소유를 위한 소비에서 얻는 편익보다 더 오래 지속되는 경향이 있다.[58] 이런 만족감은 체험을 기대할 때부터 체험을 회고할 때까지 지속된다.

이유 중에는 '습관화'와도 관련이 있다. 우리가 손에 넣은 물건에는 종종 먼지가 쌓이지만, 기억은 우리 마음속에서 끊임없이 재해석되고 장식된다. 우리는 최근에 구매한 물건보다 우리가 체험한 것에 관해 이야기할 때 더 즐거움을 느낀다. 우리는 구매한 물건에서 종종 결함을 발견하지만, 체험은 긍정적인 면만을 회고할 때가 훨씬 더 많다. 지난 여행이 얼마나 힘들고 끔찍했는지 기억하기보다는 장밋빛 색안경을 쓰고 회상한다. '지구상에서 가장 행복한 곳'이라는 디즈니랜드Disneyland 방문에 대한 부모의 기억을 조사한 연구에서 길게 늘어선 줄, 말썽 피우는 아이들, 무더운 날씨 등으로 점철된 평균적인 경험은 결코 환상적이지 않지만, 시간이 흐르자 이 여행은 훨씬 더 신나는, 가족의 유대가 강화된 기회의 기억이 되었다.[59] 우리가 앞에서 살펴본 것처럼 좋았던 옛 시절은 나쁜 기억력의 산물이다.

우리가 이렇게 쉽게 속는 것은 기억이 돌에 새겨지듯 남는 것이 아니라 다시 이야기할 때마다 재구성되기 때문이다. 심리학자 엘리자베스 로프터스Elizabeth Loftus의 연구에 따르면 우리의 기억은 시간이 지나고, 회상할 때마다 쉽게 변형되며 결국에는 현실과 환상을 구별할 수 없는 지경에 이른다.[60] 이것은 기억이 저장된 동적 신경망이 다양한 경험을 부호화하면서 시간이 흐르고, 새로운 사태가 저장될 때마다 내용을 조정하기 때문이다.

또한 우리가 다른 사람에게 감동을 주기 위해 지난 일을 이야기할 때는 '폴리애나 원칙Pollyanna Principle'이 적용된다.[61] 이 명칭은 엘리너 포터Eleanor Porter가 1913년에 발표한 동명 소설에서 유래했다. '기쁨 놀이'를 하는 주인공 소녀 폴리애나는 무슨 상황에서든 긍정적인 면만을 볼 수 있었다. 이런 기억 평가를 긍정적 편향이라고 부른다. 기억은 이렇게 가변적이기에 종종 긍정적인 방향으로 윤색되기 쉽다. 만찬 행사에서 다른 사람의 체험을 능가하는 이야기를 늘어놓으려고 경쟁이 벌어지는 장면을 종종 목격하지 않는가? "마추픽추Machu Picchu는 꼭 가보셔야 해요. 깜짝 놀라실 거예요! 그곳은 정말로 우리가 가본 최고의 여행지였어요."

배타성이 사치품의 필수 요소이듯이 체험도 마찬가지다. 체험은 다시 언급되는 과정에서 우리 정체성의 일부가 된다. 이로써 우리의 사회적 자본, 즉 대인관계를 통해 축적되는 우리의 자원을 증가시킨다. 물질적 소비는 주로 혼자만의 사건이지만 체험은 본질적으로 다른 사람을 포함하는 사회적 사건인 경우가 많다. 페이스북이나 인스타그램 같은 소셜 미디어 플랫폼을 통해 우리는 우리의 놀라운 체험을 펼쳐 보일 수 있다. 이런 정보가 그저 경험의 공유일 뿐이라고 생각할지 모르지만 우리는 최상의 이미지를 골라 게시하는, 사실상 사회적 치장을 통해 다른 사람의 부러움을 불러일으킨다. 이것이 선의의 부러움일지, 악의적인 시기심일지는 친구 또는 팔로워가 보기에 우리가 이런 체험을 할 자격이 있는가에 달렸다.

'행복을 원한다면 그저 체험에 더 많은 돈을 쓰라'라고 말하는 것은 지나친 일반화다. 소비자는 자신의 성격 유형에 맞는 체험을 구매할 때만 진정으로 행복하다. 외향적인 사람은 파티와 외식에 기꺼이 돈을 쓰겠지만 내향적인 사람에게 이런 체험은 부담일 수 있다.[62] 7만 건 이상의 은행 거래를 분석한 결과 내향적인 사람은 술집에 갈 때보다 책을 살 때 더 행복한 것으로 밝혀졌다.[63] 정말로 원하는 것을 선택하려면 자기 자신의 가치관을 먼저 살펴볼 필요가 있다.

언뜻 보기에 체험의 추구는 번거로운 계약과 담보대출 없이도 쾌락을 추구할 수 있는 속 편하고 비물질적인 방법인 듯하다. 그러나 실제로 이런 체험을 추구하는 사람은 자유분방한 생활양식을 즐길 만한 재산이 있으며 장비를 넉넉히 갖출 수 있는 부유한 사람인 경우가 적지 않다. 이것은 모두가 누릴 수 있는 생활이 아니다. 행복 구매에 대한 최근의 대규모 분석에 따르면 부자는 물질주의적 구매보다 체험적 구매를 더 많이 즐기는 반면 덜 부유한 사람은 정반대다.[64] 이것은 풍부한 자원에 접근할 수 있는 사람만이 자기 개선에 몰두할 형편이 되기 때문이다.

또한 체험적 소비문화가 물질적 소비문화보다 친환경적이라는 관념은 꼼꼼히 따져볼 필요가 있다. 예를 들어 여행은 증가 추세에 있다. 지난 5년 동안 영국을 방문했거나 영국에서 출발한 여행객의 수는 매년 5~10퍼센트씩 증가했다.[65] 이에 따라 숙소 임대 온라인 플랫폼인 에어비엔비Airbnb의 매출도 증가했는데, 이와 관련된 탄소 발자국carbon footprint(인간 활동으로 발생한 온실가스 총량. – 옮긴이)도 당연히 증가했다.

점점 더 많은 밀레니얼 세대가 담보대출을 받을 능력이 없고 이사를 자주 한다는 현실이, 체험에 대한 지출이 증가하는 원인으로 지목되곤 한다. 〈포브스〉에 따르면 밀레니얼 세대의 78퍼센트는 물질적 재화보다 체험에 더 돈을 쓰는 반면에 베이비붐 세대는 59퍼센트뿐이다.[66] 물건이 잔뜩 쌓여 있으면 이사가 매우 번거로울 것이다. 그러나 무게 중심이 체험으로 이동했다고 해서 소비 자체가 감소한 것은 아니다. 호텔이 얼마나 낭비가 심하고 비효율적인 공간인지 생각해 보라. 청소 서비스·새로 교체한 침구·일회용 세면도구·음식·에어컨과 그 밖에 우리가 집에서와 달리 여행할 때 기대하는 온갖 사치품을 생각해 보라. 여행자를 만족시키기 위해 미국 호텔에서는 매일 200만 개의 비누가 허비되고, 환대산업에서 발생하는 폐기물의 50퍼센트는 음식물 쓰레기이며, 연간 비용은 2,180억 달러에 달한다.[67]

세계 관광은 1조 2,000억 달러 규모의 산업이며 매년 성장하고 있다. 이전에는 관광산업의 탄소 발자국 추정치가 전 세계 총 이산화탄소 배출량의 2.5~3퍼센트 정도였다. 그러나 160개국의 관광업 실태를 조사한 최근 연구에 따르면 2009~2013년 사이에 관광업의 전 세계 탄소 발자국은 이전 추정치보다 4배나 더 증가해 전 세계 온실가스 배출량의 약 8퍼센트를 차지했다.[68] 이에 수송·쇼핑·음식이 가장 큰 기여 요인이었으며, 이 발자국의 대다수는 가장 부유한 몇몇 국가에서 발생했다. 이 연구를 발표한 저자들의 결론처럼 관광 수요의 급격한 증가는 관광 관련 활동의 탈탄소화decarbonization 목표치를 사실상 능가하고 있다.

우리는 더 현명하게 시간을 보내는 방법, 제한된 자원을 사용하는 방법을 찾아야 한다. 우리는 더 많은 물건을 소유하면 더 만족스러운 삶이 되리라 생각하지만, 삶의 만족과 행복에 관한 연구에 따르면 적정 수준의 소득에 도달한 후에는 재산이 늘어도 더 행복해지지 않는다. 물건을 구매하든 체험을 구매하든 우리는 여전히 우리가 타인과 다르다는 것을 보여줄 뭔가를 찾는다. 우리는 여전히 우리의 지위를 알리고 정체성을 드러내려고 애쓴다.

6장

곳곳에 묻은 정체성

자아는 소유물로 확장된다

프로듀서 누스랏 두라니Nusrat Durrani는 마치 록스타 같다. 2017년에 내가 그를 만났을 때 그는 음악 채널 MTV의 고위 임원이었는데, 설령 이 사실을 모르더라도 그의 외모를 보면 그가 미디어계 인사라고 추측할 수 있을 정도다. 깡마른 체구에 주로 검은색 또는 가죽 소재의 유명 디자이너 옷을 걸친 채, 새까맣고 숱이 많은 장발 머리를 하고 색안경을 낀 모습은 영락없이 인도의 조이 라몬Joey Ramone 같다. 우리가 만났던 베니스의 키너넷Kinnernet 행사장에서 수많은 패션 리더, 미래파 예술가, 벤처사업가, 기업가 등에 둘러싸여 있어도 그의 스타일은 여전히 매우 쿨했다. 다만 우리가 만났을 때 그는 전혀 쿨한 상태가 아니었다.

누스랏은 막 로마에서 온 상태였는데, 전날 저녁에 그곳의 식당에서 기회를 엿보던 도둑에게 개인용품이 들은 가방을 빼앗겼다. 실업률이 거의 40퍼센트에 달하는 로마에서는 관광객을 대상으로 한 경범죄와 절도가 빈곤층의 주요 소득원이었다. 분명히 달갑지 않은 사건이었지만 다행히 누스랏은 꽤 부자였다. 그는 세계를 여행하기에 충분한 시간과 자원을 가지고 있었다. 그리고 이런 소유물은 쉽게 교체 가능하다. 처음에 그는 이 사건에 대해 별로 걱정하지 않았고 침착한 듯 보였다. 그러나 며칠간 행사가 진행되면서 그는 점점 더 불안해했다. 살면서 겪게 되는 달갑지 않은 많은 사건처럼, 절도를 당하면 처음에는 당황하게 되고 얼마 지나면 분노가 점점 커진다.

누스랏의 반응은 일반적인 것이다. 우리가 얼마나 부유하든 또는 얼마나 침착한 상태를 유지하려 하든 상관없이 절도를 당했을 때 매우 속상해하는 자신의 모습에 스스로 놀랄 때가 있다. 이것은 소유물이 우리 자신의 확장이기 때문이다. 소유물을 허가 없이 가져가는 것은 인격에 대한 공격과도 같다. 주거침입 절도가 우리를 특히 괴롭게 만드는 까닭은 평소 가장 안전하게 느끼는 우리의 영역이 침범당했기 때문이다. 영국에서 도난을 당한 사람의 거의 2/3는 극도의 상심을 경험하며 메스꺼움·불안·울음·전율에 더해 한참 후에까지 이어지는 곱씹기 등 다양한 증상에 시달린다. 보험회사의 보고에 따르면 도난 이후 안전하다는 느낌이 다시 들기까지 약 8개월이 걸리며

1/8은 정서적 회복에 실패한다.[1] 우리를 괴롭히는 것은 그저 금전적 손실이 아니라 침해당했다는 강렬한 감정이다. 초대받지 않은 누군가가 우리의 세계에 들어와 우리의 통제력을 약화시킨 것이다.

간직하고 싶은 소유물을 어쩔 수 없이 포기해야 할 때의 손실도 상심을 야기할 수 있다. 이렇게 포기를 주저하는 태도는 인간과 소유물의 관계를 잘 드러낸다. 수십 년에 걸친 전후 소비문화의 부상 이후, 1960년대 후반에 등장한 창고 임대업에 대해 생각해 보자. 매년 점점 더 많은 사람이 물건을 버리는 대신에 창고에 처박고 있다. 현재 미국에는 맥도날드McDonald 지점보다도 더 많은 개인 창고 시설이 있으며, 게다가 창고 사용자의 65퍼센트는 차고도 가지고 있다.[2] 수많은 차고에는 자동차가 있는 것이 아니라 집 안에 들여놓을 수 없는 소유물이 가득하다. 어째서 우리는 물건을 버리지 못하는가? 어째서 우리에게는 거의 쓸모없는 개인 소지품으로 가득한 보관소가 필요한가? 어째서 우리는 소유물에 이렇게 정서적으로 의존하는가?

그 이유는 우리가 소유한 것이 곧 우리 존재 자체이기 때문이다. 1890년에 미국 심리학의 아버지인 윌리엄 제임스William James는 우리가 주장하는 소유권을 통해 자아가 어떻게 정의되는지에 관해 다음과 같이 썼다.

그러나 가장 넓은 의미에서 인간의 '자아'는 그의 것이라고

'부를 수 있는' 모든 것의 총합이다. 그의 몸과 정신력뿐만 아니라 그의 옷과 집, 그의 아내와 자식, 그의 조상과 친구, 그의 명성과 일, 그의 땅, 그의 요트와 은행 계좌 등이 모두 여기에 포함된다. 이 모든 것은 그에게 똑같은 감정을 제공한다. 이것들이 커지고 번창하면 그는 의기양양해진다. 이것들이 줄어들고 죽으면 그는 낙심한다. 모든 것이 반드시 똑같은 정도로 그렇지는 않지만 거의 똑같은 방식으로 그렇다.[3]

여기서 제임스가 말하는 것은 오늘날 심리학자들이 '자아구성self-construal', 자신의 정체성에 대한 견해, 소유물과의 특별한 관계를 드러내는 상실의 정서적 효과 등으로 부르는 것이다. 우리가 우리의 몸과 마음을 자아의 일부로 생각하는 것은 특별히 놀라운 일이 아니다. 어차피 우리 말고는 이것들의 소유권을 주장할 사람도 없지 않은가? 그러나 위 목록에 포함된 물질적인 것은 우리 고유의 것이 아니며 다른 사람이 소유할 수도 있다. 집, 땅, 요트 등은 우리가 취득한 재산이다. 그런데도 이런 것을 잃으면 우리가 개인적으로 큰 영향을 받을 수 있다는 것은 매우 놀랍다.

인간과 소유물의 내적 연결에 관해 많은 사상가가 고찰했다. 잘 알려진 것처럼 플라톤은 물질세계를 높게 평가하지 않았고, 우리가 더 높고 비물질적인 관념을 추구해야 한다고 생각했다. 그는 불평등과 절도를 초래하는 사유재산의 사회적 분열을 피하고 공동의 이익 추구를 장려하기 위해 공동소유 제도가 필요하다고 주장했다. 스승과 늘 논쟁을 벌였던 그의 제자 아리스토텔레스는 좀 더 현실적이었으며 물질세계 탐구의 중요성을 강조했다. 그는 사유재산이 절약과 책임감을 촉진한다고 생각했지만 우리가 재산 때문에 다른 사람을 시기하고 질투하는 경향이 있다고 지적했다. 2,000년 후에 프랑스 철학자 장 폴 사르트르Jean-Paul Sartre는 우리가 소유욕을 갖는 유일한 이유는 자아감을 향상하기 위한 것이며 우리가 누구인지를 알 수 있는 유일한 방법은 우리가 가진 것을 관찰하는 것뿐이라고 주장했다. 이것은 거의 소유물을 통해 우리 자신을 겉치레해야 한다고 주장하는 것과도 같다. 소유물은 성공의 가시적 표지다. 미국의 부에 관한 연구처럼 우리는 연 소득이 7만 5,000달러에 도달한 후에는 특별히 더 행복해지지 않을지 모르지만 소유물을 바라보면 자신이 성공했다는 확신은 더욱 강해진다. 우리는 소유물을 통해 다른 사람에게 우리 자신을 알릴 뿐만 아니라 소유물은 다시 우리에게 우리가 누구인지를 알려준다.

《존재와 무*Being and Nothingness*》에서 사르트르는 인간이 소유를 통해 어디까지 정의되는지를 깨달았다. "내 소유물 전체는 내 존재 전체를 반영한다. (…) 나는 내가 가진 것이다. 내 것은 나 자신이다."[4] 그는 이것이 발생하는 여러 방식을 제시했다. 첫째로 우리는 무언가에 대한 배타적 통제력을 행사해 '이것이 내 것'이라고 주장한다. 이것은 유아기에도 관찰됐던 모습이다. 둘째로 존 로크의 견해와도 비슷하게 무엇을 맨 처음부터 만들면 그것은 내 것이 된다. 마지막으로 사르트르는 소유물이 열정을 불러일으킨다고 생각했다.

소유물에 대한 열정을 표현하는 한 방법은 물건을 축적하는 것이다. 1769년에 또 다른 프랑스 철학자 드니 디드로Denis Diderot는 소유물이 어떻게 행동을 규정할 수 있는지에 관해 썼다. 디드로는 고급 가운을 새로 산다면 행복할 것이라고 생각했지만, 이 물건 때문에 자신이 얼마나 비참해졌고 삶이 어떻게 변했는지를 깨닫고 깜짝 놀랐다. 이 명품 가운 때문에 삶이 풍요로워진 대신, 이미 가지고 있던 물건들이 그와 뚜렷한 대조를 이루며 매우 초라해 보였다. 어느새 그는 가운에 어울리는 새 물건들을 구입하기 시작했다. 그러나 디드로는 부자가 아니었기 때문에 계속 지출이 증가하자 더 불행한 느낌이 들었다. 이전에는 가운을 입고 집 청소도 편하게 했지만 이 명품을 구입한 뒤로는 더 이상 가운을 입고 집안일을 할 수 없었다. 그는 자신이 "이전에는 내가 가운의 절대적 주인이었는데, 이제는 내가 가운의 노예가 되었다"고 썼다. 인류학자 그랜트 맥크래켄Grant McCracken이 만든 용어인 '디드로 효과'는 개별 물건이 후속 구매에 미칠 수 있는 영향을 가리킨다.[5] 예를 들어 사치품을 하나 구매하면 필요하지도 않은 비슷한 물건을 더 많이 사고 싶은 유혹에 빠지기 쉽다. 많은 소매업자는 디드로 효과를 이용해 우리의 초기 구매를 보완하는 물건을 사라고 광고한다.

이것은 애플 제품이 매력적인 이유이기도 하다. 맥크래켄에 따르면 아이폰 구매는 많은 사람에게 다른 애플 제품에 대한 구매 압력을 높이는 '출발 상품'이 되는데, 왜냐하면 이런 제품들에는 정체성이 녹아 있기 때문이다. 다른 상품이 아무리 좋은 가치를 지녔어도 이것이 잘못된 정체성 신호를 보내면 구매자는 이것을 사지 않을 확률이 높다.

물건에 관한 정서적 애착의 가장 과도한 형태는 수집가에게서 찾아볼 수 있다. 수집가는 수집품에 정서적 투자를 한다. 이것은 단순히 물건의 금전적 가치가 아니라 수집가가 원하는 물건을 모으면서 쏟은 노력과 열정을 반영한다. 때로는 이것을 잃을지 모른다는 두려움이 견디기 힘들 만큼 커질 수도 있다. 2012년에 독일 당국은 뮌헨에서 은둔 생활을 하던 코르넬리우스 구를리트Cornelius Gurlitt가 약 10억 달러 가치로 추산되는 엄청난 양의 예술 걸작품을 쌓아둔 사실을 발견했다. 이 작품들은 나치 시대에 유대인들로부터 강탈한 후 전쟁 중에 코르넬리우스의 아버지에게 헐값에 처분된 것이었다. 코르넬리우스는 이 수집품을 지켜야 할 책임감을 느꼈다. 그는 경찰이 그의 소중한 수집품을 압수하는 장면을 지켜보면서 부모의 죽음보다, 그해에 암으로 사망한 누이의 죽음보다 더 큰 충격을 받았다고 했다.

코넬리우스는 당국에 이야기하길 수집품을 지키는 것이 그의 의무였기 때문에 "매우 진지했고 강박감에 사로잡혔으며 고

립되었고 점점 더 현실감을 잃게" 되었다고 했다.[6]

자아 구성에 관한 제임스의 주장을 검증한 최초의 연구 중 하나는 1959년에 예일대학의 정신분석학자 에른스트 프렐링거Ernst Prelinger가 수행한 것이다.[7] 그는 성인들에게 비자아non-self부터 자아self까지를 포괄하는 척도를 사용해 160개의 물건을 분류하라고 요청한 결과, 몸과 마음이 개인 소지품보다 자아감에 더 중요한 역할을 한다는 사실을 발견했다. 그러나 또한 소지품은 다른 사람보다 자아에 더 중요한 것으로 분류되었다. (그러나 곧 살펴보겠지만 이것은 매우 서양적인 시각이다.) 아이들에게 동일한 물건의 순위를 매기라고 요청하자, 성인들과 거의 동일한 패턴이 발견되었다. 다만 나이가 많을수록 다른 사람과의 관계가 반영된 소유물을 더 강조하는 경향이 나타났는데, 이것은 우리가 함께 거주하는 성인으로 성장한다는 사실을 고려하면 충분히 이해할 수 있다.[8]

캐나다의 마케팅 전문가 러셀 벨크Russell Belk도 영향력 있는 여러 논문에 자아와 우리가 소유한 것의 관계에 관해 썼다. 그 중심에는 '확장된 자아extended self'라는 개념이 있다.[9] 제임스와 사르트르의 연구를 토대로 벨크는 확장된 자아의 발달 단계를 넷으로 나누었다. 첫째로 유아는 자신을 환경과 구별한다. 둘째로 아동은 자신을 다른 사람과 구별한다. 셋째로 소유물은 청소년과 성인이 정체성을 관리하는 데 도움이 된다. 마지막으로 소유물은 노인이 연속감을 획득하고 죽음을 준비하는 데 도움이 된다. 나이가 들수록 우리는 지난 수년간에 걸친 우리의 관계를 상기시키는 물건(기념품, 가보, 사진 등)을 더 높게 평가하는데, 이런 물건을 두고 사람들은 집에 불이 나도 들고나올 것이라고 말하곤 한다. 때로는 이런 일이 정말로 일어나기도 한다. 전설적인 블루스 연주자 비비 킹B.B. King은 '루실Lucille'이라고 이름 붙인 기타를 늘 들고 다니는 것으로 유명했다. 이 이름이 붙은 계기는 그가 1949년 아칸소Arkansas에서 공연을 했을 때로 거슬러 올라간다. 당시에 두 남자 사이에 싸움이 벌어져 난로를 발로 차 넘어뜨리는 바람에 복도에 불이 붙었고, 건물 안 사람들 모두가 대피해야만 했다. 일단 건물 밖으로 나온 킹은 30달러짜리 기타를 무대에 두고 온 것을 깨닫고 불타는 건물 안으로 다시 뛰어 들어가 기타를 꺼내왔다. 다음날 그는 두 남성이 루실이라는 여성 때문에 싸웠다는 이야기를 듣고는 이 기타와 그가 나중에 소유했던 모든 기타에 이 이름을 붙였다. 그러면서 그는 또다시 기타 때문에 불타는 건물 안으로 뛰어 들어가지 않을 것이며 여자를 두고 싸우지도 않겠다고 다짐했다.

상품을 숭배하는 사람들

소유물은 자아의 확장이지만 신기술의 발전과 함께 디지털 형태로의 대체가 진행됨에 따라 많은 물질적 소유물과 우리의 물리적 연결은 사라질 운명에 처해 있다. 인스타그램과 이메일의 시대에 필름 사진과 손으로 쓴 편지는 드문 존재가 되었다. 흥미롭게도 몇 년 전 사람들은 레코드판과 제본된 책은 곧 사라질 것이라 예측했지만, 사람들이 이 물질성을 좋아했기 때문에 둘 다 다시 인기를 얻고 있다. 2017년 영국에서는 사람들이 '만질 수 있는 음악'에 다시 관심을 가지면서 레코드판 매출이 25년 만에 최고치를 기록했다.[10] 전자책 매출 감소와 물리적 서적의 선호에서도 비슷한 추세가 확인된다.

이런 역전의 한 이유는 비물리적 사물에 대해 정서적 애착을 갖기가 쉽지 않기 때문이다. 만질 수 있는 물건을 소유하고 간직하려는 욕망은 일종의 물신숭배fetishism다. '매혹' 또는 '마법'을 뜻하는 포르투갈어 '페이티고feitigo'에서 파생한 '물신fetish'이라는 단어는, 아프리카를 여행한 유럽인들이 그곳에서 초자연적 힘을 지닌다고 믿는 물건을 숭배하는 관습을 보고 사용한 용어다. 그 후로 물신숭배는 사람들이 무생물에서 얻는 정서적 만족을 가리키게 되었다. 여러 유형의 옷에 갖는 성적 물신숭배는 가장 극단적인 형태의 물신숭배에 속한다.

모든 물체는 물신숭배를 불러일으킬 수 있는 잠재력을 가지고 있다. 자본주의 비판서 《자본론*Das Kapital*》의 첫 장에서 카를 마르크스Karl Marx는 사람과 상품의 심리적 관계를 가리켜 상품 물신숭배라고 불렀다.[11] 그의 설명에 따르면 우리가 기꺼이 돈을 지출하는 이유인 사물의 가치는, 우리가 사물에 부여한 것이다. 이 가치는 아무런 기능적 가치가 없는 경우에도 사물의 본질적 속성으로 이전된다. 예를 들어 인류 역사의 대부분 시기에 금과 은은 본질적으로 가치 있는 것이 아니었다. 이후 금은의 희소성과 편리한 통화가 될 수 있다는 유용성 때문에 비로소 가치 있는 것이 되었다. 시장이 몇몇 상품을 가치 있는 것으로 간주하는 즉시 이에 대한 소비자의 정서적 반응이 발달한다.

가치 있다고 평가받는 것은 물신적 사고를 낳을 수 있다. 금을 만졌을 때 특별한 따끔거림을 느끼지 않는 사람이 있을까? 매일 이 금속을 가지고 작업하는 금세공인은 그렇지 않을 수도 있다. 그러나 우리 대부분에게 금은 오래 전부터 민속과 동화 등을 통해 접촉과 연관된 마법의 금속이었다. 물건을 쥐고 만지는 행위를 통해 뭔가 얻는 것이 있다고 생각하는 사람이라면 물신숭배를 쉽게 이해할 것이다. 마술적 사고magical thinking에서 이것은 긍정적 전염이라고도 부르는데, 물건의 긍정적 속성이 전이될 것이라는 믿음 때문에 사람들은 욕망의 대상을 만지고 싶어 한다.[12] 언젠가 나는 케임브리지대학 트리니티 칼리지Trinity College의 졸업생 휴게실 근처에서 순금의 노벨상 메달이 벽난로 위에 무방비로 걸려 있는 것을 보았는데, 모두가 그것을 만지고 싶어 했다. 오늘날에도 은행권은 본질적 가치가 있는 것이 아니지만 현금 뭉치를 손에 쥐면 뭔가 특별한 느낌이 든다.

긍정적 전염은 실세계에서도 효과를 발휘한다. 2003년도 오픈 챔피언십Open Championship에서 우승한 미국 프로 골퍼 벤

커티스Ben Curtis가 사용한 것이라는 이야기를 들은 골프채를 사용해 퍼팅을 한 성인들은 이런 이야기를 듣지 못한 성인들보다 훨씬 뛰어난 실력을 보였다.[13] 이들은 더 정확하게 퍼팅했을 뿐만 아니라 골프 홀을 더 크게 지각했는데, 이 때문에 정확히 퍼팅할 수 있다는 자신감을 얻을 수 있었다. 이른바 행운의 부적도 이런 심리적 격려의 효과로 설명된다. 행운의 부적을 몸에 지닌 채 시험장에 온 학생들은 시험 도중에 부적을 압수당한 학생들보다 기억력 검사와 단어 만들기 검사에서 훨씬 높은 점수를 받았다.[14] 이런 모든 예에서 선망의 대상과 신체적으로 접촉하는 것은 긍정적 심리를 낳았다.

돈을 만지기만 해도 우리의 사고와 행동 방식은 바뀐다. 다만 항상 더 좋게 바뀌는 것은 아니다. 돈의 심리학을 연구하는 행동경제학자 캐슬린 보스Kathleen Vohs의 연구에 따르면 돈을 만진 아동과 성인은 모두 덜 친사회적이고 더 고립적이며 더 이기적으로 행동한다.[15] 톨킨Tolkien의 《호빗*The Hobbit*》과 《반지의 제왕*The Lord of the Rings*》 3부작에서 귀중한 반지를 가진 가엾고 기괴한 인물인 골룸Gollum처럼 몇몇 사람들은 자신의 소유물에 심리적으로 사로잡힌다. 구두쇠부터 마약왕까지, 《올리버 트위스트》의 페이긴Fagin부터 《브레이킹 배드*Breaking Bad*》의 월터 화이트Walter White까지 자신의 귀중품을 바라보며 흐뭇해하는 사람은 보통 이기적인 탐욕에 빠진 사람으로 묘사된다.

러셀 벨크도 우리가 자아 구성의 일환으로 개인 소지품을 바라볼 때 마술적 사고의 영역으로 들어간다고 말한다.

> 또한 우리가 우리 자신의 가장 소중한 일부로 간주하는 소유물을 통해 우리가 가장 마법적인 것으로 간주하는 대상과 맺고 있는 밀접한 관계가 드러난다. 향수, 장신구, 옷, 음식, 이행기 대상, 집, 차량, 반려동물, 종교적 상징물, 마약, 선물, 가보, 골동품, 사진, 기념품, 수집품 등이 그렇다.[16]

최근에 벨크는 온라인 세계에 갖는 의존과 상호연관성의 증가 및 지난 20년 동안 일어난 급격한 변화를 반영해 확장된 자아 개념을 수정했다.[17] 이제 사람들은 새로운 기술을 사용한 온라인 자아 구성을 통해, 자신을 다른 사람에게 보이고 싶은 모습으로 가공하고 있다. 소셜 미디어 사용이 자아내는 중요한 우려 중 하나는 사람들이 자신에 대한 부정확한 프로필을 만들어 전파하면서, 다른 사람에게 감동을 줄 만한 정보를 강조하고 다듬으며 때로는 조작한다는 점이다. 또한 이런 온라인 홍보가 자신을 제외한 다른 사람이 얼마나 행복하고 성공적인지에 대한 비현실적 예상을 낳아, 취약 계층의 무력감을 강화할 수 있다.[18] 우리는 다른 사람과 상호작용을 하는 다양한 상황에 따라 다양한 자아상을 산출한다. 그러면서 우리는 모두 일종의 환상적 자아를 경험하며, 어떤 상황에서도 계속 일정하게 유지되는 진실하고 불변하는 자아를 경험하는 것이 아니다.[19]

이전에는 저속한 것, 허풍 또는 당혹스러운 것으로 치부되었을 개인정보의 무분별한 공유가 디지털 플랫폼을 통해 가능해졌을 뿐만 아니라 장려되고 있다. 이제 우리는 온라인으로 이루어지는 사회적 치장에 몰두하고 있지만 디지털 기술은 우리의 자아 구성에 대한 새로운 위협 요인이 되기도 한다. 이제 우리의 기억과 경험은 검색 및 검증이 용이하고 자연적으로 사라지지 않는 형식으로 존재한다. 고용주가 지원자의 온라인 프로필을 확인하는 것은 이제 일반적 관행이 되었다. 내 실험실에 지원한 순진한 학생들은 그들이 지원서에서 밝히지 않은 더 많은 것을 알아보기 위해 보통 소셜 미디어 프로필을 확인한다는 이야기를 듣고 깜짝 놀라곤 한다.

또한 디지털 기억은 소유보다 체험을 선호하는 추세를 약화할지 모른다. 앞에서 설명한 것처럼 이런 선호는 우리의 기억이 끊임없이 변화해 과거의 사태를 실제보다 더 즐거웠던 일로 회상하게 되는 특성에 기인한다. 그러나 디지털 시대에는 이런 장밋빛 안경이 제거되어 정확히 무슨 일이 일어났고 우리가 정확히 어떤 사람이었는지만을 회고할지도 모른다.

온라인 디지털 사후세계에 대한 전망은 더욱 우려스럽다. 고인의 생일 메시지가 날아오는 일이 계속되고 있으며 페이스북의 '죽은' 프로필 수가 미국에서만 매년 약 170만 개씩 증가할 것으로 추정된다.[20] 페이스북에는 고인을 위한 추모 계정 및 당신이 사망한 경우 다른 사람이 당신의 계정을 관리하기 위한 유산 처리 계약이 존재한다.

그러나 디지털 자아에게 사망은 사소한 불편함일 뿐이다. MIT 신생기업인 이터니닷미Eterni.me 같은 회사는 죽은 사람의 취향을 모방해 무덤에서 온 편지를 쓰는 재현 알고리즘을 사용해 유족이 고인과 계속 연락을 취하도록 돕는다. 이런 서비스를 돈 내고 이용할 사람은 그리 많지 않을지 모른다. 그러나 내 아내가 부모로부터 물려받은 물품을 선뜻 버리지 못한 것처럼, 슬픔에 잠긴 가족이 사랑하는 고인의 온라인 프로필을 삭제하기란 정서적으로 쉽지 않을 것이다. 수백만 개의 디지털 유품이 온라인에 저장되면 보관 비용은 계속 누적될 것이므로 이를 활성 상태로 유지할 재정 모델이 고안되어야 할 듯싶다. 디지털 사후세계 산업은 기괴하게 보일지 모르지만, 죽음과 온라인 자아는 불가피한 것이기 때문에 옥스퍼드대학의 윤리학자들은 해당 산업의 규제 지침을 제안하기도 했다.[21] 디지털 혁신 덕분에 생명 없는 자아는 우리가 떠난 후에도 계속 남아 있을 것이다.

사는 곳을 바꾸면 탐욕도 변할까

소유물을 통해 정의되는 확장된 자아라는 관념은 서양 사회의 특징적인 현상으로 밝혀졌다. 심리학에 대한 주요 비판 중 하나는 이 학문이 지난 60년 동안 주로 미국의 백인 대학생들이 학점을 따기 위해 참가한 실험에 기초한다는 것이다. 이들은 서양의Western, 교육 수준이 높은Educated, 산업화된Industrialized, 부유한Rich, 민주주의 사회의Democratic 사람들이라는 의미에서 '와이어드WEIRD'라고 불린다. 6개의 주요 학술지에 발표된 연구를 분석한 결과 거의 모든 참가자가 와이어드였는데, 이 집단은 전 세계 인구의 약 12퍼센트에 불과하다.[22]

이렇게 문화적 차이가 무시된 연구 목록에 자아 구성과 소유 개념도 포함될 수 있다. 《생각의 지도*The Geography of Thought*》를 쓴 심리학자 리처드 니스벳Richard Nisbett은 정치 이념을 제쳐두고 볼 때 자아 구성이 전통 문화에 따라 다르며 크게는 서양과 동양으로 나뉜다고 주장했다.[23] 서양의 자아 개념은 비교적 개인주의적인 데 비해 동양 사회에서 자아 구성은 좀 더 상호의존적이며 집단주의적이다. 서양의 가치관은 독립적 자아를 강조한다. 개인 소유, 개인의 업적, 다른 사람과의 차이를 중시하는 태도 등은 모두 서양의 자기중심적 관점의 일부다.

반면에 무아無我와 집단의 중요성을 강조하는 불교와 도교 철학의 오랜 전통을 지닌 동양 사회에서는 어릴 때부터 자기보다 집단을 중시하라고 가르친다. 실제로 집단주의 문화권의 농촌 아동은 산업화된 서구 국가의 아동보다 더 공정하고 관대하게 물건을 이웃과 나눠 가지는 경향이 있다.[24] 그리고 가족과 지역사회에 대한 소속감이 더 강조되며 직계 가족의 범위를 넘어서는 대가족을 이루어 생활하는 경우가 비교적 많다. 동양의 가족은 종종 서양의 가족보다 신체적으로 더 밀접하게 서로 연결되어 있다. 몇몇 사회에서는 조부모, 고모, 삼촌, 사촌 등 여러 세대가 한 지붕 밑에서 생활하기도 한다.

이런 차이는 우리 자신을 서술하는 방식에도 반영되어 나타난다. 예를 들어 집단주의 사회에서 성장한 사람은 종종 다른 사람과의 관계를 통해 자신을 서술한다. 내 학생인 산드라 벨치엔이 최근에 인도의 푸네Pune 시에서 자란 7~8세 초등학생을 대상으로 한 연구에서 자신의 특별한 점을 말하라고 하자 거의 모두가 자신의 장점을 가족이나 친구와 관련지어 서술했다. 예를 들어 "저는 계산을 잘 해서 어머니가 자랑스러워하세요"와 같은 식이었다. 반면에 영국 브리스톨에 사는 같은 연령대의 아동은 왜 자신이 매우 특별한지에 대해 다른 사람을 관련짓지 않은 채 꽤 능숙하게 떠들었다.[25] 또 어떤 문화권에서는 다른 사람과의 상호연관성을 조상 때까지 거슬러 올라가 살핀다. 뉴질랜드 마오리족Maori의 민속학자 엘스던 베스트Elsdon Best에 따르면 마오리족 사람들은 자기 부족을 1인칭으로 지칭하곤 한다. 예를 들어 100년쯤 전에 일어났을 전투에 관해 이야기하면서 "그때 내가 적을 물리쳤지"라고 말한다.[26]

이런 포괄적인 고정관념은 대체로 정확할까? 우리가 외국인을 분류할 때 사용하는 지나친 일반화일 뿐인 걸까? 놀랍게도 동양과 서양의 이런 차이를 뒷받침하는 다양한 실험 증거가 있다. 분석적 처리(개인주의적) 또는 총체적 집단 처리(집단주의적)의 특징을 지닌 과제를 주면, 동서양의 문화적 차이에 따라 상이한 수행 패턴이 나타난다. 우리가 세계를 바라보는 방식도 우리의 문화적 유산에 따라 다르다. 많은 물고기, 암초 구조물, 식물 등이 복잡하게 얽혀 있는 물속 광경을 보여주면 일본과 미국의 대학생들은 서로 다른 것에 주목한다.[27] 원본 이미지에 이미 있던 특징인지를 식별해야 하는 재인再認 과제에서 미국 대학생들은 주로 지배적인 큰 물고기만을 식별했지만 일본 참가자들은 주변 풍경에서 훨씬 더 많은 것을 식별했다. 일본 대학생들은 "연못 사진"이라고 말하는 경우가 상대적으로 많았던 반면에 미국 대학생들은 "큰 물고기 하나가 왼쪽으로 헤엄치고 있어요"와 같이 전경에 있는 물체에 주목하는 경우가 3배나 더 많았다. 일본인들은 맥락과 여러 특징 간의 관계에 훨씬 더 민감했다. 이런 해석을 뒷받침하는 간단한 실험이 있다.

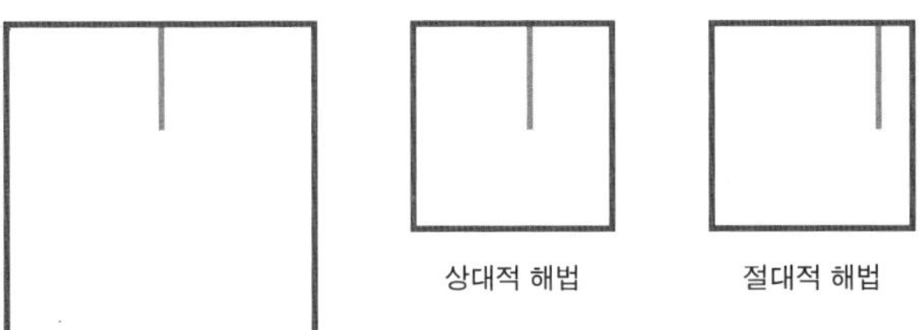

내가 당신에게 왼쪽의 상자를 보여주고 그보다는 작은 오른쪽의 빈 상자에 빠진 선을 그려 넣는 과제를 주었다고 상상해 보라. 이 과제의 해법은 두 가지다. 하나는 정확히 똑같은 길이

의 선을 그리는 것(절대적 해법)이고 다른 하나는 사각 테두리에 비례하게 선을 그리는 것(상대적 해법)이다.

선이 포함된 왼쪽 상자를 제시한 후 선이 포함되지 않은 오른쪽의 작은 상자 2개에 각각 선을 그려 넣는 과제를 받았을 때, 서구 사회에 속한 참가자는 절대적으로 똑같은 길이를 더 정확하게 판단한 반면(절대적 해법) 동양인 참가자는 상자에 비례하게 선을 그릴 때 더 정확했다(상대적 해법).

이 과제를 주었을 때 일본 참가자들은 절대적 해법보다 상대적 해법에서 훨씬 더 정확했던 반면에 미국 참가자들은 정반대 패턴을 보였다.[28] 이것은 우리가 세계를 처리하는 방식에 문화적 차이가 있음을 보여준다. 즉 우리의 자아 구성이 개인주의적인가 아니면 집단주의적인가에 따라 미세 렌즈를 통해 또는 좀 더 총체적으로 세계를 처리한다.

더욱 놀라운 점은 독립적 문화와 집단주의 문화 출신의 사람들 사이에 뇌 활성화의 차이가 존재한다는 사실이다. 이것은 수많은 과제를 통해 확인되었는데, 예를 들어 복잡한 장면의 시각적 처리[29], 주의 집중[30], 암산[31], 자기 성찰[32], 타인의 사고에 대한 추론[33] 등이 여기에 포함된다. 이 모든 증거는 우리 뇌에 존재하는 근본적 차이를 시사하는데, 다만 이런 차이는 변경 불가능하거나 우리의 생물학적 특성에 내재하는 것은 아니다. 실제로 암묵기억 활성화priming(보통 '프라이밍' 또는 '점화'로 번역되는 'priming'은 특정 자극에 노출되면 암묵기억implicit memory,

즉 의식 수준 아래에서 처리되는 기억이 활성화되어 나중에 다른 특정 자극에 대한 반응이 달라지는 현상을 가리키는데, 이 책에서는 해당 현상의 핵심 메커니즘에 해당하는 '암묵기억 활성화'로 풀어서 번역했다.–옮긴이) 과제를 사용해 사람들의 사고방식을 일시적으로 변화시킬 수 있다. 예를 들어 줄거리가 개인주의적 또는 집단주의적 성격을 띠는 이야기를 읽거나 '내가I'와 '내게me' 또는 '네가you'와 '그들에게them'와 같은 대명사가 자주 등장하는 원고를 편집하는 과제를 줄 수 있다.[34] 이런 식으로 자기 또는 타인에게 주의를 돌리는 것만으로도 자아 구성을 변화시킬 수 있다. 실제로 미국인이 몇 달 동안 일본에서 생활하면 절대적 편향에서 상대적 편향으로 무게 중심의 이동이 발생하며, 거꾸로 미국에 거주하는 일본 대학생에게는 반대의 현상이 나타난다.[35]

간단한 조작을 통해 우리는 자기중심성을 강화 또는 약화할 수 있으며, 이런 중심 이동은 자기중심적 또는 타인 중심적 사고 과정에서 활성화되는 뇌 영역의 변화로 반영되어 나타난다.[36] 우리의 뇌는 주위의 미묘한 문화적 맥락에 지속적으로 반응하고 적응한다. 어찌 보면 이렇게 생물·문화적인biocultural 뇌란 꽤 환상적인 이야기처럼 들린다. 서구 사회 사람 중 대부분은 다른 문화권을 방문할 때 서양의 뇌를 가져다 서양의 눈으로 관찰할 것이라고 으레 가정한다. 그러나 생물·문화적 적응 관련 연구에 따르면 다른 문화권에서 충분한 시간을 보낼 경우, 우리의 뇌가 적응해 그곳 사람들과 똑같은 방식으로 세계를 본다는 것이다. 실제로 서양에서 문화적 자아 구성은 시간의 흐름과 함께 변화했다. 예를 들어 영어에서 접두사 'self(자기)'의 용례(예: 'self-regard; 자존심', 'self-made; 자수성가한')는 17세기에 개인주의적인 청교도주의가 부상한 후에야 나타났다.[37] 또한 어떤 면에서 자아 구성의 변화는 서로 밀접하게 연결된 촌락공동체에서 산업화된 신흥 도시의 붐비고 서로 경쟁하는 대중으로 인구 비중이 이동해 생긴 결과이기도 했다.[38]

역사적 사건도 이런 문화적 차이에서 중요한 역할을 한다. 미국에서 독립성과 개인주의가 그토록 강력하게 발달한 이유 중 일반적인 설명 하나는, 미국이 자력으로 더 나은 삶을 개척해야만 했던 이민자들을 중심으로 형성된 국가라는 것이다. 미국의 사회 위계질서와 가치관은 1776년의 미국 독립선언서에 다음과 같이 명시된 능력주의에 기초한다. "우리는 모든 사람이 평등하게 창조되었으며 생명·자유·행복 추구의 권리를 비롯해 양도할 수 없는 특정 권리를 창조주로부터 부여받았다는 사실을 자명한 진리로 받아들인다." 이 정치철학은 모든 사람이 성공할 수 있는 잠재력과 권리를 가지고 있다는 생각을 촉진하며 많은 이민자의 탈출을 촉발했던 당시의 계급제도와 뚜렷한 대조를 이룬다. 이에 비해 유럽에서 태어난 사람들은 특권층이거나 서민이었으며 이것이 바뀔 만한 특별한 계기는 존재하지 않았다. 실제로 계층 이동은 자기 분수를 모르는 시도로 비난의 대상이 되었다. 반면에 한때 영국의 식민지였던 미국에서는 내 운명이 내 손에 달렸다는 생각이 자수성가를 꿈꾸는 아메리칸 드림으로 자리를 잡게 되었다.

그러나 미국 내에서도 주에 따라 역사적 차이를 반영하는 상이한 자아 구성이 존재한다. 역사가 프레더릭 잭슨 터너Frederick Jackson Turner는 1920년대 대륙의 서부로 향한 팽창과 탐험 속에서 개척자들이 각자의 생존을 위해 황야에 맞서고, 서로 싸움을 벌여야만 했던 상황이 '개척 정신'을, 즉 독립적으로 자급자족하는 정신을 양육했다고 주장했다.[39] 그리고 이 낭만적인 견해는 연구를 통해 증명되었다. 즉 집단주의 성향은 미국의 최남단에서 가장 강력한 반면 개인주의 성향은 마운틴 웨스트Mountain West와 대초원 지대Great Plains에서 가장 강력하다.[40] 외진 중서부 출신의 주민들은 인구 밀도가 높은 해안 지역의 주민들에 비해 개인주의 척도에서 훨씬 높은 점수를 기록한다. 미국 선거에서 자기중심적 개인주의의 정점을 대표하는 트럼프 같은 사람이, 범세계주의적 성향이 강한 지역보다 과거의 서부 개척지 지역에서 훨씬 큰 인기를 끈 것은 결코 우연이 아니다.

자아 구성의 개척지 가설을 지지하는 가장 강력한 증거는 홋카이도 북부 섬 거주자들에 대한 연구다.[41] 18세기 전에 홋카이도는 인구가 희박한 황무지였다. 그 무렵에 봉건 중앙정부가 붕괴해 본토의 많은 주민이 홋카이도로 건너와 정착했다.

미국의 서부 개척자처럼 홋카이도로 몰려온 최초의 정착민들은 새 삶을 건설하려는 의지가 매우 강했다. 일본 본토는 상호 의존과 집단주의적 가치관을 오랜 전통으로 가지고 있지만, 현재 홋카이도에 거주 중인 최초 정착민들의 후손은 독립성과 자기 집중의 척도에서 훨씬 높은 점수를 기록하며 본토의 국민보다 오히려 서양인의 특성을 더 닮았다. 자아 구성의 차이는 그저 지리적 위치에 따라서가 아니라 공동체의 역사적 형성 과정에 따라 좌우된다.

그러나 이제 상황이 달라지고 있다. 지난 50년 동안 78개국의 변화를 추적한 최근 연구에 따르면 전 세계에 걸쳐 경제 발전과 함께 개인주의의 수준이 높아지고 있다.[42] (집단주의 문화권에서도 대명사 '내게'와 '내 것'의 사용이 증가하고 있다.[43])

그러나 우리는 부유해질수록 다른 사람에게 덜 의존하며, 따라서 경제적 독립의 증가는 이혼율 증가, 소규모 단독 가구의 증가, 부모 또는 조부모 부양의 감소를 수반한다.[44] 이렇게 볼 때 독립의 정서적 대가는 결코 작아 보이지 않는다. 개인주의가 전 세계적으로 부상함에 따라 자아의 물질적 구성 요소인 소유물의 사용과 평가 방식에도 변화가 생기고 있다. 개인주의가 물질주의와 결별하지 않는다면 사람들은 점점 더 개인 소유에 의지해 지위를 확립하려 할 것이다. 이런 경우 우리는 과소비로 인한 여러 문제에 직면한다.

내 것에만 집중하는 나

이따금 자신이 누구인지를 보여주기 위해 자신의 물건을 거저 줄 때가 있다. 자아 구성이 소유에 중요한 것은 소유물에 갖는 태도뿐만 아니라 우리가 소유물로 무엇을 하는지도 자아 구성에 따라 달라지기 때문이다. 소유권을 가진 사람은 자신의 자원을 다른 사람과 공유할 수 있는 권리가 있다. 자신이 소유하지 않은 것이나 다른 사람의 소유물을 멋대로 공유할 수는 없다. 소유물이 자아 구성의 일부라면 세계 곳곳에서 관찰되는 공유 행동의 차이를 개인주의적 또는 집단주의적 처리 방식의 문화적 차이로 설명할 수 있다. 자기에게 집중하는 성향의 사람이라면 타인을 더 생각하는 사람보다 타인에게 관대할 확률이 더 낮을 것이다.

부모는 아이들에게 나눠 가지라고 끊임없이 타이른다. 이는 우리 모두가 어릴 때는 꽤 자기중심적이기 때문이다. 어린아이의 정신 세계가 자기중심적이라고 보는 장 피아제는 다른 관점에서 보기perspective-taking('perspective-taking'은 보통 '조망수용'으로 번역되는데, 부적절해 보여 다르게 번역했다.-옮긴이) 게임을 통해 이것을 증명했다. 피아제의 고전적 연구[45]에서는 어린아이들이 한 성인을 마주본 채 앉아 있었다. 아이들 앞의 탁자 위에는 종이 반죽으로 만든 산맥 모형이 있었는데, 산맥에는 색깔과 높이가 뚜렷이 다른 세 봉우리가 있었다. 경우에 따라 건물이나 꼭대기의 십자가 같은 눈에 띄는 구조물이 모형에 포함되기도 했다. 이제 아이들에게 다양한 각도에서 찍은 산맥 사진을 보여주면서 아이들이 바라보는 산맥의 모습과 일치하는 사진을 고르라고 했다. 또한 성인이 바라보는 산맥의 모습과 일치하는 사진을 고르라고도 했다. 이런 상황에서 4세 미만의 아이들은 보통 성인이 어디에 앉아 있든 상관없이 자신의 관점에서 본 사진을 선택했다. 이를 토대로 피아제는 아이들이 자기중심적이기 때문에 다른 사람의 관점에서 사물을 보기가 어렵다고 주장했다. 이 연령대에서 자발적인 공유 행동이 드문 것도 이 때문이다. 그러나 어릴 때부터 자기중심적인 행동에 대해 지적을 받는 동양의 아이들은 서양의 아이들보다 더 많이 나눠 가지는데, 이것은 집단주의적 양육의 효과다.

그러나 흥미롭게도 우리의 이기심은 결코 실제로 사라지지 않는다. 아동이든 성인이든 지켜보는 눈이 없으면 자선단체에 덜 기부하는데, 이것은 우리가 내심으로는 여전히 이기적인 동기를 가졌음을 보여준다.[46] 성인의 인색한 행동을 목격했을 때 미국의 도시 또는 인도의 농촌에 사는 아이들은 모두 더 적게 나눠 가졌지만 관대한 행동이 역할 모델로 제시되었을 때는 인도의 아이들만이 더 많이 나눠 가졌다. 그 이유는 동양의 집단주의 사회에서는 평판에 꽤 주의를 기울이나, 개인주의 사회의 아이들은 평판에 관심을 덜 갖기 때문이다.[47]

그러나 이것도 쉽게 조작될 수 있다. 산드라 벨치엔이 인도와 영국의 아동을 대상으로 수행한 연구에서 공유 요청을 받기 직전에 자신에 관한 이야기를 하라는 요청을 받은 경우, 두 집단 모두 더 이기적으로 행동했다. 여기서 우리는 소유물에 대한 태도를 쉽게 바꾸게 만드는 암묵기억 활성화의 힘을 확인할 수 있다. 공유 행동은 맥락에 따라 신축성 있게 바뀌며 특히 타인의 기대를 의식하게 되면 크게 달라진다.

우리가 소유물 공유를 꺼리는 것은, 타인을 생각하지 않기 때문이라기보다 우리가 가진 것에 너무 집중하기 때문이다. 우리 자신에 관해 생각하는 순간 우리는 우리에게 중요한 것에 특별한 주의를 기울이면서 과제중심적인 태도를 가지게 된다. 슈퍼마켓 물건 쓸어 담기 게임을 이용한 연구[48]에서는 참가자들에게 식료품과 생활용품 사진들을 사진에 있는 색상 단서에 따라 빨간색 또는 파란색 장바구니에 나눠 담는 과제를 주었다. 그런 다음 한쪽 바구니에 있는 모든 물건이 경품에 당첨되어 사진 속의 모든 물건을 차지하는 모습을 상상해 보라고 했다. 나눠 담기 과제를 마친 후 참가자들이 얼마나 많은 물건을 기억하는지를 검사했다. 그 결과 성인과 4세 정도의 아동은 모두 경품에 당첨되었다는 이야기를 들은 물건을 다른 쪽 바구니에 있는 물건보다 정확하게, 더 많이 기억했다.[49] 이것은 자기와 관련해 부호화된 정보가 다른 사람과 관련해 부호화된 정보보다 나중에 더 잘 기억되는 '자기 참조 효과self-reference effect'라고 불린다.[50]

자기 참조 정보는 관자놀이 밑의 내측전전두피질medial prefrontal cortex에 등록되는데, 소유와 관련될 경우에는 귀 바로 위 지점에 있는 외측두정피질lateral parietal cortex도 활성화된다.[51] 다시 말해 물건에 대한 정보 처리 시 우리가 자신에 관해 생각할 때 활성화되는 뇌 영역에 해당 물건의 소유 태그가 추가로 등록된다. 이것은 서양 참가자들의 자기 참조 및 물체 처리 신경망 활성화가 동양 참가자들보다 강력한 이유를 설명해 준다.[52] 반면 타인에 관해 생각하라고 하면, 타인과의 관계를 성찰할 때 반응하는 뇌 영역의 활성화가 동양 참가자들에게서 더 강력하게 나타난다.

동양인이 집단주의적으로 세계를 지각한다는 것은 그들이 사회적 지위에 덜 집착하고 신분 상징을 덜 추구한다는 것을 의미할까? 그러나 아시아는 사치품 시장이 가장 발달한 국가들이 속한 지역이다. 성공한 사람으로 보이기 위한 경쟁적 과시 소비는 집단 정체성을 강조하는 집단주의적 전통과 어떻게 조화를 이루고 있는가? 인도 사회가 집단주의적이고 타인 중심적이라면 어떻게 인도 농부가 헬리콥터 이동을 위해 엄청난 돈을 쓸 수 있는가?

마케팅 전문가 샤론 샤빗Sharon Shavitt에 따르면 문화에는 개인주의/집단주의 차원 외에 모순처럼 보이는 이것을 설명하는 데 결정적인 수직/수평 차원이 있다.[53] 수직 구조를 가진 개인주의 문화는 미국·영국·프랑스 같은 국가에서 관찰되는데, 그곳에서는 경쟁·성취·권력을 통해 사람들이 구별된다. 그곳 사람들은 '승리가 전부다', '남보다 일을 잘하는 것이 중요하다'와 같은 진술에 동의할 확률이 높다. 반면에 수평 구조를 가진 개인주의 문화는 스웨덴·덴마크·노르웨이·오스트레일리아 같은 국가에서 관찰되는데, 그곳 사람들은 자신이 자립적이고 타인과 동등한 지위에 있다고 생각한다. 그곳 사람들은 '남에게 의지하느니 나 자신에게 의지할 것이다', '나의 개인적 정체성은 다른 사람과 상관없이 내게 매우 중요하다'와 같은 진술에 동의할 확률이 높다.

반면에 수직적 위계질서를 가진 집단주의 문화에는 일본, 인도, 한국 같은 국가가 포함되는데, 그곳 사람들은 개인적 목표를 희생하더라도 권위에 복종하고 내집단in-group(자신이 속해 있다고 느끼는 집단.—옮긴이)의 단결과 지위를 향상하는 데 주력한다. 그곳 사람들은 '내 소망을 희생하더라도 가족을 돌보는 것이 내 의무다', '내가 속한 집단의 결정을 존중하는 것이 중요하다'와 같은 진술에 동의할 확률이 높다. 마지막으로 브라질, 남아메리카의 기타 국가와 같이 수평 구조를 가진 집단주의 문화의 특징은 높은 사교성과 평등주의적 질서다. 그곳 사람들은 '다른 사람과 함께 시간을 보내는 것이 즐겁다', '동료의 행복이 내게 중요하다'와 같은 진술에 동의할 확률이 높다.

수직 구조의 문화권에서 사는 사람들은 자아 구성이 독립적이든 집단주의적이든 상관없이 과시 소비를 통해 사회적 지위를 추구한다. 반면에 수평 구조를 가진 문화는 과시 소비, 자랑질, 과시 등을 혐오하고 겸손을 장려하며 '양귀비 자르기'를 시도할 확률이 높다. 이런 차원들은 마케팅 담당자가 왜 해당 국가의 문화 구조에 유의해야 하는지도 설명해 준다. 덴마크에서는 광고가 개인의 정체성과 자기표현에 호소하는 반면에 수직 구조를 가진 또 다른 개인주의 사회인 미국에서는 광고가 지위와 명성을 강조할 확률이 더 높다.[54]

태어날 때는 모든 사람의 뇌가 상당히 비슷하지만, 최근의 많은 신경과학 연구가 증명하듯이 문화적 자아 구성은 서로 다른 뇌 활성화를 통해서도 확인된다. 이런 차이는 우리의 뇌가 진화를 통해 하드웨어에 내장된 특성에 따라 좌우되기보다 발달 과정에서 노출되는 생물·문화적 영향에 따라 구체화된다는 역사적·정치적 또는 철학적 입장을 뒷받침한다. 소유가 자아 구성의 주요 요소라면, 아동의 양육 방식에 따라 소유물에 갖는 태도도 달라질 수 있을 것이다.

손실에 따르는 이익 계산

재산상의 이익 또는 손해 문제에 관해, 우리가 재산에 부여하는 가치는 경제적 선택에 부합해야 할 것이다. 수 세기 동안 경제학을 지배한 모형은 애덤 스미스와 존 스튜어트 밀 등이 제시한 수요와 공급의 수학 모형이었다. 그러나 자선 기부에 관해 설명했던 것처럼 시장 거래를 이해하기 위한 수학적 접근법은 인간 행동을 고려하지 않는다. 사람들은 물건을 사고팔 때 합리적으로 행동하지 않는다. 이것은 능숙한 상인이라면 누구나 아는 사실이다. 능숙한 상인은 사람들이 드러내는 감정을 바탕으로 잠재 구매자를 알아볼 뿐만 아니라 고객의 감정에 호소해 구매를 유인할 수도 있다. "이걸 가지면 얼마나 멋질지 생각해 보세요!" 적극적인 영업 기술은 항상 잠재 고객의 정서적 약점을 공략한다. 그런데도 스미스를 비롯한 많은 학자는 합리적 행동과 이윤 극대화에 기초한 모형을 만들어 경제의 작동 방식을 설명했다. 그러다 이스라엘의 두 심리학자 대니얼 카너먼과 아모스 트버스키Amos Tversky가 예루살렘의 오래된 거리를 거닐며 인간의 의사결정이 실제로 어떻게 이루어지는지를 고민했을 때, 모든 변화가 시작되었다.

우리는 이미 카너먼의 연구를 살펴보았지만, 노벨상 수상자인 그의 대다수 연구는 동료이자 나중에는 친구가 된 아모스 트버스키와 공동으로 수행되었다. 획기적이고 창의적인 공동 연구를 수행한 이 두 사람은 전설적인 록 밴드 비틀즈the Beatles의 존 레논John Lennon과 폴 매카트니Paul McCartney에 빗대어 '심리학의 레논과 매카트니'라고 불렸다.[55] 랍비의 후손인 두 사람은 탈무드 전통의 구조화된 논쟁을 활용해 질문을 던지곤 했다. "100달러가 걸린 동전 던지기를 하는 것이 좋을까, 아니면

46달러짜리 확실한 내기를 하는 것이 좋을까?" 이런 질문을 반복해서 던질 때마다 그들은 인간의 마음에 대한 그들의 직관과 통찰에 의존했다. 그들은 어떤 결정이 자명해 보이면 다른 사람들에게도 그렇게 느껴질 것이라고 추론했다.

이렇게 자신의 마음을 체계적으로 성찰하는 '내성법introspection'의 기원은 심리학이 과학으로서 탄생한 시점까지 거슬러 올라간다. 당시에 에른스트 베버Ernst Weber나 구스타프 페히너Gustav Fechner 같은 연구자들은 지각의 주관적 역치를 체계적으로 연구하기 시작했다. 빛이 얼마나 밝아야 보이기 시작할까? 소리가 얼마나 더 세져야 2배로 들리기 시작할까? 이런 지각 연구의 선구자들은 수학 방정식으로 표현될 수 있는 측정 가능한 경험을 찾는 물리학자처럼 문제에 접근했다. 그래서 그들은 인간 마음의 비물질적 차원을 측정하는 정신물리학자라고 불렸다.

카너먼과 트버스키는 이와 같은 내성법을 사용해 위험·도박·금융거래 등에 대한 사람들의 태도를 확인했다. 독일의 초기 정신물리학자들이 인간의 지각 특성을 발견했을 때처럼 카너먼과 트버스키는 손해와 이익에 대한 사람들의 태도가 체계적으로 편향되었다는 것을 발견했다. 똑같은 일을 하고 인생의 목표와 태도도 똑같은 쌍둥이에 대해 생각해 보자. 둘은 모든 면에서 똑같다. 어느 날 회사 사장이 다가와 1만 달러의 급여 인상 또는 12일의 추가 휴가를 보너스로 주겠다고 쌍둥이에게 말했다. 그들은 둘 다 무심한 성격이어서 동전 던지기를 통해 누가 인상된 급여를 받고, 누가 추가 휴가를 받을지를 결정했다. 그리고 둘 다 결과에 똑같이 만족했다. 그로부터 1년 후에 사장이 다시 와서 이제는 보너스를 맞바꿀 것이라고 말했다. 이때 1만 달러 또는 추가 휴가 시간을 잃게 되는 것에 대해 쌍둥이는 각각 어떻게 느낄까?

카너먼과 트버스키의 생각에 따르면 두 보너스의 가치가 같더라도 쌍둥이는 맞바꾸기를 꺼릴 것이다. 그들은 이것을 '손실 회피loss aversion'라고 불렀는데, 표준적인 경제 모형이 이런 상황에 적용되지 않는 것은 이 때문이다.[56] 두 자원의 가치가 같다면 맞교환도 쉬워야 한다. 그러나 일단 확립된 또는 소유한 것은 사람들이 똑같이 취급하지 않는다. 경제적 결정에 관해 추론할 때는 인간 마음의 편향을 고려해야 한다. 인간에 대한 추론은 어째서 이렇게 변덕스러운가?

베스트셀러 《생각에 관한 생각*Thinking, Fast and Slow*》[57]에서 카너먼은 인간의 마음이 의사결정에 이르는 경로 체계가 2개 있다고 주장했다. 체계 1은 종종 정서적 '직감'에 의존해 빠르고 직관적으로 작동하는 반면에 체계 2는 느리고 신중하며 합리적 논리와 추론을 통해 훨씬 더 느리게 결정에 도달한다. 우리는 이 두 유형의 사고를 모두 사용하는데, 가끔 해법을 두고 충돌이 생기기도 한다. 표준적인 경제 모형은 체계 2의 차갑고 딱딱한 논리와 추론에 기초하지만 인간은 종종 체계 1의 빠르고 직관적인 편향에 굴복하기 때문에 감정을 고려하지 않으면 우리의 결정이 비논리적으로 보이곤 한다. 이 두 체계의 차이를 인지하면 소유의 비합리적 측면이 이해되기 시작한다.

후회는 기쁨보다 강하다

내기에서 이길 가능성을 상상해 보자. 내가 평범한 동전을 던져서 앞면이 나오면 당신이 10달러를 잃는다. 당신이 내기에 응하기 전에 내가 상금으로 얼마를 제안해야 하겠는가? 당신은 최소한 10달러를 원할 것이다. 그렇지 않으면 내기에 응할 이유가 없기 때문이다. 그러나 얼마면 마음이 흔들리겠는가?

평균적으로 사람들은 상금이 최소한 20달러가 아니면 내기에 응하지 않는다. 이때 상금이 10달러든 1만 달러든 그것은 중요하지 않다. 왜냐하면 사람들 대부분은 이런 내기에 응할 때 적어도 2배 이상의 대가를 원하기 때문이다. 왜 그런가? 이익이 상당히 더 큰 경우가 아니라면 마음속에서는 예상 손실이 예상 이익보다 더 커 보인다. 이것도 체계 1의 잘못 탓이다. 많은 사람이 복권에서 이런 내기에 응할 때는 손실 회피가 삐딱하게 작용한다. 당첨 확률은 동전 던지기의 50:50보다 훨씬 낮지만 복권을 구입하는 비용은 엄청난 당첨금을 딸지도 모른다는 가능성에 완전히 뒤덮여 버린다. 대다수의 마음속에서 백만

장자가 될 매우 낮은 확률과 매주 복권 구입에 들어갈 공산이 큰 비용이 상쇄된다. 우리는 위험 감수와 관련된 경제적 추론에 밝지 않은데, 영국의 국영 복권이 '바보 세금'이라고 불리는 것도 이 때문이다.

그러나 이것은 어리석음 탓이라기보다 체계 1의 작동 탓이다. 사람들은 비현실적이라도 기꺼이 부자가 되는 꿈을 꾸는데, 이는 도박을 하는 이유 중 하나다. 많은 사람은 엄청난 당첨금이 생기면 더 행복한 삶을 살 것이라고 믿는다. 분명히 빈곤은 좋지도, 바람직하지도 않지만 부가 항상 행복을 가져다주는 것은 아니다. 부와 행복의 관계에 관한 1978년의 고전적 연구에서 연구자들은 5만~100만 달러의 당첨금을 받은 22명의 복권 당첨자를 인터뷰했다.[58] 복권 당첨은 상당히 무작위적으로 이루어지므로, 상당량의 돈이 일 및 노력과 상관없이 행복 증대에 기여하는 정도를 평가하기에 좋은 기회를 제공한다. 당첨자들에게 당첨 전에는 얼마나 행복했는지, 현재는 얼마나 행복한지, 미래에는 얼마나 행복할 것이라고 예상하는지를 물었다. 또한 친구와 대화하기·TV 시청·칭찬 듣기·옷 쇼핑 등의 일상 활동이 얼마나 많은 기쁨을 주는지도 물었다. 그리고 비교를 위해 복권에 당첨되지 않은 당첨자의 이웃들에게도 똑같은 질문을 던졌다. 조사 결과 복권 당첨자들은 진정한 승자도, 패자도 아니었다. 횡재에도 불구하고 복권 당첨자들은 그들의 이웃보다 더 행복하지 않았으며 오히려 일상 활동에서 얻는 주관적 기쁨은 뚜렷이 더 적었다.

40년 전에 수행된 이 복권 당첨자 연구는 영향력이 매우 컸고 또 반직관적이었기 때문에 후속 연구와 논란이 이어졌다. 상당량의 돈을 딴 3,000명 이상의 스웨덴 복권 당첨자에 대한 최근 연구(2018년 발표)는 돈이 행복을 증대시키지 않는다는 원래 주장과 배치되는 듯하다.[59] 횡재를 맞고 최소 5년이 지난 뒤 삶이 어땠는지를 물었을 때 당첨자들은 비당첨자들에 비해 전반적인 삶의 만족도가 뚜렷이 더 높았다. 그리고 이것은 주로 재정적 걱정이 사라졌기 때문이었다. 그러나 카너먼의 급여 인상 연구에서 언급한 것처럼 만족은 행복과 똑같지 않다. 행복과 정신 건강의 측면에서 많은 돈을 딴 경우에도 큰 차이가 없었다.

도박에서도 선택의 소유권에 대해 흥미로운 점을 엿볼 수 있다. 사람들은 일단 결정을 내리면 좀처럼 마음을 바꾸려 하지 않는다. 경마 도박꾼은 내기를 걸기 직전보다 내기를 건 직후에 자신의 말이 승리할 확률을 더 높게 평가한다.[60] 이것은 선택이 통제의 환상을 낳기 때문이다.[61] 복권 참가자들은 복권을 직접 고른 경우 복권이 무작위로 할당된 경우보다 복권 교환을 더 망설인다. 그들은 직접 선택했을 때 당첨 확률이 더 높다고 믿는다. 참가자들은 복권 교환 시 보너스를 준다고 해도 교환하지 않는다.[62] 이것은 자신의 운이 좋을 것이라고 믿기 때문이라기보다 괜히 바꿨다가 안 되면 그냥 버티다가 안 될 때보다 훨씬 더 후회가 클 것 같아서라고 한다.[63] 여기서도 결정이 감정에 휘둘리고 있다.

사람들은 잃는 것이 두려워 위험을 감수하려 하지 않는다. 위험을 싫어하는 것은 인간만이 아니다. 잃을 것이 많으면 아주 단순한 생물도 위험회피 전략을 마련한다. 진화의 역사를 거쳐 발달한 우리 마음속 깊은 곳에는 운에 맡기는 것을 싫어하는 편향이 있다. 속담에도 나오는 것처럼 동물은 손안의 새 한 마리가 수풀 속의 두 마리보다 더 소중하다. 그러나 모든 위험을 피하는 것도 좋은 전략은 아니다. 앞에서 살펴본 경제 게임과 마찬가지로 잠재 이익과 위험의 균형을 맞출 필요가 있다. 따라서 충분히 신축성 있게 진화한 전략만이 미래 세대에게 적응 특성으로 전달되었을 것이다.

컴퓨터 시뮬레이션을 사용해 위험한 행동의 번식 성공도를 1,000세대에 걸쳐 모형화한 결과, 위험회피 선호는 개체수가 150 이하인 소규모 개체군에서만 진화하는 것으로 밝혀졌다.[64] 이 수치는 진화심리학을 아는 독자들에게 낯설지 않은데, 이것은 진화심리학자 로빈 던바Robin Dunbar의 이름을 딴 '던바의 수'와 일치하기 때문이다. 던바의 계산에 따르면 함께 사는 사람과科 개체hominid 집단의 최적 크기는 150이다.[65] 나아가 수학 모형으로 도출한 손실 회피 편향의 크기(손안의 새 한 마리를 놓아주기 위해 필요한 수풀 속 새의 최소수)는 2.2인데, 이것은 잠재 손실이 10달러인 내기를 수락하기 위해 사람들이 요구하는 20달러에 놀라울 정도로 가까운 값이다.

모두가 위험을 싫어하는 것은 아니다. 함께 또는 따로 양육된 최대 3만 명의 일란성 또는 이란성 쌍둥이를 비교한 스웨덴의 쌍둥이 연구를 바탕으로 환경과 아동기 경험이 행동에 영향을 미치는 정도와 유전자를 토대 삼아 행동을 예측할 수 있는 정도를 계산할 수 있었다.[66] 이 쌍둥이 연구에 따르면 주식 투자처럼 위험이 따르는 재무 의사결정의 경우 다양한 위험 감수 행동의 약 1/3(30퍼센트)은 생물학적 특성과 관련이 있다. 이것이 인상적인 크기라고 보는 사람도 있겠지만 이것은 위험한 행동의 주요 요인(나머지 70퍼센트)이 유전자에 따라 좌우되지 않음을 의미한다. 오히려 관건은 우리의 생물학적 특성과 상호작용하는 실생활 경험이다.

소유에 관한 중요한 선택은 그저 머릿속에서 차갑게 계산된 체계 2의 수학 방정식이 아니라 뇌의 정서 중추에서 점화되는 체계 1의 활동이기도 하다.[67] 결정을 내리기 위해 뇌는 손실과 이익의 확률을 가늠하는데, 이때 동일한 동전의 이 양면은 서로 다른 회로에서 처리된다. 때로는 허공에 주먹을 휘두르며 당첨의 기쁨에 환호성을 지를 때도 있겠지만 이것은 묵직하고 쓰라리게 내장을 뒤틀고 더 오래가는 듯한 손실의 고통에 비할 바가 아닌데, 왜냐하면 후회는 기쁨보다 더 강력한 감정이기 때문이다. 헐값 취득이 예상될 때는 다른 긍정적 경험이 예상될 때처럼 복측선조체ventral striatum라고 불리는 뇌의 깊은 영역에 있는 보상중추가 커진다.[68] 반면에 거래 손실이 예상될 때는 보통 고통스러운 경험과 관련이 있는 뇌섬엽insular과 편도체amygdala가 포함된 처벌·통증 회로가 점화된다.

감정이 개입되면 안 되는 전문 업자가 아닌 이상, 모든 결정은 취득의 잠재적 기쁨과 지불의 고통을 두고 뇌에서 이루어지는 신경적 절충의 결과다. 진통제를 복용하면 주인이 물건을 팔 때 요구하는 가격이 낮아지는 이유도 이 때문이다.[69] 이익 또는 손실 예상 시 발생하는 신경 반응의 상대적 크기를 토대로 위험을 더 회피하는 사람을 예측하는 것도 가능하다.[70] 이런 정서적 갈등이야말로 우리에게 실제로 필요하지 않은 물건을 팔아넘기려는 상인이 노리는 바다. 이런 상인은 머리보다 심장에 호소해야 성공 확률이 더 높다는 것을 잘 알고 있다.

소망은 필요에 기초한 욕구와 다르다. 소망은 우리가 소유를 통해 추구하는 심리적 성취감과 더 관계가 깊다. 그러나 의사결정에서 지배적 힘을 가지는 쪽은 잃을지도 모르는 것에 대한 예상인 듯하다. 그리고 잃을지도 모르는 것이 정체성과 관련된 소유물일 경우 이런 손실은 훨씬 더 강력하다.

7장

상실해야 할 때를 아는 자

손안의 새 한 마리

1970년대 초 경제학과 대학원생이었던 리처드 탈러Richard Thaler는 와인 감정가였던 한 교수의 두 가지 매매 규칙을 알게 되었다. 첫째로 그는 포도주 한 병에 35달러 이상은 절대로 지불하지 않는다. 둘째로 그는 포도주 한 병에 100달러 미만으로는 팔지 않는다. 이 전략을 따르면 그는 항상 수익을 내겠지만 이것은 비논리적이기도 했다. 35달러에 한 병을 산 경우 수송, 물가상승률 등등의 모든 가격 변동 요인을 반영해 원래 구매가 이상으로 팔기만 하면 수익을 낼 수 있기 때문이다. 그러나 탈러가 관찰한 것처럼 사람들은 자신의 소유물에 대해 상대방이 기꺼이 지불할 가격보다 훨씬 더 큰 가치를 부여한다. 이것은 당연해 보일지 모르지만 탈러의 이 관찰은 행동경제학의 새 분야를 여는 출발점이었으며, 이 덕분에 그는 2017년에 노벨상을 수상했다.

행동경제학은 경제적 의사결정에 심리적 편향을 적용했으며 인간의 변덕스러운 의사결정에 주목해 상거래의 표준이었던 모형들을 뒤집어엎었다. 카너먼과 트버스키는 '전망이론prospect theory'을 통해 의사결정과 관련된 추론 방식을 좌우하는 몇 가지 심리 원칙을 제시했다.[1] 사회적 지위 또는 구매를 통해 얻는 일시적 기쁨을 계산할 때와 마찬가지로 의사결정 시에도 우리의 뇌는 편향된 작업을 한다. 첫째로 이미 논의한 것처럼 주변 상황의 변화를 평가하는 일은 다분히 상대적이다. 우리가 이익을 볼지 아니면 손해를 볼지는 우리가 과거에 무엇을 가지고 있었는지에 따라 다르다. 우리의 경험은 꿀맛 같은 한 잔의 추억부터 여러 번 재방송되는 프로그램의 지루함까지 과거 사태를 통해 구체화된다. 우리에게 수시로 발생하는 쾌락 적응을 다시 한 번 생각해 보라. 우리는 모든 경험을 과거의 우리와 비교한다. 카너먼과 트버스키가 제시한 두 번째 원칙은 우리가 가지고 있는 현재 가치에 따라 모든 변화가 상대적이라는 것이다. 따라서 과거 경험뿐만 아니라 우리의 현재 위치도 중요하다. 과거에 부자였어도 지금 굶주린 상태라면 뭐든지 감사히 받을 것이다. 가장 중요한 마지막 원칙은 예상 손실이 예상 이익보다 우리의 마음속에서 더 중대하다는 것이다. 우리는 수풀 속에 새가 적어도 두 마리는 있어야 손안의 새 한 마리를 놓아

줄 수 있다.

탈러가 전망이론을 접한 순간, 인간이 하는 경제적 행동의 많은 부분이 갑자기 톱니바퀴가 맞아떨어지듯 명확해졌다. 사람들은 소유의 문제에서 합리적이지 않다. 사람들은 자신의 소유물을 과대평가하는 편향을 가지고 있으며 이것은 전망이론의 예측대로 손실 회피로 설명할 수 있다. 동전 던지기 같은 단순한 도박과 마찬가지로 사람들은 소유물을 취득할 때 기꺼이 지불하는 금액의 평균 2배를 받아야 소유물을 포기한다.[2] 이것은 구매자와 판매자가 모두 거래를 통해 얻는 이익을 극대화하려는 좋은 거래 시도처럼 보일 수도 있지만, 여기서 실제 관건은 소유 및 개인적 손실에 대한 판매자의 과잉 감각이다.

우리는 우리의 소유물이 된 물건을 과대평가한다. '보유 효과endowment effect'[3]라고 불리는 이 편향은 행동경제학에서 가장 탄탄하게 확립된 현상 중 하나다. 요컨대 물건을 팔 때는 동일한 물건을 취득할 때 기꺼이 지불할 금액보다 더 많은 금액을 기대한다. 판매자와 구매자 사이의 불균형은 늘 존재하지만 판매할 물건이 개인 소지품일 때는 불균형이 더욱 심하다.

보유 효과는 여러 조작을 통해 유도될 수 있다. 경매에서 아직 손에 넣지 못한 물건에 대해 한번 입찰하면 추가 입찰을 할 확률이 높은데, 대다수 경매회사에서 잘 아는 이런 경향 때문에 광란의 입찰 경쟁이 벌어지곤 한다.[4] 구매하려는 물건을 쥐거나 만지기만 해도 보유 효과가 발생한다.[5] 옷을 입어 보라고 또는 차를 몰아보라고 권하는 판매원은 보유 효과(소유의 첫 경험)를 이용해 구매의 가장 큰 장벽을 넘어서려 한다.

보유 효과는 흔히 볼 수 있지만 보편적인 것은 아니다. 연구자들이 다양한 사회와 문화를 조사하기 시작하자 흥미로운 점이 발견되었다. 즉 개인주의/집단주의 차원에 따라 보유 효과의 강도가 달랐다. 사회심리학자 윌리엄 매덕스William Maddux와 국제 공동 연구팀이 미국·캐나다, 중국, 일본에 있는 서양 또는 동양 출신의 대학생들을 대상으로 흥미로운 비교문화 연구[6]를 진행했다. 연구팀은 학생들에게 '구매자' 또는 '판매자'의 역할을 배정했는데, 판매자에게는 학교 로고가 새겨진 머그잔을 주면서 이것을 그냥 가질 수도 있지만, 팔 의향이 있다면 얼마에 팔고 싶은지를 0~10달러 사이에서 선택하라고 했다. 그리고 구매자에게는 동일한 머그잔을 얼마면 살 의향이 있는지를 물었다. 그 결과 예측대로 판매자의 평균 가격인 4.83달러는 구매자의 평균 제안 가격인 2.34달러보다 2배나 많았다. 그러나 학생들의 문화적 배경을 따로 살펴보니 서양 출신의 판매자는 구매자의 평균 제안 가격(1.78달러)보다 훨씬 더 많은 금액(5.02달러)을 요구한 것으로 드러났다. 반면에 동양 출신의 학생들은 판매자의 요구액(4.68달러)과 구매자의 제안액(3.08달러)이 크게 다르지 않았다.

그런가 하면 또 다른 중국 학생 집단의 경우에는 실험자가 거래 전에 참가자들의 자아 구성에 조작을 가했다. 즉 이 동양 학생들에게 다른 학생들과의 우정 및 동지애에 관해 또는 자신만의 독특한 성격과 기술 및 다른 사람에 비해 뛰어난 장점에 관해 짧은 글을 쓰게 했다. 그러자 학생들이 다른 사람에 관해 글을 쓴 경우에는 보유 효과가 감소한 반면에 자신에 관해 글을 쓴 경우에는 보유 효과가 증가했다.

마지막으로 연구팀은 소유자와 머그잔의 관계를 조작하기 위해 동양 또는 서양 학생들에게 머그잔이 자신에게 얼마나 중요한지 또는 중요하지 않은지에 관해 글을 쓰게 했다. 그러자 서양 학생들의 경우에는 이 조작으로 인해 보유 효과가 증가한 반면에 동양 학생들의 경우에는 오히려 역효과가 발생했다. 다시 말해 소유물에 주의를 집중하게 되자 서양 학생들은 이것의 가치를 더 높게 평가한 반면에 동양 학생들은 이것의 가치를 더 낮게 평가했다. 분명히 보유 효과는 불가피한 것이 아니며 오히려 자아 구성에 따라 소유물을 바라보는 우리의 태도를 반영하는데, 이 자아 구성은 다시 개인주의 또는 집단주의 문화 규범의 영향을 받는다.

보유 효과가 문화의 영향을 받는다면 문화의 개입 전에 아동에게서 이 효과의 씨앗을 관찰할 수 있을까? 우리는 매우 어린 아동들을 대상으로 보유 효과의 발달을 조사하기 위해 장난감을 평가하는 과제에서 자기 또는 타인에 대한 암묵기억을 활성화했다. 서양 아동의 경우 보유 효과는 보통 약 5~6세가 되어야 관찰되므로[7] 우리는 3~4세의 아동을 대상으로 삼았다.

이 연령대의 아이들은 가치 개념을 이해하지 못한다. 그러나 아이가 스마일마크 척도를 기준으로 웃는 얼굴 위에 한 장난감을 놓고 찌푸린 얼굴 위에 또 다른 장난감을 놓는다면 우리는 이 아이가 한 장난감을 다른 장난감보다 더 좋아한다고 가정할 수 있다. 이것은 일종의 상대적 가치인 셈이다.

산드라 벨치엔과 나는 우선 어린아이들이 게임을 이해하도록 스마일마크 척도 위에 다양한 장난감을 놓는 시범을 보였다. 그런 다음 아이들에게 2개의 동일한 팽이 장난감을 주었다. 아이들이 이 2개를 똑같이 웃는 얼굴 위에 놓으면 이것은 아이들이 둘의 가치를 같게 생각하는 것을 의미했다. 그런 다음 산드라는 아이들에게 팽이 2개 중 1개를 선물한 후 자기 자신, 친구 또는 농장 풍경의 그림을 그리라고 요청했다. 그런 다음 아이들에게 2개의 팽이를 포함한 여러 장난감을 평가하는 과제를 다시 주었다. 그러자 매덕스의 성인과 마찬가지로 자기 자신을 그리라는 요청을 받은 아이들은 자신의 팽이를 자신의 것이 아닌 똑같은 팽이보다 더 높게 평가했다. 이렇게 우리는 이 실험에서 보유 효과가 보통 관찰되지 않는 연령대의 아동들을 상대로 자기 자신에게 주의를 집중하게 하여 보유 효과를

유도할 수 있었다.[8]

자신의 소유물을 과대평가하는 편향이 자아 구성과 관련이 있다면, 자폐증이 있는 사람들에게서 보유 효과가 나타나지 않는다는 최근 발견은 이 설명과 일치한다.[9] 이런 사람들의 자아 구성은 일반적인 사람들과 다르게 표현된다. 언어장애가 없는 고기능 자폐스펙트럼장애high-functioning autism spectrum disorder 아동은 1인칭 대명사 '내가'와 '내게'를 잘 사용하지 못하며[10] 자전기억autobiographical memory에 결함이 있다.[11] 아마도 심리적 자아에 대한 이런 자각의 차이 때문에 자신의 소유물을 대다수 사람들처럼 과대평가하지 않는 듯하다.

독립성/집단주의 구분에 따른 자아 구성의 차이로 보유 효과의 문화적 차이도 설명할 수 있다. 세계에 마지막으로 남은 수렵·채집인 사회 중 하나인 탄자니아 북부의 하자족에 대해 다시 생각해 보자. 앞에서 보았듯이 그들은 개인 소유물이 거의 없으며 다른 사람이 사용하지 않으면 필요할 때 가져다 쓰는 수요 기반 공유 정책을 따른다. 그렇다면 하자족의 문화에 걸맞은 품목을 사용한 거래 실험에서 하자족의 많은 사람들이 보유 효과를 보이지 않은 것은 놀라운 일이 아니다.[12] 왜 그런가?

한 이유는 수렵·채집인의 경우 유목 생활을 유지하는 데 필요한 물건들 외에는 소유물이 거의 없기 때문이다. 많은 물건을 가지고 다니는 것이 불가능하며 따라서 그들에게 소유물은 우선적으로 중요한 것이 아니다. 휴대해야 하는 물질과 자원의 양을 최적화하기 위한 수요 기반 공유가 발달한 것도 이 때문이다. 그러나 흥미로운 예외가 있었는데, 그것은 서양의 영향에 노출된 하자족 사람들에게서 관찰되었다. 인류학자들은 이 하위 집단을 연구하면서 관광객과 자주 접촉했거나 시장 거래를 한 경험이 있는 사람들에게서 보유 편향의 증거를 발견했다. 또한 서양인과 거래를 해야만 했던 하자족 사람들에게서도 이 편향이 관찰되었다.

강력한 보유 효과를 보이는 사람은 성공적인 상인이 되기 어렵다. 사람들이 기꺼이 지불할 금액의 2배를 항상 요구한다면 금세 가게 문을 닫아야 할 것이다. 노련한 상인이 요구하는 가격이 소비자가 기꺼이 지불할 가격에 더 가까워지기에, 보유 효과가 감소하는 것도 이 때문이다.[13] 이 경우에도 뇌영상 연구를 통해 손실 고통의 감소를 확인할 수 있다. 판매를 여전히 손실로 느끼는 미숙한 상인에 비해 경험이 많은 상인은 뇌섬엽의 부정적 손실중추가 덜 활성화된다.[14] 그러나 상인의 경험 때문에 시간이 지나면서 보유 효과가 줄어든 것인지 아니면 처음부터 소유물에 덜 집착했기에 상인으로 성공한 것인지는 아직 불분명하다. 보유 효과는 손실을 피하기 위한 체계 1의 편향으로 보이지만, 우리가 소유물에 부여하는 가치의 문화적 맥락 및 수익을 내려는 목표에 따라 효과가 사라질 수도 있다.

추구에 중독된 사람들

무엇이 우리로 하여금 물건을 취득하도록 다그치는가? 왜 몇몇 사람들은 자기가 쇼핑 중독자라고 생각하는가? 일반인은 취득이 큰 만족을 선사한다고 생각할지 모르지만, 쇼핑에 미친 많은 사람은 취득의 기대가 오히려 더 강력하다고 증언할 것이다. 이런 기대는 열광으로까지 발전할 수 있다. 쇼핑객들이 이익의 기대에 사로잡혀 할인 제품을 먼저 차지하려고 싸우는 '블랙 프라이데이Black Friday' 현상의 증가에서 볼 수 있듯이 법을 준수하던 시민도 법을 무시하는 폭도가 될 수 있다. 할인 제품을 향해 우르르 몰려가다가 깔려 죽는 사건도 있었다.[15]

장 폴 사르트르는 "인간의 '자아'는 그의 것이라고 부를 '수 있는' 모든 것의 총합"이라는 윌리엄 제임스의 인용문을 비틀어 다음과 같이 썼다. "인간은 이미 가진 것의 합계라기보다 아직 갖지 않은 것, 가질 수도 있는 것의 합계다." 사르트르가 보기에 우리가 누구인지를 정의하는 것은 취득이라기보다 목표의 추구이다. 그리고 그의 통찰은 동기의 신경과학과 일치한다. 뇌에는 이미 소유하고 있는지 아니면 소유하길 원하는지에 따라 다르게 작동하는 메커니즘이 있다.[16] 이미 자아의 확장으로 지각된 물체는 자아감을 생성하는 신경망에 통합되어 있다. 반면에 우리가 원하는 물체는 우리의 자아감을 자극할 수도 있지만 또한 새로움과 추구의 설렘에 반응하는 체계를 활성화한다. 애플의 광팬이 최신 애플 제품을 볼 때 드는 '꼭 가져야 하는' 느낌이 그것이다. 몇 년 전 나는 이베이eBay에 올라온 오래된 영화 포스터를 입찰을 통해 수집하곤 했다. 당시에 나는 경매 사이트에 로그인해서 포스터를 샀는데, 구매한 물건이 우편으로 도착해 실제로 취득했을 때보다 그것을 기다리던 때에 더 큰 흥분을 느꼈다. 그러다 50개가 훨씬 넘게 포스터를 수집한 후에야 이것들을 전부 전시할 곳이 없다는 것을 깨달았고 추구의 설렘도 시들해지고 말았다.

곰곰이 생각해 보면 우리는 기쁨을 소비하기보다 추구하면서 더 많은 시간을 보낸다. 가장 즐거운 경험들 사이의 공통점은 새로움이다. 쿨리지 효과를 머릿속에 떠올려 보라. 스탠퍼드대학의 신경과학자 브라이언 너트슨Brian Knutson이 지적한 것처럼 대양 횡단부터 산악 등반과 달 착륙에 이르기까지 탐험의 오랜 전통은 우리에게 동기를 부여하는 새로움의 강력한 힘을 여실히 증명한다.[17] 우리가 이런 사람들을 축하하고 기억하는 이유도 이들을 통해 일종의 소유권이 최초로 확립되었기 때문이다. 쉽게 달성한 목표는 많은 시간과 노력이 들어간 성취보다 덜 보람차게 느껴진다. 왜 그런가?

우리에게 목표 달성의 동기를 부여하는 뇌의 여러 체계의 작동 방식에서 이에 관한 설명을 찾을 수 있다. 뇌의 가장 오래된 부분이자 모든 생명기능을 지원하는 뇌간의 깊숙한 곳에는 복측피개영역ventral tegmental area, VTA이 자리 잡고 있다. 여기에는 새로움과 보상에 반응하는 뇌의 동기 체계를 활성화하는 도파민 뉴런dopamine neuron들이 있다. 이런 영역 중 하나는 뇌간 꼭대기에 있는 선조체인데, 이것은 처벌 및 보상과 관련해 우리의 행동을 통제하는 여러 체계가 서로 연결된 집합체다. 1954년에 캐나다 맥길McGill대학의 심리학자 제임스 올즈James Olds와 피터 밀너Peter Milner는 쥐의 뇌 학습 메커니즘에 대한 연구를 하면서 쥐가 말 그대로 흥분시키는 물건을 우연히 건드릴 때마다 전극으로 뇌의 여러 영역을 자극했다.[18] 인간의 선조체에 해당하는 중격septal에 전극이 이식된 쥐는 식음을 전폐하면서까지 짧은 전기 충격을 받기 위해 레버를 계속 눌렀다. 흥분되는 자극에 쥐가 중독된 것이었다. 복측피개영역의 도파민 뉴런은 집행 결정이 이루어지는 전전두피질로도 뻗어 있다. 이곳은 추구의 열정을 통제하는 곳이다. 복측피개영역과 함께 선조체 및 전전두피질은 우리의 목표를 확인하고 목표 추구를 개시하는 동기 회로를 구성한다.

뇌의 쾌락 중추가 최초로 발견된 이래로 수행된 많은 연구를 통해 성행위, 마약, 로큰롤과 같이 중독성이 있는 다양한 인간 활동을 통해 복측피개영역의 도파민 뉴런이 활성화된다는 사실이 확인되었다.[19] 그리고 이 목록에는 쇼핑도 포함될 것이다. 파킨슨병Parkinson's disease을 통제하기 위해 도파민 활동을 조절하는 약물을 투여받은 환자를 대상으로 한 연구에서 한 가지 부작용은 도박, 성중독 및 쇼핑 중독의 증가였다.[20] 이런 부작용은 모두 쾌락의 예상과 관련이 있다. 뮤지컬 〈록키 호러 픽처 쇼Rocky Horror Picture Show〉의 프랭크 N. 퍼터Frank-N-Furter 박사가 우리를 놀릴 때처럼 큰 즐거움을 주는 것은 정복이 아니라 기대다. 너트슨과 그의 동료는 할인 판매의 기대가 복측피개영역을 활성화하는 반면에 비싼 가격 또는 금전적 손실은 뇌섬엽의 혐오 중추에 등록된다는 것을 증명했다.[21]

취득의 기쁨이 소비문화를 부추긴다고 생각하지만 실제로 우리의 삶을 온갖 물건으로 채우도록 다그치는 것은 추구다. 취득의 동기에 기초한 목표는 본질적으로 보상과 결부되어 있어서, 목표를 달성하지 못하면 실망감 또는 좌절감이 든다. 그러나 목표를 달성해도 만족감은 들지 않는다. 왜냐하면 취득은 우리가 기대했던 기쁨을 제공하지 않기 때문이다. 설령으로 기쁨을 얻더라도 이 감정은 쉽게 습관화되기에 우리는 또다시 '꼭 가져야 하는' 다음 물건을 찾기 시작한다.

소유물을 손에 넣기 전부터 우리의 뇌는 예상 이익을 만끽한다. 그리고 그것을 일단 손에 넣으면 우리는 이에 과도한 가치를 부여하는데, 왜냐하면 소유물은 자아의 확장이기 때문이다. 문제는 많은 사람이 빠르게 습관화되어 또 다음 정복을 찾아 나선다는 것이다. 소유물로 쉽게 만족하지 못하는 강력한 정서적 충동으로, 몇몇 사람은 취득 행동을 멈출 수 없어서 결국에는 목숨을 잃거나 소유물로 인해 말 그대로 질식할 수 있다.

포기를 포기하기

비정상적 소유의 극단적인 한 형태는 일반 대중의 특별한 관심을 끈 질병인 수집장애hoarding disorder다. 미국 유선방송망 A&E의 텔레비전 쇼 〈수집광Hoarders〉은 기록적인 시청률을 자랑했다. 그래서 〈수집광 SOSHoarder SOS〉, 〈옆집 수집광The Hoarder Next Door〉, 〈영국의 최고 수집광Britain's Biggest Hoarders〉, 심지어 〈수집: 산 채로 묻히다Hoarding: Buried Alive〉와 같은 유사 프로그램도 생겨났다. 많은 사람이 수집광 쇼를 보면서 관음적 쾌락을 느꼈는데, 이것은 아마도 다른 사람의 병적인 생활을 보면서 놀라는 것이 즐거웠기 때문인 듯하다.

수집은 뿌리가 깊다. 많은 동물도 수집한다. 곤충, 새, 포유동물 등은 먹이를 비축한다. 수집장애는 정상적인 채집 행동이 정도를 벗어난 것으로 볼 수 있다. 슈퍼마켓이 며칠간 문을 닫는 크리스마스와 새해가 다가오면 많은 사람이 연휴 기간에 먹을 식량을 안전하게 비축하기 위해 사재기 열풍에 휩싸이고, 그 바람에 진열대가 금세 비워진다. 자원이 풍부한 평상시에도 집집에 냉장고와 창고에 음식과 통조림 등을 쌓아둔다. 힘든 시기를 대비하는 것은 좋은 전략이다. 그러나 인간은 좀 특이한데, 왜냐하면 몇몇 사람들은 쓸모없고 오히려 건강한 삶을 방해하는 물건들을 비축하기 때문이다.

수집장애는 집에 잡동사니가 가득 차 제대로 움직이지도 못할 정도로 물건을 버리지 못하는 증상을 보이는 특별한 형태의 병적 수집이다. 이런 집은 종종 빼곡한 물건 때문에 화재 취약 건물로 지정되어 지역 당국의 주의를 끌기도 한다. 특정 물건을 찾아 헤매는 강박적 수집가와 달리 수집광은 거의 모든 것을 수집한다. 가장 흔한 물건은 신문과 잡지지만, 진짜 수집광은 버리는 것이 거의 없다.

일반인 50명 중 약 1명은 삶에 지장이 될 정도로 지나치게 많은 물건을 쌓아둔다. 과도한 수집은 아동기에 시작될 수도 있지만 나이가 들수록 자주 관찰되며 5세가 추가될 때마다 20퍼센트씩 증가하는 추세를 보인다.[22] 물건이 많이 쌓이면 건강에 좋지 않을 뿐만 아니라 몇몇 드문 경우에는 쌓아둔 물건이 무너져 집주인이 사망하기도 한다.[23] 호주 멜버른Melbourne 소방대의 추산에 따르면 화재로 인한 50대 이상 사망의 1/4은 과도한 수집 때문에 발생한다.[24]

수집장애의 원인은 다양하며 가족력에서 확인되는 것처럼 유전적 요인도 관계가 있다.[25] 수많은 관련 위험인자가 있는데, 불안·우울증·부정적 생활사건·문제가 있는 아동기·충동 억제 및 사고 통제와 관련된 다양한 인지기능 장애 등이 여기에 포함된다. 수집광들은 수집한 물건이 유용할 때가 있다고 주장하곤 하는데, 수집광들의 한 가지 공통점은 손실에 대한 두려움이다. 수집광들은 보통 자신의 행동을 합리화하기 위해 물건이 소중하거나, 소중해질 수 있으며, 다시 사용할 수 있다고 주장하거나, 자기 정체성의 일부라고 주장한다. 이 모든 경우에 과도한 수집은 일종의 안도감과 친숙감을 제공하는 듯하다.[26]

과도한 수집은 한때 강박장애의 하위 유형으로 분류되었지만 현재는 고유 범주의 장애에 속한다. 과도한 수집이 별도의 뇌 영역을 활성화한다는 증거도 있다. 수집광 및 강박장애 환자가 자신의 우편물 또는 다른 사람의 편지가 파쇄되는 모습을 지켜보는 동안, 연구팀은 이 두 집단의 뇌를 촬영했다.[27] 자신의 우편물을 간직할지 아니면 파쇄할지 결정해야 하는 순간에 수집광은 강박장애 환자보다 더 높은 수준의 불안, 망설임, 슬픔, 후회를 경험했다. 이런 감정은 보통 억제 및 위험 상황 평가와 관련된 전두부의 회로와 관련이 있었다.[28] 또한 뇌 활성화 정도를 바탕으로 수집장애의 중증도 및 소유물 폐기가 예상될 때 경험한 불편함에 대한 자기보고 기반 측정값을 예측할 수 있었다. 그들은 뭔가를 잃을 것이라고 예상하는 순간 말 그대로 아픔을 느꼈다.

관련 부위가 개인 소유물을 과대평가하는 보유 효과 시 활성화되는 뇌 영역과 똑같다는 사실은 그저 우연이 아닐 것이다.[29] 어떤 의미에서 수집광은 확장된 자아의 극단적 형태를 보여주는데, 왜냐하면 물건이 자신의 소유물이 될 때만 이 장애가 나타나기 때문이다. 우리가 소유한 모든 것은 다른 사람의 것이 아닌 '내 것'으로 뇌에 등록된다. 사람들 대부분은 확장된 물질적 정체성을 어렵지 않게 갱신·대체·교체·폐기할 수 있는 반면에 수집광은 자기 상실의 두려움 때문에 이를 놓지 못한다. 그들은 자신의 행동이 신중한 선견지명에 따른 것이라고 합리화하지만, 전체적으로 볼 때 정신적·신체적 건강의 피해 및 대인관계의 비용을 고려하면 이것은 전혀 말이 되지 않는다.

몇몇 소유물은 더 개인적인 성격을 띠며 그래서 더 자신의 일부가 된다. 인간의 자아가 확장된 형태 중 굉장히 명확하고도 흔히 제시할 수 있는 물질적 존재가 바로 집일 것이다. 왜냐하면 우리의 정체성은 우리가 많은 시간을 보내는 장소와 복잡하게 연결되기 때문이다. 특정 대상에 대해 '집처럼homely' 느껴진다고 말할 때, 이는 편안하고 안전하며 안도감이 드는 특성을 의미한다. '집에서 만든homemade' 또는 '집에서 구운homebaking' 같은 표현은 친밀한 누군가의 손길이 연상된다. 우리는 마치 집이 살아 있는 것처럼 집의 마음과 영혼에 대해 이야기하기도 한다. 우리에게 가장 강력한 느낌을 주는 몇몇 물건은 우리의 집과 관련되어 있다. 그래서 우리는 집에 대한 소유권에 대해 강력하게 방어하는 것이다.

소유물을 잃을 위험에 직면했을 때 몇몇 사람들은 자신의 소유라고 여기는 것을 누가 빼앗지 못하도록 극단적인 조치를 취한다. 또는 고의로 소유물을 파괴하기도 한다. 거의 모든 부동산 중개인은 끔찍한 체험담을 가지고 있다.[30] 압류 위험에 직면한 사람들은 집을 더럽히거나 건드리면 터지는 폭탄을 설치하거나 파괴하기까지 한다. 그러나 가장 악의적인 행위는 소유물에 대한 것이 아니라 소유물의 주인인 사람에 대한 공격이다.

전 세계에 걸쳐 가임기 여성의 주된 사망 원인은 현재 또는 이전 배우자 또는 애인이 범하는 살인이다.[31] 대부분 이런 폭력은 별거 또는 누군가를 잃을 수 있다는 걱정 때문에 발생한다. 정신 나간 몇몇 배우자 또는 애인은 (이것은 보통 전과 기록이 없는 남성들이다.) 상실에 직면해 벌이는 궁극적인 자기 파괴 행위로 가족과 소유물을 전부 없앤 후에 스스로 목숨을 끊는다.[32] 왜곡된 자아감과 소유감이 아니라면, 어째서 이런 파괴 행위를 벌이겠는가?

주로 서양 문화권에서 벌어지는 가족 말살의 이면은, 아시아 문화권에서 벌어지는 이른바 '명예' 살인이다. 이는 보통 집안의 명예를 더럽혔다는 이유로 딸이나 아내를 죽이는 범죄 행위다. 명예 살인은 주로 중동이나 남아시아 국가와 연관되지만 실제로는 전 세계에 걸쳐 벌어진다. 비극적인 가족 말살과 명예 살인 두 경우 모두에서 서양에서는 개인으로서, 아시아 문화권에서는 가족으로서 우리가 가지는 자기 정체성의 온전한 상태가 파괴된다. 이런 끔찍한 범죄는 소유에 대한 정상적 태도의 왜곡에 기초한다. 우리는 배우자와 가족이 자신의 확장이라고 자연스럽게 생각한다. 우리는 모두 사랑하는 사람의 죽음을 겪게 되는데, '상실감your loss이 얼마나 크세요'라는 애도의 말은 이런 소유 관계를 잘 드러낸다. 그러나 이런 개인적 관계가 소유권의 궁극적 형태인 '처분권jus abutendi'을, 즉 파괴까지 포함해 자신이 원하는 대로 소유물을 취급할 수 있는 권리를 정당화하지는 않는다.

주인 없는 집에 사는 마음

강이 내려다보이는 전통 가옥에서 사는 것이 평생의 소원이었던 간호사 수세트 켈로Susette Kelo는 1997년 코네티컷 주의 뉴런던New London 노동자 계층 구역인 트럼불 요새Fort Trumbull의 템스Thames 강이 내려다보이는 빅토리아 시대의 낡은 판잣집을 구입해 마침내 목표하던 꿈을 이루었다. 수세트는 이 집을 사랑했으며 집을 수리하는 데 온 힘을 쏟았다. 그는 벤자민무어Benjamin Moore 페인트 회사의 역사적 컬렉션에 있는 '오데사로즈Odessa Rose' 분홍색으로 칠하기로 결정했다. 이것은 마을의 황폐한 구역에 있었지만 어쨌든 그의 집이었다.

그러나 1년도 지나지 않아 그의 세계는 큰 혼란에 빠졌다. 물가의 부동산을 찾는 사람은 수세트뿐만이 아니었다. 이 지역을 재활성화하고 신규 일자리 창출을 위한 투자를 유치하기 위해, 뉴런던 개발공사는 트럼불 요새를 최근에 입주한 다국적 제약회사 화이자Pfizer의 부지에 어울리는 수변 지역으로 재개발할 계획을 세웠다.

이사한 지 7개월이 되었을 때 수세트는 개발공사로부터 그의 집이 약 90채에 달하는 다른 주택과 함께 '수용권'에 따른 강제 수용 명령의 대상에 포함되었다는 통지를 받았다. 모든 주민이 이사를 원했던 것은 아니었다. 몇몇 주민은 그곳에서 몇 세대를 살았다. 수세트의 이웃인 윌헬미나 데리Wilhelmina Dery는 그곳에서 태어났으며 그곳에서 여생을 마치고 싶었다. 돈은 이런 소원에 대한 충분한 보상이 되지 못했다. 뒤이은 소송에서 대표 원고가 된 수세트에게 중요한 것은 돈이 아니라 원칙이었다.

켈로 대 뉴런던의 이 법적 분쟁은 거의 10년간 계속되었고, 마침내 2005년 미국 대법원에서 최종 판결이 내려졌다. 뉴런던 시는 재개발이 빈곤 지역의 경제 성장에 이바지할 공익사업이라고 주장했다. 변변치 않은 집주인들과 막강한 대형 제약회사 사이의, '다윗과 골리앗' 싸움에 대한 분노가 일반 대중 사이에 널리 퍼졌다. 하지만 대법원 판사들은 1표 차이로 뉴런던 시의 손을 들어주었다. 이제 트럼불 요새의 주택들은 강제 수용 후 불도저로 밀어내 화이자가 원하는 새로운 도시 마을로 조성될 운명이었다.

해당 사건의 파장으로 소란이 이어졌고 전국 차원의 논쟁이 벌어졌다. 켈로 판결에 대한 대중의 부정적 반응은 약 80~90퍼센트에 달했는데, 이것은 논란이 되었던 다른 많은 미국 대법원 사건보다도 높은 비율이었다. 다른 입장의 사람들은 더 실용적인 측면으로 접근했다. 〈워싱턴포스트*Washington Post*〉와 〈뉴욕 타임스〉는 이 판결이 상식에 맞고, 더 큰 이익을 위해 행동하는 것이 공익에 부합한다고 환영했다. 자유주의자들은 분노했다. 상당한, 때로는 치명적인 무력을 사용해 사유재산을 방어할 수 있는 권리가 있는 국가에서 이 판결은 상업적 이익을 위해 언제든지 사유재산을 빼앗을 수 있음을 의미했다.

어째서 사람들은 그렇게 분노했는가? 재개발이 지역사회에 가져다줄 경제적 이익이 상당한데도 어째서 수세트와 그의 이웃들은 이사를 그렇게 망설였는가? 재개발이 가져다줄 일자리를 간절히 원하는 사람이 엄청난데도 입장을 굽히지 않은 것은, 그들이 이기적이었기 때문 아닌가? 제러미 벤담의 주장에 따르면 공리주의는 대다수에게 최선의 이익이 되는 결정을 내리도록 강제한다. 많은 찬사를 받은 〈스타 트렉 2: 칸의 분노Star Trek II: The Wrath Of Khan〉(1982)의 죽음 장면에서, 스팍Spock은 다음과 같이 말했다. "다수의 필요가 소수의 필요보다 더 크다."

적절한 보상을 주었는데도 집주인들은 왜 그렇게 불만이 많은가? 켈로 대 뉴런던 시 사건의 배후에 있는 심리적 측면을 살피기 위해 시카고 노스웨스턴Northwestern대학의 두 법률가는 가상의 재산에 대해 얼마나 많은 보상을 제안해야 하는지, 마지막에 누가 토지를 갖게 되는지가 정말로 중요한지를 알아보기 위한 연구를 수행했다.[33] 그들은 온라인 설문조사를 통해 집이 2년 동안 또는 100년 동안 한 가족의 소유였던 경우를 포함해 다양한 수용권 집행 시나리오를 성인들에게 제시했다. 또한 수용한 토지의 이용 계획을 (a)아동 병원, (b) 쇼핑몰, (c)불특정한 몇몇 용도로 다양하게 제시했다. 그리고 독립 감정인이 해당 부동산 가치를 20만 달러로 평가했으며 모두에게 이전 비용이 지급된다고 응답자들에게 이야기했다. 이제 이 성인들은 얼마면 부동산 수용을 받아들일까?

연구 결과 토지의 이용 계획은 사람들의 결정에 중요한 역할을 하지 않았고, 오히려 거주 기간이 가장 중요한 요인이 되었다. 약 20퍼센트는 20만 달러의 제안을 기꺼이 받아들인 반면 80퍼센트는 더 많은 금액을 원했다. 1/3 이상은 10만 달러를 더 원했고 전체의 약 10퍼센트는 어떤 가격으로도 팔기를 거부하겠다고 답했다. 그들은 가족이 100년 동안 그 집에서 살았다면 집을 파는 것이 도덕적으로 옳지 않다고 느꼈다. 그러나 이런 고전적인 태도가 여러 문화권에서 보편적으로 확인되지는 않았다. 1997년에 홍콩 영토의 중국 반환이 이루어짐에 따라 홍콩의 사업가들은 1990년대 동안 밴쿠버의 역사적 건물들을 매입했다. 그러나 그들은 이 역사적 건물들의 기원을 소중히 여기기보다 건물들을 허물어 부지의 대부분을 차지한 이른바 '몬스터 하우스monster house'를 짓기 시작했고, 이에 지역 주민들은 깜짝 놀랐다.[34] 이는 부분적으로 토지 사용을 극대화하기 위한 경제적 결정이었지만 한편으로는 문화적 차이가 반영된 결정이기도 했다. 집을 구매할 때 중국인은 보통 신축 건물을 선호한다. 미국에서 집을 찾는 잠재적 부동산 구매자를 대상으로 한 설문조사에 따르면 중국인은 새집을 선호할 뿐만 아니라 집의 특성과 독특함은 주택 구매 시 별로 중요하지 않은 요인이다. 반면에 서양인은 좀 더 오래되고 매력적인 건물을 먼저 찾는다.[35] 철거된 집에서 수거한 원래 장식품들을 사다가 다시 설치하기 위해 집주인이 야외 중고 매장에서 많은 돈을 지출하는 모습이 동양인의 눈에는 얼마나 이상해 보일까!

뉴런던 이야기를 다시 하자면 시청 공무원들은 그렇게 감상적이지 않았다. 수세트는 결국 집을 팔고 코네티컷의 새로운 지역으로 이사했다. 그는 여전히 씁쓸해하고 집을 도난당했다고 느낀다. 대법원 판결에도 불구하고 그의 이웃이었던 데리는 법원 판결 8개월 후에, 그러나 강제 이주 조치가 집행되기 전인 2006년 3월에 사망하기까지 그의 집에서 여생을 보낼 수 있었다. 윌헬미나는 제1차 세계대전이 끝난 해에 태어난 장소에서 겨우 몇 미터 떨어진 곳에서 사망했다.

켈로의 작은 분홍색 집은 결국 철거용 공을 맞지 않았다. 지역 건축업자인 에브너 그레고리Avner Gregory는 개발업자로부터 이 집을 1달러에 구매해 분해한 후 뉴런던 시내에 다시 조립해 세웠다. 그는 수세트에게 이 집을 임차할 기회를 주었지만 수세트는 이 제안을 거절했다. 그는 과거에 연연하고 싶지 않았다. 아이러니하게도 이 작은 분홍색 집은 오늘날 프랭클린 스트리트Franklin Street 36번지에 있는 코네티컷의 역사적 건물로 등록되어 관광 명소가 되었다.

뉴런던 개발공사가 약속했던 재개발과 부의 유입은 화이자의 이전 결정으로 인해 1,400개의 일자리가 사라지고 개발사업이 실패하면서 수포로 돌아갔다. 뉴런던 시는 불도저로 주택을 밀어내고 개발부지 정비를 위해 7,800만 달러를 지출했지만, 부지는 그곳에 자리를 잡은 야생 고양이들의 서식지를 제외하고는 여전히 텅 비어 있다. 돈이 감상적 애착을 밀어낸 결과다.

땅 페티시

집을 소유하는 것은 단순히 경제적 사태에 그치는 것이 아니라 정체성을 확인하는 심리적 과정이기도 하다. 자연재해로 인해 집이 허물어진 사람들은 임시 숙소에 수용된 후에도 원래 살던 곳으로 다시 돌아가곤 한다. 이탈리아 아펜니노Apennine 산맥에 있는 유서 깊은 지역 아마트리체Amatrice는 2016년에 강력한 지진으로 인해 거의 모든 건물이 붕괴되었다. 대대적인 파괴의 진원지를 촬영한 항공 사진을 보면 중세 건물들의 잔해 한가운데에 단 하나의 현대식 건물이 서 있다. 100년 전에도 아마트리체 근처의 라퀼라L'Aquila 시는 1915년에 발생한 지진으로 약

3만 명이 목숨을 잃었다. 그리고 2009년에 라퀼라에 다시 지진이 발생해 300명이 목숨을 잃었다.

독자는 사람들이 이를 통해 학습했으리라 생각할 수도 있다. 아펜니노는 모든 산맥과 마찬가지로 지구 상부 표면의 지각판이 계속 충돌해 땅덩어리가 휘고 위쪽으로 이탈해 형성되었다. 이 지역은 아프리카 및 유라시아 대륙판의 꼭대기에 있다. 이탈리아에는 강력한 지진과 화산 분화(지질 재해)가 있었고 앞으로도 계속 있을 것이다. 그러나 이탈리아인들은 이사하거나 내진 설계된 현대식 건물로 마을을 재건하지 않는다. 그들은 죽을 고비를 맞이한 그 땅으로 돌아가, 그 땅을 지킨다. 이는 무모해 보이는 일이다.

연간 1,800억 달러 규모의, 이탈리아 관광산업의 주요 부분을 이루는 역사적 건물을 보존하기 위한 금융 혜택도 있다. 하지만 이탈리아인의 마음속 깊은 곳에서 작용하는 소유권의 문제가 굉장히 크다. 지진 피해를 전문으로 하는 이탈리아 구조공학자 마르코 쿠소Marco Cusso는 다음과 같이 지적했다. "우리의 접근법은 안전하지 않은 건물을 철거하는 것이 아닙니다. 우리는 언제나 이것을 고치거나 강화해 보존하려고 노력합니다. 왜냐하면 이것들은 대부분 우리 정체성의 일부이기 때문입니다. 이것이 옳은지 아닌지는 잘 모르겠지만 어쨌든 그렇습니다."[36]

세대에 걸쳐 사람이 특정 지역을 차지하고 살다가 죽으면,

그 사람들의 정체성이 그 지역에 스며들었을 것이라 상상하곤 한다. 그런 땅을 쉽게 넘기거나 파는 것은 그곳의 신성한 가치를 해치는 금기가 될 수 있다. 사람들은 설령 더 비옥하고 자원이 풍부한 대체지를 제안받더라도 기꺼이 조국을 위해 목숨을 바칠 것이다. 이것이 아니라면 많은 외부인에게는 황량한 사막에 불과한 이스라엘의 땅을 둘러싼 오랜 갈등을 어떻게 이해할 수 있겠는가?

심리학자 폴 로진Paul Rozin은 토지 교환에 대한 이스라엘 유대인 대학생들의 태도를 살펴보았다.[37] "이스라엘에 있는 땅 중에서 절대로 거래할 의사가 없는 땅이 있습니까?"라는 질문에 대해 59퍼센트가 '예루살렘'이라고 답했다. 몇몇 주요 역사적 인물의 유골이 묻혀 있는 예루살렘의 이스라엘 국립묘지인 헤르츨 언덕Har Herzl을 거래할 가능성에 대해 이스라엘인의 83퍼센트는 "다른 땅이나 다른 어떤 것과도 결코 바꾸지 않을 것"이라는 데 동의했다.

예루살렘은 고대 세계의 중심이었던 매혹적이고 성스러운 도시다. 어느 방향으로 가든 성지나 고대 유물을 만날 수 있다. 이곳은 또한 소유권, 영토 및 통제권에 대한 갈등과 긴장이 칼날 위에서 끊임없이 균형을 이루고 있는, 지구상에서 가장 격정적인 장소에 속한다. 이 고대 도시는 아르메니아교도, 유대교도, 기독교도, 이슬람교도의 종교 집단이 각각 통제하는 4개 구역으로 나뉘어 있다. 성묘교회Church of the Holy Sepulchre조차도 기독교의 별개 분파가 통제하는 여러 부분으로 나뉘어 있다. 당신이 누구인지에 따라갈 수 있는 곳과 갈 수 없는 곳이 있다.

중동은 장기적인 협력과 공존이 불가능해 보이는 복잡한 갈등의 도가니다. 이곳의 근대 문명은 7,000년 전에 비옥한 초승달 지대Fertile Crescent에서 농업의 발달과 함께 시작되었다. 정착 및 농업과 관련 무역을 통한 부의 축적과 함께 불가피하게 소유권에 대한 분쟁이 발생했다. 그 후로 이 지역에서는 각자 역사적인 근거를 내세우는 파벌 간의 무력 충돌이 계속되었다. 이스라엘과 팔레스타인 간의 상황은 오랜 기간에 걸친 이 격렬한 분쟁의 또 한 사례일 뿐이다. 이스라엘은 제2차 세계대전 후 생존해 있는 유럽의 유대인들을 위해 1948년에 건국되었는데, 이것은 이전에 팔레스타인 아랍인들이 점유했던 영토의 점령을 포함했다. 팔레스타인의 관점에서 이것은 그들의 땅을 훔친 것이었다.

'인티파다intifada'라는 단어는 '흔들다'라는 뜻의 동사에서 파생한 아랍어로 이스라엘의 억압에 맞서는 팔레스타인 봉기를 가리키게 되었다. 1987년에 이스라엘의 서안 지구West Bank와 가자 지구Gaza strip 점령을 흔들기 위한 최초의 팔레스타인 인티파다가 발생했다. 분쟁 지역 대부분은 저질의 토지였지만 이곳의 상징적 가치는 값을 매길 수 없는 것이었다. 2000년의 두 번째 인티파다는 이스라엘 정치인 아리엘 샤론Ariel Sharon이 이슬람 세계에서 가장 성스러운 곳 중 하나인 예루살렘 성전산Temple Mount을 방문하면서 촉발되었다. 유대인인 그가 이슬람교의 이 신성한 장소를 방문한 것은 도발로 여겨져 폭동의 도화선이 되었다. 주목할 점은 예루살렘의 다른 많은 지역과 마찬가지로 성전산은 유대인과 기독교인이 숭배하는 곳이기도 했다는 사실이다. 이 고대 도시의 많은 성지는 다양한 종교적 배경을 바탕으로 한 역사적 사건 및 인물들과 결부되어 있으며 수 세기에 걸친 수없이 많은 침략과 갈등의 과정 속에서 여러 번 주인이 바뀌었다. 그래서 모든 집단이 저마다 정당한 소유권을 주장한다.

중동의 전쟁은 종교 차이에 기초한 것처럼 보이지만 이는 통제권을 둘러싼 것이기도 하다. 그러나 갈등은 종교와 신성한 가치의 이름으로 포장된 채 이뤄지므로, 뿌리 깊은 주인의식이 각 집단의 강력한 동기가 된다. 정체성은 거래 대상이 아니다. 합의를 위한 협상은 분쟁 지역의 신성한 가치를 고려해야 한다. 금전 보상, 대체지 이전 제안은 순진한 생각이다. 왜냐하면 땅과 맺고 있는 정서적 연결을 고려하지 않는 것이기 때문이다. 실제로 이뤄지는 모든 금전적 합의는 값을 매길 수 없는 것에 값을 매기는 신성모독에 가깝다. 그래서 양쪽은 계속 싸울 수밖에 없다.

소유와 행복은 같은 말일까?

우리는 소유의 힘을 통해 우리의 개인적 자아를 세계로 확장하고, 소유물을 통해 우리의 정체성과 지위를 다른 사람에게 알린다. 소유물의 상실이 우리에게 타격을 주는 까닭은 이것의 가치 때문이라기보다는, 이것이 우리의 정체성을 상당한 정도로 대변하기 때문이다. 이 관계는 개인과 문화에 따라 다양하지만 우리는 모두 소유를 통해 어느 정도 자아감을 구성한다. 이것은 더 많이 가지려는 우리의 동기뿐만 아니라 우리가 가진 것을 좀처럼 놓지 못하는 이유도 설명한다. 수그러들 줄 모르는 물질주의와 소비문화의 문제는 말할 것도 없고 영토 분쟁의 문제를 풀기 위해서도 우리는 인간과 인간이 가진 물건 사이의 이 독특한 관계를 이해할 필요가 있다.

우리의 비합리적 행동은 우리가 우리 소유라고 생각하는 것과 우리 자신을 동일시하기 때문에 생긴다. 그러나 여기에는 본질적으로 모순된 측면이 있다. 우리는 우리의 소유물이 우리의 정체성을 대변하기 때문에 이것을 과대평가하고 쉽게 놓지 못하지만, 또 우리는 대다수 소유물에 쉽게 익숙해지기도 한다. 우리는 우리의 정체성을 높이려는 그칠 줄 모르는, 그러나 궁극적으로는 충족되지 않는 열망 속에서 더 많은 것을 손에 넣기 위해 노력한다. 이것은 우리에게 더 큰 성공의 느낌을 선사할지 모르지만, 아이러니하게도 더 많이 축적할수록 만족감은 점점 더 줄어든다.

틀림없이 물질주의적 목표가 만족을 선사하지 않는다는 주장에 동의하지 않을 것이다. 실제로 이 책의 근본적인 경고 메시지가 자신과는 아무 관계가 없다고 생각할 것이다. 많은 사람은 더 많이 가지면 만족할 것이라고 확신하며 그래서 삶의 모든 동기가 이 신념을 토대로 구축되어 있다. 소유는 우리의 도덕, 정치 및 세계관의 핵심 문제만 관련 논쟁을 매듭지을 수 있는 유일한 방법은 데이터를 살펴보는 것이다. 와이어드 집단을 대상으로 한 한두 개 연구의 데이터만이 아니라 물질주의와 행복 사이의 연결 고리를 탐구하면서 발견되는, 최대한 많은 사람을 대상으로 한 최대한 많은 연구의 데이터를 살펴보아야 한다.

이렇게 이용 가능한 모든 연구에 관한 연구를 메타분석meta-analysis이라고 한다. 이는 특정 결과를 발견하는 과정에서 편향될 수 있는 특정 연구, 연구 집단 또는 개별 과학자에 의존하는 대신에 수많은 연구 결과의 평균을 내서 관련 분야에 대해 훨씬 더 균형 잡히고 정확한 평가를 제공하기 때문에 과학 연구의 표준으로 자리 잡고 있다. 그리고 배심원도 있다. 에식스Essex 대학의 헬가 디트마Helga Dittmar 연구팀이 250개 이상의 독립적인 연구에 포함된 750개 이상의 측정값에 대해 수행한 최근의 가장 포괄적인 메타분석에 따르면 "다양한 유형의 개인적 행복과 삶에서 물질주의적 추구를 우선시하는 사람들의 신념 사이에는 명확하고 일관된 부정적 연관성"이 존재한다.[38] 이것은 문화·연령·성별에 상관없이 그렇다. 몇몇 요인은 이 관계를 감소시키긴 하지만 어떤 경우에도 긍정적 관계는 발견되지 않았다.

만약 우리가 현재의 소유에 만족한다면 더 많이 가지려고 애쓸 필요가 없을 것이다. 그러나 추구의 설렘, 지위에 대한 욕구, 손실 예상의 파괴적 효과 등을 종합해 볼 때 소유는 인간의 가장 강력한 충동 중 하나이며 좀처럼 이성에 호응하지 않는다는 것을 알 수 있다. 물론 대다수가 자신은 그 욕망에서 자유롭다고, 예외라고 생각한다. 그래서 우리는 끝내 손에 쥔 것들을 놓지 못한다.

맺음말

죽기 전에 가져야 할 것들

"좋은 집, 새 차, 좋은 가구, 최신 가전제품을 소유한 사람은 우리 사회에서 인격 시험을 통과한 사람으로 다른 사람의 인정을 받는다."

_미하이 칙센트미하이Mihaly Csikszentmihalyi(1982)[1]

많은 사람은 재산을 통해 자신의 가치를 사회에 증명하려 한다. 그에 따르면 우리는 많이 가질수록 더 가치 있는 존재다. 그러나 이 말은 더 많이 소유하려는 개인의 욕구가 사회에 부담이 된다는 단순한 사실 외에도 많은 이유에서 틀렸다. 우리가 단지 축적한 재산만을 소중히 여긴다면, 궁극적으로 우리는 다른 사람에게 피해를 주는 셈이 된다. 더 많이 소유하려는 행동이, 더 많은 불평등을 발생시키기 때문이다. 이는 부도덕할 뿐만 아니라 환경 파괴를 초래하며, 비이성적 정치 행태를 부추긴다. 과학적으로 증명된 것처럼 소유의 끝없는 추구는 결코 충족될 수 없으며, 이로 인해 장기적으로 더 비참한 삶을 살게 되는 사람이 너무 많다. 우리는 더 단순하고 덜 번잡하며 덜 경쟁적인 삶을 살아야 한다. 불행하게도 사람들은 삶을 마칠 때에야 비로소 이 사실을 깨닫는다.

그러나 우리는 소유하지 않고 살 수도 없다. 왜냐하면 이것은 우리의 사회를 묶어주는 토대이기 때문이다. 소유는 동기를 부여한다. 우리는 살면서 우리의 운명을 발전시키려 노력한다. 사람들은 성공을 좋아하고, 이런 노력에 대한 보상인 소유가 사람들을 다그친다. 혁신과 진보는 대부분 경쟁의 결과다. 우리는 경쟁자를 이기기 위해 우리의 역량을 향상하고 성공의 전리품을 기대한다. 세계에서 가장 성공한 모든 사람이 그저 가장 큰 돈더미 위에 앉으려고 맹목적으로 부를 축적하지는 않는다. 2010년 빌 게이츠와 멜린다 게이츠Melinda Gates가 워렌 버핏Warren Buffett과 함께 시작해 지금까지 자신의 부를 기꺼이 기부하려는 187명의 억만장자를 모은 더기빙플레지The Giving Pledge 운동은 인간의 소유 본성을 바꿀 수 없다는 냉소적 견해에 대한 해독제다. 이런 사람들은 부의 상속이 불공정할 뿐만 아니라 개인적 자기 성취와 업적을 향한 자식의 동기를 제거하는 저주가 될 수 있음을 깨달았다.

소유는 개인과 집단 수준에서 인간 진보의 메커니즘을 제공하지만 파괴의 잠재적 씨앗을 품고 있기도 하다. 우리는 마치 무엇에 홀린 것처럼, 마치 외부의 어떤 힘이 우리를 통제하는 것처럼 행동한다. 이 통제력은 우리의 생물학적 특성에 뿌리를 두고 있다. 우리는 지구상의 모든 생명체에 내재하는 경쟁 충동으로부터 소유가 어떻게 생겨났는지를 살펴보았다. 모든 동물이 경쟁한다. 그러나 집단을 이루어 사는 동물의 경우에는 자원을 보호하고 공유하기 위한 전략이 진화했다. 협동과 공유는 다른 동물에서도 발견되지만, 소유는 인간에게만 나타나는 독특한 사회계약이다. 왜냐하면 이를 위해서는 마음 이론, 의도에 대한 상세한 소통, 미래의 예측, 과거의 기억, 호혜성, 관습, 상속, 법률 및 정의의 개념을 이해할 수 있는 뇌가 필요하기 때문이다. 동물도 이런 기술 중 일부를 아주 간단한 형태로 보여주곤 하지만, 소유 개념을 확립하는 데 필요한 모든 요소를 완전한 형태로 가지고 있는 존재는 인간뿐이다.

벤담의 추측처럼 소유는 그저 인간의 개념에 불과할 수 있지만, 이는 안정된 사회의 출현을 가능하게 할 만큼 강력하다. 다른 많은 동물도 집단을 이루어 생활하지만, 유산의 토대가 되는 소유의 원칙은 알지 못한다. 동물 사회에서 위계질서는 세대가 바뀔 때마다 계속 변화하며, 동물들은 지배를 둘러싸고 끊임없이 전투를 벌인다. 인간 사회에서 소유는 제한된 자원의 분배가 한 세대에서 다음 세대로 꽤 연속적으로 이루어지게 만드는 메커니즘을 제공한다. 유목 생활을 하는 수렵·채집인에서 정착한 공동체 생활로 이행해 농업, 기술 및 교육이 번창할 수 있었던 것도 인간 사회의 이런 안정성 덕분이었다. 한마디로 말해 소유 덕분에 인간 문명이 확립될 수 있었다. 그러나 여기에 문제가 있다. 확립된 체제는 변화에 저항하며 그래서 소유가 낳은 불평등이 단단히 자리 잡게 되었다.

2017년 '100달러 경주'라는 동영상이 소셜 미디어에서 5천만 회 이상의 조회 수를 기록하며 급속하게 퍼졌다.[2] 이 동영상은 부와 특권의 상속이 어떻게 삶에 불공정한 혜택을 만들어내는지를 극적으로 보여주었다. 100명의 미국 청소년에게 100달러의 상금이 걸린 경주를 위해 줄을 서라고 했다. 그러나 출발 전에 심판이 몇 가지 조건을 소개했다. 이 조건에 해당하는 사람은 앞으로 두 걸음 전진할 수 있다. 조건에 해당하지 않는 사람은 그냥 제자리에 서 있다. 심판이 경주자들에게 부모가 여전히 결혼한 상태면 앞으로 두 걸음 전진하라고 말했다. 그리고 사교육을 받았으면 앞으로 두 걸음 전진하라고 말했다. 또 돈 걱정을 할 필요가 없으면 앞으로 두 걸음 전진하라고 말했다. 이렇게 약 10회의 지시를 하자 경주가 시작되기도 전에 이미 앞선 사람들은 주로 백인 남성이었고 출발선에 머물러 있는 사람들은 대부분 유색 인종이었다.

최선의 노력을 해도 경주는 이미 시작되기도 전에 사실상 끝난 상태였다. 앞선 사람들에게 주어진 모든 혜택은 적성, 능력, 개인의 선택 또는 결정과는 아무 관계가 없었다. 이것은 대부분 부의 상속과 이것이 제공하는 모든 기회 및 혜택과 관계가 있었다. 이렇게 불리한 조건이 많은 상황에서 특권이 없는 사람들은 어떻게 인격 시험을 통과할 수 있겠는가? 소유가 불공정한 사회를 영속화하는 것은 바로 이 때문이다.

인류 문명이 시작된 이후 소유의 도덕에 대한 고찰과 이에 소요되는 비용에 대한 우려는 계속되어 왔다. 그러나 나는 이 책에서 우리가 소유를 놓지 못하는 이유 중 개인적 차원에 초점을 맞추었다. 소유는 단순히 도덕적 또는 정치적 문제가 아니다. 소유의 심리학은 우리의 내면에서 우리를 부추기는 것이 무엇인지를 드러낸다. 소유물은 우리의 성공을 널리 알리는 수단이다. 다른 동물과 마찬가지로 우리는 다른 사람들에게 신호를 보내 우리의 유전자가 번식할 확률을 높인다. 그러나 우리의 소유물은 가족의 범위 너머에 있는 다른 사람들로부터 인정을 받고자 하는 훨씬 더 깊은 욕구를 충족시킨다. 직계 혈통에 대한 정서적 애착은 동물계에도 있지만, 우리 인간은 독특하게도 사회 전체에서 정서적 자양분을 얻고자 한다. 우리는 낯선 사람도 우리를 알아보기를 원한다. 애덤 스미스가 지적한 것처럼 부자가 재산을 뽐내는 이유는 자신에게 세계의 이목이 쏠리기 때문이다. 그러나 모두가 부자가 될 수는 없으므로 소유는 더 이상 생물학적 명령에 기여하지 않는 왜곡된 경쟁 조건을 낳는다. 소유는 이제 인정을 받으려는 충동이 되었다.

우리의 자존감은 우리가 다른 사람에 비해 우리 자신을 어떻게 평가하는지에 따라 거의 전적으로 정의된다. 앞에서 언급한 것처럼 이런 비교는 삶의 가장 의미 있는 척도인 상대적 지위를 계산하는 우리 뇌의 근본적인 작업 요소다. 개별 뉴런의 전기 활동은 이 뉴런의 이전 활동 및 상호 연결된 이웃 뉴런들의 활동과 관련되어야만 의미가 있다. 이 원칙은 신경세포의 기초적인 감각 처리부터 신경계의 모든 경로를 거쳐 우리와 다른 사람의 비교 및 우리의 정서적 삶에 이르기까지 모든 수준에서 적용된다. 다른 사람이 우리를 칭찬하면 우리는 행복을 느낀다. 다른 사람이 우리를 무시하면 우리는 절망을 느낀다.

이 사회적 비교는 우리가 다른 사람들의 의견을 과대평가하기 때문에 어리석은 것이다. 또한 다른 사람에 관해 판단할 때 우리는 매우 부정확하다. 다른 사람들은 우리가 상상하는 만큼 우리에게 관심이 없을 뿐만 아니라 그들의 의견은 종종 피상적이고 편견의 영향을 받으며 오류로 가득 차 있다. 철학자 아르투어 쇼펜하우어Arthur Schopenhauer가 경고한 것처럼 "누구든지 다른 사람들의 의견에 큰 가치를 부여하는 사람은 그들에게 너무 큰 경의를 표하는 것"이다.[3] 그러나 누가 다른 사람의 의견을 무시할 수 있겠는가?

페이스북과 인스타그램 같은 소셜 미디어의 인기와 영향력은 타인의 인정에 대한 우리의 의존을 증폭시켰다. 사회적 비교는 우리의 성공을 다른 사람과 비교할 때 우리의 무능력감을 부채질한다. 소설가 고어 비달Gore Vidal의 재담처럼 "친구가 성공할 때마다 내가 조금씩 죽는"다. 우리는 다른 사람이 우리보다 더 잘하고 훨씬 더 만족스러운 삶을 사는 것 같은 느낌을 계속 받는다. 우리는 다른 사람의 게시물에 '좋아요'를 눌러 그 가치를 인정한다. 그리고 그들의 의견을 다시 전달한다. 우리는 포모FOMO, 즉 '좋은 기회를 놓칠지 모른다는 두려움fear of missing out'을 느끼면서 사람들이 모두 최고의 파티에 초대되었을 때 자기만 따돌림을 당한다고 생각한다. 우리는 거짓 예언자처럼 우리의 자존감을 정당화해 줄 추종자를 필사적으로 찾는다. 우리는 늘 주위를 살피는 인간 미어캣이다. 그러나 집단을 보호할 목적으로 위협이 있을 만한 것을 살피는 진짜 미어캣과 달리 우리는 타인의 인정을 받으려는 필사적인 노력의 일환으로 사회적 치장에 몰두한다. 그러나 사회적 비교를 통한 쾌락의 쳇바퀴는 결코 멈추지 않는 영구기관perpetual motion machine이다.[4] 우리는 어떤 과찬으로도 만족하지 않는다.

모두가 찬양받고 싶어 하는 세계에서 계층 이동은 정상에 도달할 방법을 제공한다. 그러나 이것은 또한 모두가 승자가 될 수 있다는 비현실적 기대를 낳는다. 이것은 개인주의와 능력주의를 옹호하는 위계적 사회에서 전형적으로 나타난다. 성공한 사람은 자신의 지배적 위치를 고수하기 위해 애쓰지만, 아래에 있는 사람은 위에 있는 사람을 대체하기 위해 끊임없이 발버둥 친다. 경기장을 고르게 해서 모두가 오를 기회를 제공하는 대신 능력주의는 문제를 영속화하는데, 왜냐하면 이것이 사회에서 발생하는 불평등을 정당화하기 때문이다. 우리는 성공한 사람들을 존경하고 그들처럼 되기를 열망하면서, 우리도 노력하면 노동의 결실을 누릴 수 있으리라 생각한다.

그러나 우리는 지구에서 살아가는 우리의 시간을 재평가할 필요가 있다. '쥐 경주rat race'라는 용어는 미로를 달리는 쥐에 대한 심리학 초창기 연구에서 비롯되었는데, 오늘날에는 비물질적 활동의 진가를 깨닫지 못한 채 현대의 근로 관행이 요구하는 대로 무의미하고 쉼 없이 목표를 추구하는 것을 의미한다. 앞에서 설명한 것처럼 편안한 삶을 위한 기본 요건을 충족한 후에는 더 많은 재산을 축적해도 더 행복해지지 않는다. 그저 자신의 성공을 재확인하면서 부를 축적하는 삶이 정당하다는 확신이 강화될 뿐이다. 상속제도를 토대로 우리는 자식이 경쟁에 더 잘 대처할 수 있도록 우리의 부를 자식에게 물려주지만, 우리로 인해 이미 유리한 위치에 오른 자식은 과연 어떤 자기 성취를 이룰 수 있겠는가?

재산은 우리가 기대하는 수준의 행복을 가져다주지 못한다. 따라서 우리는 행복의 문제 전체를 재고할 필요가 있다. 근대에 들어와 행복은 우리가 기대하는 기본 인권의 하나가 되었다. 미국 독립선언서에는 '행복의 추구'가 명시되어 있으며, 소유 문화를 지탱하는 개인주의는 우리의 행복이 우리의 책임이라고 말한다. 우리가 불행하면 그것은 우리 탓이며 따라서 우리가 뭔가를 해야 한다. 이 책을 처음 시작했을 때부터 언급했고, 이 책 전체에 걸쳐 여러 번 반복했듯, 우리는 소유가 행복으로 가는 길이라고 생각한다. 그래서 불행하다고 느낄 때는 '금융 치료'가 필요하다. 물론 소유가 쾌락의 순간을 제공할 수도 있지만 이런 순간은 이내 가라앉는다. 그 때문에 소유는 영원한 행복을 제공할 수 없다. 그리고 설령 제공하더라도 이런 상태는 매우 독특하고 부자연스러울 것이다. 우리는 모두 경험에 금방 익숙해지기에, 일상생활의 높고 낮음이 있어야 비로소 좋은 시절과 힘든 시절을 인식할 수 있다. 만약 모든 것이 같은 수준에 머물러 있다면 결국에는 아무것도 지각하지 못할 것이다.

우리가 계속 행복해야 한다는 가정에도 본질적인 오류가 있다. 오늘날의 마케팅과 자기 계발 산업은 우리가 행복하지 않은 것이 우리 탓이라고 느끼게 만든다. 이에 우리는 자꾸만 더 실망하고 구매를 통해 기분을 전환할 거리를 찾는다. 그러나 과거에는 토마스 홉스의 유명한 관찰처럼 "불결하고 볼품없고 구차한" 삶을 살 때도 불행은 삶의 정상적인 상태로 분류되었다. 실제로 청교도 같은 몇몇 종교 집단은 "지금 우는 자는 복이 있나니 너희가 웃을 것임이요"라는 예수의 말씀을 말 그대로 행복한 내세를 보장하기 위해 지상에서 침울한 삶을 살라는 명령으로 받아들였다. 그래서 그들은 행복을 가져올 수 있는 세속적인 쾌락을 적극적으로 억제했다. 이런 극단적인 청교도적 견해는 적절하지 않지만, 우리가 항상 행복해야 한다는 현대의 이상도 똑같이 터무니없다. 이런 기대는 우리에게 완벽을 추구하게 만들고, 끊임없이 무력감에 시달리게 한다.

무한경쟁에서 성공을 위해 노력하면, 가시적인 보상이 뒤따르므로 마치 이것이 해답처럼 보일지 모른다. 이런 보상이 다른 사람의 관심과 열망을 자극할 수도 있겠지만 이것은 또한 부정적인 감정도 불러일으킨다. 우리가 자신을 다른 사람과 비교할 때 시기심이 고개를 쳐든다. 그리고 이런 시기심의 초점은 무엇보다도 사람들이 과시하는 물질적 소유다. 그리고 사람들은 때때로 이런 과시에 반발하곤 한다. 기물 파손은 종종 재산이 많은 사람에 대한 시기심으로 인해 발생한다. 부정적 감정은 우리가 다른 사람처럼 되고 싶어 하는 선의의 모방부터 경쟁자가 무너지는 것을 보고 싶어 하는 악의적인 파괴까지 다양한 형태가 있다. 그러나 양성 종양과 악성 종양처럼, 아예 둘 다 없는 편이 아마 가장 나을 것이다.[5]

이런 비현실적 기대 외에 우리가 제대로 된 평가를 받지 못하고 있다는 신념도 우리의 진정한 만족을 어렵게 만든다. 교통 사고 또는 중병 같은 생명을 위협하는 사건 때문에 정신이 번쩍 든 경우가 아니라면 '나는 내가 응분의 대우를 받고 있다고 생각한다' 또는 '나는 매우 운이 좋다'라고 말하는 사람은 매우 드물다. 오히려 우리는 우리의 성공이 당연하다고 여기면서 우리가 갈구하는 타인의 인정을 받기 위해 다음 목표를 향해 나아간다. 때로는 감사하는 마음이 들 때도 있지만, 이것은 우리의 끊임없는 비교 때문에 금세 잊히고 만다. 중요한 것은 어떻게 더 많이 가질 것인가가 아니라 이미 가진 것으로 어떻게 만족할 것인가다. 사색·명상·마음챙김 또는 단순한 성찰로도 행복의 일시 정지가 가능하다. 경쟁적 충동이 다시 우리를 휘어잡기 전에 이 순간을 음미하는 것이 중요하다.

우리에게 필요한 것은 더 많은 물건이 아니라 이미 가진 것의 진가를 깨닫는 시간이다. 기술의 도움으로 우리가 궁극적으로 벗어나야 하는 것은 수그러들지 않는 물질적 소비문화의 굴레다. 그러나 우리가 대비해야 할 미래의 위험이 있을 수 있다. 노스웨스턴대학 켈로그Kellogg 경영대학원 혁신 교수 로버트 월콧Robert Wolcott의 지적처럼, 역사를 통틀어 사람들 대부분은 노동을 해야만 했기 때문에 노동을 했다.[6] 그러나 산업혁명 이래로 그리고 더 최근에는 정보화시대를 맞이해 기술과 인공지능이 작업 환경을 변모시킴에 따라 일자리가 빠르게 사라지고 있다. 오늘날 미국 노동력의 약 10퍼센트는 운송업에 종사하고 있다.[7] 한 세대 이내에 자동화로 인해 이 직업이 더 이상 쓸모없게 될 확률이 높은데, 이것은 산업화된 사회에서 대규모 농업 노동자 집단이 더 이상 존재하지 않는 것과 마찬가지다.

과학의 발전과 함께 기술혁신으로 인한 실업이 발생할 수 있다. 미래에 우리 모두의 일이 적어진다면 우리의 시간을 어떻게 이용할 것인가? 내가 MIT의 사회학자 셰리 터클Sherry

Turkle에게 이 질문을 던지자 그는 기술혁신으로 인한 실업이 신화라고 답했다. 그에 따르면 우리가 일할 필요가 없게 만드는 기계를 제작해도 우리는 여전히 늙고 허약해지며, 인간의 접촉과 지원이 필요해지기 때문이다. 로봇공학과 인공지능의 혁신이 아무리 계속되어도 우리는 결코 실제 인간을 대체할 인조인간을 만들지는 않을 것이다. 설령 인간과 구별되지 않는 복제인간을 생산할 수 있더라도 우리는 이것이 진짜인지를 늘 확인하려 할 것이다. 핵심 자질을 갖춘 진짜 인간만이 다른 사람들과 연결되려는 우리의 기본적인 정서적 욕구를 충족시킬 것이다.

그러나 기술이 궁극적으로 우리 모두에게 제공할 것은 더 많은 시간이다. 이 시간이야말로 우리 모두가 가진 가장 소중한 것이라고 할 때, 소유를 좇으면서 시간을 허비하는 대신에 시간을 현명하게 사용하는 것은 우리에게 주어진 의무이기도 하다. 기술의 발전과 기대수명의 증가로 인해 우리는 더 많은 시간을 서로를 돌보는 데 그리고 희망컨대 우리가 공유하는 지구를 돌보는 데 쓰게 될 것이다. 우리는 개인적 소유욕 추구를 멈추어야 한다. 왜냐하면 이것은 우리를 분열시키고 필요 이상으로 최대한 많이 가지려는 어리석은 충동 속에서 서로 대립하게 만들기 때문이다. 소유가 우리의 본성의 일부일지 모르지만, 우리에게 최선의 이익을 선사하는 것은 아니다. 우리는 이 소유의 망령을 몰아내야 한다.

참고 자료

머리말 | 얼마나 흥청거릴 수 있을까?

1 Gilbert, D. T. and Wilson, Timothy D.(2000), 'Miswanting: some problems in the forecasting of future affective states'. In J. P. Forgas, ed., *Thinking and Feeling: The Role of Affect in Social Cognition*. Cambridge: Cambridge University Press.

2 'Terrified grandad feared he would die while clinging to van as thief drove off', http://www.barrheadnews.com/news/trendingacrossscotland/14717683.Terrified_grandad_feared_he_would_die_while_clinging_to_van_as_thief_drove_off/

3 'Mother clung to her car bonnet for 100 yards before being flung off into a lamppost as thief drove off with it', http://www.dailymail.co.uk/news/article-2549471/Mother-clung-car-bonnet-100-yards-flug-lamppost-thief-drove-it.html.

4 Stephenson, J., et al.(2013), 'Population, development and climate change: links and effects on human health', *The Lancet*, published online 11 July 2013.

5 http://www.worldwatch.org/sow11

6 https://yougov.co.uk/topics/politics/articles-reports/2016/01/08/fsafasf Only 11% of respondents in this 2016 poll thought the world was getting better, compared to 58% who thought it was getting worse.

7 스티븐 핑커Pinker, S.(2018), 《지금 다시 계몽*Enlightenment Now*》. London: Allen Lane.

1장 | 내 것은 진짜 내 것이 맞는가

1 *Finders Keepers*(2015), directed by Bryan Carberry and Clay Tweel. Firefly

Theater and Films.

2 Van de Vondervoort, J. W. and Friedman, O.(2015), 'Parallels in preschoolers' and adults' judgments about ownership rights and bodily rights', *Cognitive Science*, 39, p184~198.

3 Bland, B.(2008), 'Singapore legalises compensation payments to kidney donors', *British Medical Journal*, 337: a2456, doi:10.1136/bmj.a2456.

4 Sax, J. L.(1999), *Playing Darts with a Rembrandt: Public and Private Rights in Cultural Treasures*. Ann Arbor, MI: University of Michigan Press.

5 Howley, K.(2007), 'Who owns your body parts? Everyone's making money in the market for body tissue except the donors', http://reason.com/archives/2007/02/07/who-owns-your-body-parts/print.

6 DeScioli, P. and Karpoff, R.(2015), 'People's judgments about classic property law cases', *Human Nature*, 26, p184~209.

7 토마스 홉스Hobbes, T.(1651/2008), 《리바이어던*Leviathan*》. Oxford: Oxford University Press.

8 존 로크Locke, J.(1698/2010), *Two Treatises of Government*. Clark, NJ: The Lawbook Exchange.

9 Taken from transcripts for the Poomaksin case study, supra note 6. Knut-sum-atak circle discussion no. 2(3 December 2003), Oldman River Cultural Centre, Brocket, Alberta. Cited in Noble, B.(2008), 'Owning as belonging/owning as property: the crisis of power and respect in First Nations heritage transactions with Canada'. In C. Belland V. Napoleon, eds., *First Nations Cultural Heritage and Law, vol. 1: Case Studies, Voices, Perspectives*. Vancouver: University of British Columbia Press, p465~488.

10 http://www.hedgehogcentral.com/illegal.shtml

11 Buettinger, C.(2005), 'Did slaves have free will? Luke, a Slave, v. Florida and crime at the command of the master', *The Florida Historical Quarterly*, 83, p241~257.

12 Morris, T. D.(1996), *Southern Slavery and the Law 1619–1860*. Chapel Hill, NC: North Carolina University Press.

13 http://www.ilo.org/global/topics/forced-labour/lang--en/index.htm

14 Global Slavery Index, https://www.globalslaveryindex.org/findings/.

15 https://www.theguardian.com/technology/2017/jun/18/foxconn-life-death-forbidden-city-longhua-suicide-apple-iphone-brian-merchant-one-device-extract .

16 'Global Estimates of Modern Slavery: Forced Labour and Forced Marriage', International Labour Office(ILO), Geneva, 2017.

17 스테파니 쿤츠Coontz, S.(2006), 《진화하는 결혼*Marriage, a History: How Love Conquered Marriage*》,

London: Penguin.

18 http://wbl.worldbank.org/

19 Zajonc, R. B.(1968), 'Attitudinal effects of mere exposure', *Journal of Personality and Social Psychology*, 9, p1~27.

20 Marriage and Divorce Statistics: Statistics explained, http://ec.europa.eu/eurostat/statisticsexplained/ .

21 Foreman, A.(2014), 'The heartbreaking history of divorce', *Smithsonian Magazine*, https://www.smithsonianmag.com/history/heartbreaking-history-of-divorce-180949439/ .

22 Jenkins, S. P.(2008), 'Marital splits and income changes over the longer term', Institute for Social and Economic Research, https://www.iser.essex.ac.uk/files/iser_working_papers/2008-07.pdf.

23 https://www.gov.uk/government/publications/the-royal-liverpool-childrens-inquiry-report.

24 'Are our children now owned by the state?' Nigel Farage discusses why Alfie's life matters on *The Ingraham Angle*, http://video.foxnews.com/v/5777069250001/?#sp=show-clips .

25 Health Care Corporation of America v. Pittas, http://caselaw.findlaw.com/pa-superior-court/1607095.html.

26 '24,771 dowry deaths reported in last 3 years', *Indian Express*, http://indianexpress.com/article/india/india-others/24771-dowry-deaths-reported-in-last-3-years-govt/, retrieved 21 December 2016.

27 Stubborn Son Law Act of the General Court of Massachusetts in 1646: 'If a man have a stubborn or rebellious son, of sufficient years and understanding, viz. sixteen years of age, which will not obey the voice of his Father or the voice of his Mother, and that when they have chastened him will not hearken unto them: then shall his Father and Mother being his natural parents, lay hold on him, and bring him to the Magistrates assembled in Court and testify unto them, that their son is stubborn and rebellious and will not obey their voice and chastisement... such a son shall be put to death.' States that followed were Connecticut(1650), Rhode Island(1668) and New Hampshire(1679).

28 Norenzayan, A., et al.(2016), 'The cultural evolution of prosocial religions', *Behavioral and Brain Sciences*, 39, E1, doi:10.1017/S0140525X14001356.

29 Pape, R. A.(2003), 'The strategic logic of suicide terrorism', *American Political Science Review*, 97, p343~361.

30 http://www.oxfordtoday.ox.ac.uk/interviews/trump-no-hitler-%E2%80%93he%E2%80%99s-mussolini-says-oxford-historian

31 https://www.bbc.co.uk/news/world-europe-36130006

32 Stenner, K. and Haidt, J.(2018), 'Authoritarianism is not a momentary madness'. In C. R. Sunstein, ed., *Can It Happen Here?* New York: HarperCollins.

33 Hetherington, M. and Suhay, E.(2011), 'Authoritarianism, threat, and Americans' support for the war on terror', *American Journal of Political Science*, 55, p546~560.

34 테오도르 W. 아도르노Adorno, T. W., et al.(1950), *The Authoritarian Personality*. New York: Harper & Row.

35 Kakkara, H. and Sivanathana, N.(2017), 'When the appeal of a dominant leader is greater than a prestige leader', *Proceedings of the National Academy of Sciences*, 114, p6734~6739.

36 Inglehart, R. F.(2018), *Cultural Evolution: People's Motivations Are Changing, and Reshaping the World*. Cambridge: Cambridge University Press.

37 Stenner, K. and Haidt, J.(2018), 'Authoritarianism is not a momentary madness'. In C. R. Sunstein, ed., *Can It Happen Here*? New York: HarperCollins.

38 https://yougov.co.uk/topics/politics/articles-reports/2012/02/07/britains-nostalgic-pessimism

39 https://yougov.co.uk/topics/politics/articles-reports/2016/01/08/fsafasf

40 Inglehart, R. F. and Norris, P.(2016), 'Trump, Brexit, and the rise of Populism: Economic have-nots and cultural backlash(July 29, 2016)'. Harvard Kennedy School Working Paper No. RWP16-026, https://ssrn.com/abstract=2818659

41 같은 책.

42 Olson, K. R. and Shaw, A.(2011), ' "No fair, copycat!" What children's response to plagiarism tells us about their understanding of ideas', *Developmental Science*, 14, p431~439.

43 Vivian, L., Shaw, A. and Olson, K. R.(2013), 'Ideas versus labor: what do children value in artistic creation?' *Cognition*, 127, p38~45.

44 Shaw, A., Vivian, L. and Olson, K. R.(2012), 'Children apply principles of physical ownership to ideas', *Cognitive Science*, 36, p1383~1403.

45 https://www.forbes.com/sites/oliverchiang/2010/11/13/meet-the-man-who-just-made-a-cool-half-million-from-the-sale-of-virtual-property/#5cc281621cd3 .

46 Kramer, A. D. I., Guillory, J. E. and Hancock, J. T.(2014), 'Experimental evidence of massive scale emotional contagion through social networks', *Proceedings of the National Academy of Sciences*, 111, p8788~8790.

47 https://www.inc.com/melanie-curtin/was-your-facebook-data-stolen-by-cambridge-analytica-heres-how-to-tell.html

48 Packard, V.(1957), *The Hidden Persuaders*. New York: Pocket Books.

49 Lilienfeld, S. O., et al.(2010), *50 Great Myths of Popular Psychology*. Oxford:

Wiley-Blackwell.

50 Bentham, Jeremy(1838– 1843),*The Works of Jeremy Bentham, published under the Superintendence of his Executor, John Bowring*. Edinburgh: William Tait, 11 vols. Vol. 1, http://oll.libertyfund.org/titles/2009.

51 Pierce, J. L., Kostova, T. and Dirks, K. T.(2003), 'The state of psychological ownership: integrating and extending a century of research',*Review of General Psychology*, 7, p84~107.

2장 | 점유로는 모자란 소유

1 Triplett, N.(1898), 'The dynamogenic factors in pacemaking and competition', *American Journal of Psychology*, 9, p507~533.

2 Clark, A. E. and Oswald, A. J.(1996), 'Satisfaction and comparison income', *Journal of Public Economics*, 61, p359~381.

3 Smith, D.(2015), 'Most people have no idea whether they are paid fairly', *Harvard Business Review*, December issue, https://hbr.org/2015/10/most-people-have-no-idea-whether-theyre-paid-fairly.

4 Mencken, H. L.(1949/1978), 'Masculum et Feminam Creavit Eos', in *A Mencken chrestomathy*. New York: Knopf. pp. p619~620.

5 Neumark, D. and Postlewaite, A.(1998), 'Relative income concerns and the rise in married women's employment', *Journal of Public Economics*, 70, p157~183.

6 Hofmann, H. A. and Schildberger, K.(2001), 'Assessment of strength and willingness to fight during aggressive encounters in crickets', *Animal Behaviour*, 62, p337~348.

7 Davies, N. B.(1978), 'Territorial defence in the speckled wood butterfly(*Pararge aegeria*): the resident always wins', *Animal Behaviour*, 26, p138~147.

8 Lueck, D.(1995), 'The rule of first possession and the design of the law', *Journal of Law and Economics*, 38, p393~436.

9 Harmand, S., et al.(2015), '3. 3-million-year-old stone tools from Lomekwi 3, West Turkana, Kenya', *Nature*, 521, p310~315.

10 Mann, J. and Patterson, E. M.(2013), 'Tool use by aquatic animals', *Philosophical Transactions of the Royal Society B: Biological Sciences*, 368(1630), https://doi.org/10.1098/rstb.2012.0424.

11 https://anthropology.net/2007/06/04/82000-year-old-jewellery-found/.

12 Brosnan, S. F. and Beran, M. J.(2009), 'Trading behavior between conspecifics in chimpanzees, *Pan troglodytes* ', *Journal of Comparative Psychology*, 123, p181~194.

13 Kanngiesser, P., et al.(2011), 'The limits of endowment effects in great apes(*Pan paniscus, Pan troglodytes, Gorilla gorilla, Pongo pygmaeus*)', *Journal of Comparative Psychology*, 125, p436~445.

14 Radovcˇic´, D., et al.(2015), 'Evidence for Neandertal jewelry: modified white-tailed eagle claws at Krapina', *PLoS ONE*, 10(3), e0119802, doi:10.1371/journal.

15 Lewis-Williams, D.(2004), *Mind in the Cave: Consciousness and the Origins of Art*. London: Thames & Hudson.

16 Gomes, C. M. and Boesch, C.(2009), 'Wild chimpanzees exchange meat for sex on a long-term basis', *PLoS ONE*, 4(4), e5116, doi:10.1371/journal.pone.0005116.

17 HSBC Report(2013), 'The Future of Retirement: Life after Work', https://investments.hsbc.co.uk/myplan/files/resources/130/future-of-retirement-global-report.pdf.

18 https://www.pru.co.uk/press-centre/inheritance-plans/.

19 https://www.legalandgeneral.com/retirement/retirement-news/2018/bank-of-mum-and-dad-report-2018.pdf.

20 Trivers, R. L. and Willard, D. E.(1973), 'Natural selection of parental ability to vary the sex ratio of offspring', *Science*, 179, p90~92.

21 Smith, M. S., Kish, B. J. and Crawford, C. B.(1987), 'Inheritance of wealth as human kin investment', *Ethological Sociobiology*, 8, p171~182.

22 Song. S.(2018), 'Spending patterns of Chinese parents on children's backpacks support the Trivers–Willard hypothesis', *Evolution & Human Behavior*, 39, p339~342.

23 Judge, D. S. and Hrdy, S. B.(1992), 'Allocation of accumulated resources among close kin: inheritance in Sacramento, California, 1890–1984', *Ethological Sociobiology*, 13, p495~522.

24 http://www.bloomberg.com/news/articles/2013-07-02/cheating-wives-narrowed-infidelity-gap-over-two-decades.

25 Walker, R. S., Flynn, M. V. and Hill, K. R.(2010), 'Evolutionary history of partible paternity in lowland South America', *Proceedings of the National Academy of Sciences*, 107, 19195-200.

26 Michalski, R. L. and Shackelford, T. K.(2005), 'Grandparental investment as a function of relational uncertainty and emotional closeness with parents', *Human Nature*, 16, p293~305.

27 Gray, P. B. and Brogdon, E.(2017), 'Do step-and biological grandparents show differences in investment and emotional closeness with theirgrandchildren?' *Evolutionary Psychology*, 15, p1~9.

28 Gaulin, S. J. C., McBurney, D. H. and Brakeman-Wartell, S. L.(1997), 'Matrilateral

biases in the investment of aunts and uncles: a consequence and measure of paternity uncertainty', *Human Nature*, 8, p139~151.

29 Rousseau, J. J.(1754/1984) *A Discourse on Inequality*. Harmondsworth: Penguin.

30 Strassmann, J. E. and Queller, D. C.(2014), 'Privatization and property in biology', *Animal Behaviour*, 92, p305~311.

31 Riedl, K., Jensen, K., Call, J. and Tomasello, M.(2012), 'No third-party punishment in chimpanzees', *Proceedings of the National Academy of Sciences*, 109, 14824–9.

32 Rossano, F., Rakoczy, H. and Tomasello, M.(2011), 'Young children's understanding of violations of property rights', *Cognition*, 121, p219~227.

33 Slaughter, V.(2015), 'Theory of mind in infants and young children: a review', *Australian Psychologist*, 50, p169~172.

34 Guala, F.(2012), 'Reciprocity: weak or strong? What punishment experiments do(and do not) demonstrate', *Behavioral and Brain Sciences*, 35, p1~15.

35 Lewis, H. M., et al.(2014), 'High mobility explains demand sharing and enforced cooperation in egalitarian hunter-gatherers', *Nature Communications*, 5, 5789.

36 https://www.youtube.com/watch?v=UGttmR2DTY8.

37 Tilley, N., et al.(2015), 'Do burglar alarms increase burglary risk? A counter-intuitive finding and possible explanations', *Crime Prevention and Community Safety*, 17, p1~19.

38 Fischer, P., et al.(2011), 'The bystander-effect: a meta-analytic review on bystander intervention in dangerous and non-dangerous emergencies', *Psychological Bulletin*, 137, p517~537.

39 Hardin, G.(1968), 'The tragedy of the commons', *Science*, 162, 1243~1248.

40 Lloyd, W. F.(1833/1968), *Two Lectures on the Checks to Population*. New York: Augustus M. Kelley.

41 Crowther, T. W., et al.(2015), 'Mapping tree density at a global scale', *Nature*, 525, p201~205.

42 Gowdy, J.(2011), 'Hunter- gatherers and the mythology of the market', https://libcom.org/history/hunter-gatherers-mythology-market-johngowdy.

43 Sahlins, M.(1972), *Stone Age Economics*. Chicago: Aldine Publishing.

44 http://www.rewild.com/in-depth/leisure.html.

3장 | 갖겠다는 권한, 뺏겠다는 욕망

1 http://www.usatoday.com/story/news/nation-now/2015/10/01/banksy-mural-

detroit-michigan-auction/73135144/ .

2 https://www.corby.gov.uk/home/environmental-services/street-scene/enviro-crime/graffiti.

3 http://www.bristolpost.co.uk/banksy-s-bristol-exhibition-brought-163-15-million-city/story-11271699-detail/story.html .

4 http://news.bbc.co.uk/1/hi/uk/6575345.stm.

5 http://www.tate.org.uk/art/artworks/duchamp-fountain-t07573/text-summary.

6 Naumann, Francis M.(2003), 'Marcel Duchamp: money is no object. The art of defying the art market', *Art in America*, April.

7 Furby, L.(1980), 'The origins and early development of possessive behavior', *Political Psychology*, 2, p30~42.

8 White, R. W.(1959), 'Motivation reconsidered: the concept of competence', *Psychological Review*, 66, p297~333.

9 Fernald, A. and O'Neill, D. K.(1993), 'Peekaboo across cultures: how mothers and infants play with voices, faces and expressions'. In K. McDonald, ed., *Parent–Child Play: Descriptions and Implications*. Albany, NY: State University of New York Press.

10 Seligman, M. E. P.(1975), *Helplessness*. San Francisco: Freeman.

11 Goldstein, K.(1908), 'Zur lehre von de motorischen', *Journal fur Psychologie und Neurologie*, 11, p169~187.

12 Finkelstein, N. W., et al.(1978), 'Social behavior of infants and toddlers in a day-care environment', *Developmental Psychology*, 14, p257~262.

13 같은 책.

14 Hay, D. F. and Ross, H. S.(1982), 'The social nature of early conflict', *Child Development*, 53, p105~113.

15 Dunn, J. and Munn, P.(1985), 'Becoming a family member: family conflict and the development of social understanding in the second year', *Child Development*, 56, p480~92.

16 Mueller, E. and Brenner, J.(1977), 'The origins of social skills and interaction among playgroup toddlers', *Child Development*, 48, p854~861.

17 Krebs, K.(1975), 'Children and their pecking order', *New Society*, 17, p127~128.

18 Vandell, D.(1976), 'Boy toddlers' social interaction with mothers, fathers, and peers'. Unpublished doctoral dissertation, Boston University.

19 Hay, D. F. and Ross, H. S.(1982), 'The social nature of early conflict', *Child Development*, 53, p105~113.

20 Burford, H. C., et al.(1996), 'Gender differences in preschoolers' sharing behavior', *Journal of Social Behavior and Personality*, 11, p17~25.

21 Whitehouse, A. J. O., et al.(2012), 'Sex-specific associations between umbilical cord blood testosterone levels and language delay in early childhood', *Journal of Child Psychology and Psychiatry*, 53, p726~734.

22 In 1994, Andrew De Vries, 28, from Aberdeen, was shot after he knocked on the back door of a house in Dallas, Texas, apparently seeking a taxi for himself and a Scottish colleague. The owner fired through the door. https://www.nytimes.com/1994/01/08/us/homeowner-shoots-tourist-by-mistake-in-texas-police-say.html .

23 https://www.inverse.com/article/18683-pokemon-go-not-license-trespass-get-off-my-lawn.

24 https://www.nps.gov/yell/planyourvisit/rules.htm.

25 Blake, P. R. and Harris, P. L.(2011), 'Early representations of ownership'. In H. Ross & O. Friedman, eds., *Origins of Ownership of Property.* New Directions for Child and Adolescent Development, 132. San Francisco:Jossey-Bass,pp. p39~51.

26 Friedman, O. and Neary, K. R.(2008), 'Determining who owns what: do children infer ownership from first possession?' *Cognition*, 107, p829~849.

27 Hay, D. F.(2006), 'Yours and mine: toddlers' talk about possessions with familiar peers', *British Journal of Developmental Psychology*, 24, p39~52.

28 Nelson, K.(1976), 'Some attributes of adjectives used by young children', *Cognition*, 4, p13~30.

29 Rodgon, M. M. and Rashman, S. E.(1976), 'Expression of owner-owned relationships among holophrastic 14-and 32-month-old children', *Child Development*, 47, p1219~1222.

30 Friedman, O., et al.(2011), 'Ownership and object history'. In H. Ross & O. Friedman, eds., *Origins of Ownership of Property.* New Directions for Child and Adolescent Development, 132. San Francisco: Jossey-Bass, pp. p79~89.

31 Preissler, M. A. and Bloom, P.(2008), 'Two- year-olds use artist intention to understand drawings', *Cognition*, 106, p512~518.

32 Kanngiesser, P., Gjersoe, N. L and Hood, B.(2010), 'The effect of creative labor on property-ownership transfer by preschool children and adults', *Psychological Science*, 21, p1236~1241.

33 Kanngiesser, P., Itakura, S. and Hood, B.(2014), 'The effect of labour across cultures: developmental evidence from Japan and the UK', *British Journal of Developmental Psychology*, 32, p320~329.

34 Kanngiesser, P. and Hood, B.(2014), 'Not by labor alone: considerations for value influences use of the labor rule in ownership judgments',*Cognitive Science*, 38, p353~366.

35 https://www.bloomberg.com/view/articles/2014-11-14/why-pay-15-millionfor-a-white-canvas.

36 https://www.telegraph.co.uk/news/worldnews/northamerica/usa/7835931/Florida-heiress-leaves-3m-and-Miami-mansion-to-chihuahua.html.

37 Noles, N. S., et al.(2012), 'Children's and adults' intuitions about who can own things', *Journal of Cognition and Culture*, 12, p265~286.

38 같은 책.

39 Martin, C. L. and Ruble, D.(2004), 'Children's search for gender cues: cognitive perspectives on gender development', *Current Directions in Psychological Science*, 13, p67~70.

40 Kahlenberg, S. M. and Wrangham, R. W.(2010), 'Sex differences in chimpanzees' use of sticks as play objects resemble those of children', *Current Biology*, 20, p1067~1068.

41 Miller, C. F., et al.(2013), 'Bringing the cognitive and social together: how gender detectives and gender enforcers shape children's gender development'. In M. R. Banaji and S. A. Gelman, eds., *Navigating the Social World: What Infants, Children, and Other Species Can Teach Us*. New York: Oxford University Press.

42 Malcolm, S., Defeyter, M. A. and Friedman, O.(2014), 'Children and adults use gender and age stereotypes in ownership judgments', *Journal of Cognition and Development*, 15, p123~135.

43 Winnicott, D. W.(1953), 'Transitional objects and transitional phenomena', *International Journal of Psychoanalysis*, 34, p89~97.

44 Lehman, E. B., Arnold, B. E. and Reeves, S. L.(1995), 'Attachment to blankets, teddy bears and other non-social objects: a child's perspective', *Journal of Genetic Psychology: Research and Theory on Human Development*, 156, p443~459.

45 Hong, K. M. and Townes, B. D.(1976), 'Infants' attachment to inanimate objects. A cross-cultural study', *Journal of the American Academy of Child Psychiatry*, 15, p49~61.

46 Passman, R. H.(1987), 'Attachments to inanimate objects: are children who have security blankets insecure?' *Journal of Consulting and Clinical Psychology*, 55, p825~830.

47 Hood, B. M. and Bloom, P.(2008), 'Children prefer certain individuals to perfect duplicates', *Cognition*, 106, p455~462.

48 Fortuna, K., et al.(2014), 'Attachment to inanimate objects and early childcare: a twin study', *Frontiers in Psychology*, 5, p486.

49 Gjersoe, N. L, Hall, E. L. and Hood, B.(2015), 'Children attribute mental lives to toys only when they are emotionally attached to them', *Cognitive Development*, 34,

p28~38.

50 Hood, B., et al.(2010), 'Implicit voodoo: electrodermal activity reveals a susceptibility to sympathetic magic', *Journal of Culture & Cognition*, 10, p391~399.

51 Harlow, H. F., Dodsworth, R. O. and Harlow, M. K.(1965), 'Total social isolation in monkeys', *Proceedings of the National Academy of Sciences*, 54, p90~97.

4장 | 불의와 불평등에도 불구하고

1 Shorrocks, A., Davies, J. and Lluberas, R.(2015), 'Credit Suisse Global Wealth Report', Credit Suisse.

2 Mishel, L. and Sabadish, N.(2013), 'CEO Pay in 2012 was Extraordinarily High Relative to Typical Workers and Other High Earners',Economic Policy Institute.

3 Norton, M. I. and Ariely, D.(2011), 'Building a better America–one wealth quintile at a time', *Perspectives on Psychological Science*, 6, p1~9.

4 Bechtel, M. M., Liesch, R. and Scheve, K. F.(2018), 'Inequality and redistribution behavior in a give-or-take game', *Proceedings of the National Academy of Sciences*, 115, p3611~3616.

5 Somerville, J., et al.(2013), 'The development of fairness expectations and prosocial behavior in the second year of life', *Infancy*, 18, p40~66.

6 Olson, K. R. and Spelke, E. S.(2008), 'Foundations of cooperation in young children', *Cognition*, 108, p222~231.

7 Shaw, A. and Olson, K. R.(2012), 'Children discard a resource to avoid inequity', *Journal of Experimental Psychology: General*, 141, p383~395.

8 Shaw, A., DeScioli, P. and Olson, K. R.(2012), 'Fairness versus favoritism in children', *Evolution and Human Behavior*, 33, p736~745.

9 Starmans, C., Sheskin, M. and Bloom, P.(2017), 'Why people prefer unequal societies', *Nature Human Behaviour*, 1, 82, DOI: 10.1038/s41562-017-0082.

10 Baumard, N., Mascaro, O. and Chevallier, C.(2012), 'Preschoolers are able to take merit into account when distributing goods', *Developmental Psychology*, 48, p492~498.

11 Norton, M. I. and Ariely, D.(2011), 'Building a better America–one wealth quintile at a time', *Perspectives on Psychological Science*, 6, p1~9.

12 Norton, M. I.(2014), 'Unequality: who gets what and why it matters', *Policy Insights from the Behavioral and Brain Sciences*, 1, p151~155.

13 Savani, K. and Rattam, A.(2012), 'A choice mind-set increases the acceptance and maintenance of wealth inequality', *Psychological Science*, 23, p796~804.

14 *Giving USA 2015: The Annual Report on Philanthropy for the Year 2014*. Chicago: Giving USA Foundation, p. 26; https://www.civilsociety.co.uk/ .

15 Persky, J.(1995), 'Retrospectives: the ethology of Homo Economicus', *Journal of Economic Perspectives*, 9, p221~223.

16 Carter, G. G. and Wilkinson, G. S.(2015), 'Social benefits of non-kin food sharing by female vampire bats', *Philosophical Transactions of the Royal Society B: Biological Sciences*, 282, https://doi.org/10.1098/rspb.2015.2524.

17 마이클 토마셀로 Tomasello, M.(2009), 이기적 원숭이와 이타적 인간 Why We Cooperate. Cambridge, MA: MIT Press.

18 Carter, G. and Leffer, L.(2015), 'Social grooming in bats: are vampire bats exceptional?' *PLoS ONE*, 10(10): e0138430, doi:10.1371/journal.pone.0138430.

19 Hemelrijk, C. K. and Ek, A.(1991), 'Reciprocity and interchange of grooming and support in captive chimpanzees', *Animal Behaviour*, 41, p923~935.

20 Batson, C. D., et al.(1997), 'In a very different voice: unmasking moral hypocrisy', *Journal of Personality and Social Psychology*, 72, p1335~1348.

21 Diener, E. and Wallbom, M.(1976), 'Effects of self-awareness on antinormative behavior', *Journal of Research in Personality*, 10, p107~111.

22 Beaman, A. L., Diener, E. and Klentz, B.(1979), 'Self-awareness and transgression in children: two field studies', *Journal of Personality and Social Psychology*, 37, p1835~1846.

23 Bering, J. M.(2006), 'The folk psychology of souls', *Behavioral and Brain Sciences*, 29, p453~498.

24 Darley, J. M. and Batson, C. D.(1973), 'From Jerusalem to Jericho: a study of situational and dispositional variables in helping behavior', *Journal of Personality and Social Psychology*, 27, p100~108.

25 Shariff, A. F., et al.(2016), 'Religious priming: a meta-analysis with a focus on prosociality', *Personality and Social Psychology Review*, 20(1), p27~48.

26 Duhaime, E. P.(2015), 'Is the call to prayer a call to cooperate? A field experiment on the impact of religious salience on prosocial behaviour', *Judgement and Decision Making*, 10, p593~596.

27 Shariff, A. F. and Norenzayan, A.(2007), 'God is watching you: priming God concept increases prosocial behavior in an anonymous economic game', *Psychological Science*, 18, p803~809.

28 Merritt, A. C., Effron, D. A. and Monin, B.(2010), 'Moral self-licensing: when being good frees us to be bad', *Social and Personality Psychology Compass*, 4, p344~357.

29 Sachdeva, S., Iliev, R. and Medin, D. L.(2009), 'Sinning saints and saintly sinners:

the paradox of moral self-regulation', *Psychological Science*, 20, p523~528.

30 Henrich, J., et al.(2005), ' "Economic man" in cross-cultural perspective: behavioral experiments in 15 small-scale societies', *Behavioral and Brain Sciences*, 28, p795~815.

31 Sanfey, A. G., et al.(2003), 'The neural basis of economic decisionmaking in the ultimatum game', *Science*, 300, p1755~1758.

32 Blount, S.(1995), 'When social outcomes aren't fair: the effect of causal attributions on preferences', *Organizational Behavior & Human Decision Processes*, 63, p131~144.

33 Jensen, K., Call, J. and Tomasello, M.(2007), 'Chimpanzees are vengeful but not spiteful', *Proceedings of the National Academy of Sciences*, 104, 13046–50.

34 Nowak, M.(2012), *Supercooperators: Altruism, Evolution, and Why We Need Each Other to Succeed*. New York: Free Press.

35 https://www.theguardian.com/science/head-quarters/2016/jul/05/deal-orno-deal-brexit-and-the-allure-of-self-expression.

36 Yamagishi, Y., et al.(2012), 'Rejection of unfair offers in the ultimatum game is no evidence of strong reciprocity', *Proceedings of the National Academy of Sciences*, 109, 20364–8.

37 Yamagishi, Y., et al.(2009), 'The private rejection of unfair offers and emotional commitment', *Proceedings of the National Academy of Sciences*, 106, 11520–23.

38 Xiao, E. and Houser, D.(2005), 'Emotion expression in human punishment behavior', *Proceedings of the National Academy of Sciences*, 102, p7398~7401.

39 Ong, Q., et al.(2013), 'The self-image signaling roles of voice in decisionmaking', https://econpapers.repec.org/paper/nanwpaper/1303.htm.

40 Hamann, K., et al.(2012), 'Collaboration encourages equal sharing in children but not in chimpanzees', *Nature*, 476, p328~331.

41 https://www.theguardian.com/commentisfree/2017/may/24/blood-donorservice-manchester-attack.

42 Li, Y., et al.(2013), 'Experiencing a natural disaster alters children's altruistic giving', *Psychological Science*, 24, 1686–95.

43 Andreoni, J.(1990), 'Impure altruism and donations to public goods: a theory of warm-glow giving', *The Economic Journal*, 100, p464~477.

44 Crumpler, H. and Grossman, P. J.(2008), 'An experimental test of warm glow giving', *Journal of Public Economics*, 92, 1011–21.

45 Titmuss, R. M.(1970), *The Gift Relationship*. London: Allen and Unwin.

46 Mellström, C. and Johannesson, M.(2008), 'Crowding out in blood donation. Was Titmuss right?' *Journal of the Economic Association*, 6, p845~863.

47 Ferguson, E., et al.(2012), 'Blood donors' helping behavior is driven by warm glow: more evidence for the blood donor benevolence hypothesis', *Transfusion*, 52, 2189–200.

48 Smith, A.(1759), 'Of Sympathy', in *The Theory of Moral Sentiments*. London: A Millar, pt 1, sec. 1, ch. 1.

49 Xu, X., et al.(2009), 'Do you feel my pain? Racial group membership modulates empathic neural responses', *Journal of Neuroscience*, 29, 8525–9.

5장 | 과시, 비싸고 무겁고 덧없는 옷

1 Smith, A.(1759), *The Theory of Moral Sentiments*. London: A Millar,pt 1, sec. 3, ch. 2.

2 http://www.nytimes.com/2010/03/19/world/asia/19india.html.

3 Jaikumar, S. and Sarin, A.(2015), 'Conspicuous consumption and income inequality in an emerging economy: evidence from India', *Marketing Letters*, 26, p279~292.

4 https://www.independent.co.uk/news/world/americas/donald-trump-billgates-hiv-hpv-daughter-jennifer-looks-helicopter-a8357141.html.

5 Wallman, J.(2015), *Stuffocation: Living More with Less*. London: Penguin.

6 Trentmann, F.(2017), *Empire of Things: How We Became a World of Consumers, from the Fifteenth Century to the Twenty-First*. London: Penguin.

7 Beder, S.(2004), 'Consumerism: an historical perspective', *Pacific Ecologist*, 9, p42~48.

8 Zevin, D. and Edy, C.(1997), 'Boom time for Gen X', *US News and World Report*, 20 October.

9 Turner, C.(2105), 'Homes Through the Decades', NHBC Foundation, http://www.nhbc.co.uk/cms/publish/consumer/NewsandComment/HomesThroughTheDecades.pdf.

10 Veblen, T.(1899), *The Theory of the Leisure Class: An Economic Study of Institutions*. New York: Macmillan.

11 Loyau, A., et al.(2005), 'Multiple sexual advertisements honestly reflect health status in peacocks(*Pavo cristatus*)', *Behavioral Ecology and Sociobiology*, 58, p552 ~557.

12 Petrie, M. and Halliday, T.(1994), 'Experimental and natural changes in the peacock's(*Pavo cristatus*) train can affect mating success', *Behavioral Ecology and*

Sociobiology, 35, p213~217.

13 Nave, G., et al.(2018), 'Single-dose testosterone administration increases men's preference for status goods', *Nature Communications*, 9, 2433, DOI: 10.1038/s41467-018-04923-0.

14 http://www.bain.com/publications/articles/luxury-goods-worldwide-marketstudy-fall-winter-2016.aspx.

15 Nelissen, R. M. A. and Meijers, M. H. C.(2011), 'Social benefits of luxury brands as costly signals of wealth and status', *Evolution and Human Behavior*, 32, p343~355.

16 Gjersoe, N. L., et al.(2014), 'Individualism and the extended-self:cross-cultural differences in the valuation of authentic objects', *PLoS ONE*, 9(3), e90787, doi:10.1371/journal.pone.0090787.

17 https://nypost.com/2016/06/21/trump-has-been-giving-out-fake-diamondcuff-links-for-years/.

18 Schmidt, L., et al.(2017), 'How context alters value: the brain's valuation and affective regulation systems link price cues to experienced taste pleasantness', *Scientific Reports*, 7, 8098.

19 Gino, F., Norton, M. I. and Ariely, D. A.(2010), 'The counterfeit self: the deceptive costs of faking it', *Psychological Science*, 21, p712~720.

20 Bellezza, S., Gino, F. and Keinan, A.(2014), 'The red sneakers effect: inferring status and competence from signals of nonconformity', *Journal of Consumer Research*, 41, p35~54.

21 Ward, M. K. and Dahl, D. W.(2014), 'Should the Devil sell Prada? Retail rejection increases aspiring consumers' desire for the brand',*Journal of Consumer Research*, 41, p590~609.

22 http://www.dailymail.co.uk/femail/article-2822546/As-Romeo-Beckhamstars-new-ad-Burberry-went-chic-chav-chic-again.html.

23 Eckhardt, G., Belk, R. and Wilson, J.(2015), 'The rise of inconspicuous consumption', *Journal of Marketing Management*, 31, p807~826.

24 Smith, E. A., Bliege Bird, R. L. and Bird. D. W.(2003), 'The benefits of costly signaling: Meriam turtle hunters', *Behavioral Ecology*, 14, p116~126.

25 Frank. R. H.(1999), *Luxury Fever: Why Money Fails to Satisfy in an Era of Excess*. Princeton, NJ: Princeton University Press.

26 Whillans, A. V., Weidman, A. C. and Dunn, E. W.(2016), 'Valuing time over money is associated with greater happiness', *Social Psychological and Personality Science*, 7, p213~222.

27 Hershfield, H. E., Mogilner, C. and Barnea, U.(2016), 'People who choose time over money are happier', *Social Psychological and Personality Science*, 7, p697~706.

28 Nickerson, C., et al.(2003), 'Zeroing in on the dark side of the American Dream: a closer look at the negative consequences of the goal for financial success', *Psychological Science*, 14, p531~536.

29 Quartz, S. and Asp, A.(2015), *Cool: How the Brain's Hidden Quest for Cool Drives Our Economy and Shapes Our World*. New York: Farrar, Straus and Giroux.

30 Frank, R. H.(1985), *Choosing the Right Pond: Human Behavior and the Quest for Status*. New York: Oxford University Press.

31 Solnicka, S. J. and Hemenway, D.(1998), 'Is more always better? A survey on positional concerns', *Journal of Economic Behavior & Organization*, 37, p373~383.

32 Medvec, V. H., Madey, S. F. and Gilovich, T.(1995), 'When less is more: co unterfactual thinking and satisfaction among Olympic medalists', *Journal of Personality and Social Psychology*, 69, p603~610.

33 de Castro, J. M.(1994), 'Family and friends produce greater social facilitation of food intake than other companions', *Physiology & Behavior*, 56, p445~455.

34 Doob, A. N. and Gross, A. E.(1968), 'Status of frustrator as an inhibitor of horn-honking responses', *Journal of Social Psychology*, 76, p213~218.

35 Holt-Lunstad, J., et al.(2015), 'Loneliness and social isolation as risk factors for mortality: a meta-analytic review', *Perspectives on Psychological Science*, 10, p227~237.

36 Festinger, L.(1954), 'A theory of social comparison processes', *Human Relations*, 7, p117~140.

37 Charles, K. K., Hurst, E. and Roussanov, N.(2009), 'Conspicuous consumption and race', *Quarterly Journal of Economics*, 124(2), p425~467.

38 Jaikumar, S., Singh, R. and Sarin, A.(2017), ' "I show off, so I am well off": subjective economic well-being and conspicuous consumption in an emerging economy', *Journal of Business Research*, DOI: 10.1016/j.jbusres.2017.05.027.

39 Charles, K. K., Hurst, E. and Roussanov, N.(2009), 'Conspicuous consumption and race', *Quarterly Journal of Economics*, 124(2), p425~467.

40 Kaus, W.(2010), 'Conspicuous Consumption and Race: Evidence from South Africa', Papers on Economics and Evolution, No. 1003, Max-Planck-Institute für Ökonomik, Jena.

41 http://www.epi.org/publication/black-white-wage-gaps-expand-with-risingwage-inequality/.

42 Zizzo, D. J.(2003), 'Money burning and rank egalitarianism with random dictators', *Economics Letters*, 81, p263~266.

43 Joseph, J. E., et al.(2008), 'The functional neuroanatomy of envy'. In R. H. Smith, ed., *Envy: Theory and Research*. Oxford: Oxford University Press, p290~314.

44 van de Ven, N., et al.(2015), 'When envy leads to schadenfreude', *Cognition and Emotion*, 29, 1007–25.

45 van de Ven, N., Zeelenberg, M. and Pieters, R.(2015), 'Leveling up and down: the experiences of benign and malicious envy', *Emotion*, 9, p419~29.

46 van de Ven, N., Zeelenberg, M. and Pieters, R.(2015), 'The envy premium in product evaluation', *Journal of Consumer Research*, 37, p984~998.

47 Taute, H. A. and Sierra, J.(2014), 'Brand tribalism: an anthropological perspective', *Journal of Product & Brand Management*, 23, p2~15.

48 https://www.independent.co.uk/news/business/news/brexit-latest-news-fatcat-pay-rethink-cipd-report-a7584391.html.

49 https://www.statista.com/statistics/424159/pay-gap-between-ceos-andaverage-workers-in-world-by-country/.

50 https://www.usatoday.com/story/money/2017/05/23/ceo-pay-highest-paidchief-executive-officers-2016/339079001/ .

51 https://www.theguardian.com/media/greenslade/2016/aug/08/why-newspaper-editors-like-fat-cats-they-help-to-sell-newspapers .

52 http://www.dailymail.co.uk/tvshowbiz/article-4209686/Ruby-Rose-hintstall-poppy-syndrome-Australia.html.

53 Nishi, C. L., et al.(2015), 'Inequality and visibility of wealth in experimental social networks', *Nature*, 526, p426~429.

54 Easterlin, R. A.(1974), 'Does economic growth improve the human lot?' In Paul A. David and Melvin W. Reder, eds., *Nations and Households in Economic Growth: Essays in Honor of Moses Abramovitz*. New York: Academic Press.

55 https://www.ft.com/content/dd6853a4-8853-11da-a25e-0000779e2340.

56 Diener, E.(2006), 'Guidelines for national indicators of subjective well-being and ill-being', *Journal of Happiness Studies*, 7, p397~404.

57 Kahneman, D. and Deaton, A.(2010), 'High income improves evaluation of life but not emotional well-being', *Proceedings of the National Academy of Sciences*, 107, 16489–93.

58 Gilovich, T. and Kumar, A.(2015), 'We'll always have Paris: the hedonic payoff from experiential and material investments', *Advances in Experimental Social Psychology*, 51, 147–87.

59 Nawijn, J., et al.(2010), 'Vacationers happier, but most not happier after a holiday', *Applied Research in Quality of Life*, 5, 35–47.

60 Loftus, E.(1979), 'The malleability of human memory', *American Scientist*, 67, 312–20.

61 Matlin, M. W. and Stang, D. J(1978), *The Pollyanna Principle: Selectivity in*

Language, Memory, and Thought. Cambridge, MA: Schenkman Publishing Co.

62 Oerlemans, W. G. M. and Bakker, A. B.(2014), 'Why extraverts are happier: a day reconstruction study', *Journal of Research in Personality*, 50, 11–22.

63 Matz, S. C., Gladston, J. J. and Stillwell, D.(2016), 'Money buys happiness when spending fits our personality', *Psychological Science*, 27, 715–25.

64 Lee, J. C., Hall, D. L. and Wood, W.(2018), 'Experiential or material purchases? Social class determines purchase happiness', *Psychological Science*, https://doi.org/10.1177/0956797617736386 .

65 https://www.ons.gov.uk/peoplepopulationandcommunity/leisureandtourism/articles/traveltrends/2015#travel-trends-2015-main-findings.

66 https://www.forbes.com/sites/deborahweinswig/2016/09/07/millennials-gominimal-the-decluttering-lifestyle-trend-that-is-taking-over/#1d955a583755.

67 https://www.mewssystems.com/blog/why-hotels-are-so-wasteful-and-howthey-can-stop.

68 Lenzen, M., et al.(2018), 'The carbon footprint of global tourism', *Nature Climate Change*, 8, 522–8.

6장 | 곳곳에 묻은 정체성

1 https://www.caba.org.uk/help-and-guides/information/coping-emotionalimpact-burglary.

2 http://www.huffingtonpost.com/2015/04/21/self-storage-mcdonalds_n_7107822.html.

3 James, W.(1890), *Principles of Psychology*. New York: Henry Holt & Co.

4 Sartre, J.-P.(1943/1969), *Being and Nothingness: A Phenomenological Essay on Ontology*. New York: Philosophical Library/London: Methuen.

5 McCracken, G.(1990), *Culture and Consumption*. Bloomington, Ind.: Indiana University Press.

6 Shoumatoff, A.(2014), 'The Devil and the art dealer', *Vanity Fair*, April, https://www.vanityfair.com/news/2014/04/degenerate-art-cornelius-gurlittmunich-apartment.

7 Prelinger, E.(1959), 'Extension and structure of the self', *Journal of Psychology*, 47, 13~23.

8 Dixon, S. C. and Street, J. W.(1975), 'The distinction between self and non-self in children and adolescents', *Journal of Genetic Psychology*, 127, 157–62.

9 Belk, R.(1988), 'Possessions and the extended self', *Journal of Consumer Research*,

15, 139–68.

10 https://www.theguardian.com/music/2017/jan/03/record-sales-vinyl-hits-25-year-high-and-outstrips-streaming.

11 Marx, K.(1990), *Capital*. London: Penguin Classics.

12 Nemeroff, C. J. and Rozin, P.(1994), The contagion concept in adult thinking in the United States: transmission of germs and of interpersonal influence', *Ethos: Journal of the Society for Psychological Anthropology*, 22, 158–86.

13 Lee, C., et al.(2011), 'Putting like a pro: the role of positive contagion in golf performance and perception', *PLoS ONE*, 6(10), e26016.

14 Damisch, L., Stoberock, B. and Mussweiler, T.(2010), 'Keep your fingers crossed! How superstition improves performance', *Psychological Science*, 21, 1014–20.

15 Vohs, K.(2015), 'Money priming can change people's thoughts, feelings, motivations, and behaviors: an update on 10 years of experiments', *Journal of Experimental Psychology: General*, 144, 8693.

16 Belk, R.(1988), 'Possessions and the extended self', *Journal of Consumer Research*, 15, 139–68.

17 Belk, R. W.(2013), 'Extended self in a digital world', *Journal of Consumer Research*, 40, 477–500.

18 Vogel, E. A., et al.(2015), 'Who compares and despairs? The effect of social comparison orientation on social media use and its outcomes', *Personality and Individual Differences*, 86, 249–56.

19 Hood, B.(2012), *The Self Illusion*. New York: Oxford University Press.

20 Evans, C.(2018), '1.7 million U.S Facebook users will pass away in 2018', The Digital Beyond, http://www.thedigitalbeyond.com/2018/01/1-7-million-u-s-facebook-users-will-pass-away-in-2018/.

21 Öhman, C. and Floridi, L.(2018), 'An ethical framework for the digital afterlife industry', *Nature Human Behavior*, 2, 318–20.

22 Henrich, J., Heine, S. J. and Norenzayan, A.(2010), 'The weirdest people in the world?' *Behavioral and Brain Sciences*, 33, 61–135.

23 리처드 니스벳Nisbett, R. E.(2003), 《생각의 지도*The Geography of Thought*》, New York: Free Press.

24 Rochat, P., et al.(2009), 'Fairness in distributive justice by 3- and 5-year-olds across 7 cultures', *Journal of Cross-Cultural Psychology*, 40, 416–42.

25 Weltzien, S., et al.(forthcoming), 'Considering self or others across two cultural contexts: how children's prosocial behaviour is affected by selfconstrual manipulations', *Journal of Experimental Child Psychology*.

26 Best, E.(1924), *The Maori, Vol. 1*. Wellington, New Zealand: H. H. Tombs, p. 397.

27 Masuda, T. and Nisbett, R. E.(2001), 'Attending holistically vs analytically: comparing the context sensitivity of Japanese and Americans', *Journal of Personality & Social Psychology*, 81, 922–34.

28 Kitayama, S., et al.(2003), 'Perceiving an object and its context in different cultures', *Psychological Science*, 14, 201–6.

29 Gutchess, A. H., et al.(2006), 'Cultural differences in neural function associated with object processing', *Cognitive Affective Behavioral Neuroscience*, 6, 102–9.

30 Hedden, T., et al.(2008), 'Cultural influences on neural substrates of attentional control', *Psychological Science*, 19, 12–17.

31 Tang, Y., et al.(2006), 'Arithmetic processing in the brain shaped by cultures', *Proceedings of the National Academy of Sciences*, 103, 10775–80.

32 Zhu, Y., et al.(2007), 'Neural basis of cultural influence on self representation', *NeuroImage*, 34, 1310–17.

33 Kobayashi, C., Glover, G. H. and Temple, E.(2006), 'Cultural and linguistic influence on neural bases of theory of mind: an fMRI study with Japanese bilinguals', *Brain & Language*, 98, 210–20.

34 Gardner, W. L., Gabriel, S. and Lee, A. Y.(1999), ' "I" value freedom, but "we" value relationships: self-construal priming mirrors cultural differences in judgment', *Psychological Science*, 10, 321–26.

35 Kiuchi, A.(2006), 'Independent and interdependent self-construals: ramifications for a multicultural society', *Japanese Psychological Research*, 48, 1–16.

36 Han, S. and Humphreys, G.(2016), 'Self-construal: a cultural framework for brain function', *Current Opinion in Psychology*, 8, 10–14.

37 Bruner, J. S.(1951), 'Personality dynamics and the process of perceiving'. In R. R. Blake and G. V. Ramsey, eds., *Perception: An Approach to Personality*. New York: Ronald Press.

38 Mumford, L.(1938), *The Culture of Cities*. New York: Harcourt, Brace and Company.

39 Turner, F. J.(1920), *The Frontier in American History*. New York: Henry Holt & Co.

40 Vandello, J. A. and Cohen, D.(1999), 'Patterns of individualism and collectivism across the United States', *Journal of Personality and Social Psychology*, 77, 279–92.

41 Kitayama, S., et al.(2006), 'Voluntary settlement and the spirit of independence: evidence from Japan's "northern frontier" ', *Journal of Personality and Social Psychology*, 91, 369–84.

42 Santos, H. C., Varnum, M. E. W. and Grossmann, I.(2017), 'Global increases in individualism', *Psychological Science*, 28, 1228–39.

43 Yu, F., et al.(2016), 'Cultural value shifting in pronoun use', *Journal of Cross-Cultural Psychology*, 47, 310–16.

44 Grossmann, I. and Varnum, M. E. W.(2015), 'Social structure, infectious diseases, disasters, secularism, and cultural change in America', *Psychological Science*, 26, 311–24.

45 Piaget, J. and Inhelder, B.(1969), *The Psychology of the Child*. New York: Basic Books.

46 Rodriguez, F. A., Carlsson, F. and Johansson-Stenman, O.(2008), 'Anonymity, reciprocity, and conformity: evidence from voluntary contributions to a national park in Costa Rica', *Journal of Public Economics*, 92, 1047–60.

47 Gächter, S. and Herrmann, B.(2009), 'Reciprocity, culture, and human cooperation: previous insights and a new cross-cultural experiment', *Philosophical Transactions of the Royal Society B: Biological Sciences*, 364, 791–80.

48 Cunningham, S., et al.(2008), 'Yours or mine? Ownership and memory', *Consciousness and Cognition*, 17, 312–18.

49 Cunningham, S., et al.(2013), 'Exploring early self-referential memory effects through ownership', *British Journal of Developmental Psychology*, 31, 289–301.

50 Rogers, T. B., Kuiper, N. A. and Kirker, W. S.(1977), 'Self-reference and the encoding of personal information', *Journal of Personality and Social Psychology*, 35, 677–88.

51 Turk, D. J., et al.(2011), 'Mine and me: exploring the neural basis of object ownership', *Journal of Cognitive Neuroscience*, 11, 3657–68.

52 Zhu, Y., et al.(2007), 'Neural basis of cultural influence on selfrepresentation', *NeuroImage*, 34, 1310–16.

53 Shavitt, S. and Cho, H.(2016), 'Culture and consumer behavior: the role of horizontal and vertical cultural factors', *Current Opinion in Psychology*, 8, 149–54.

54 Shavitt, S., Johnson, T. P. and Zhang, J.(2011), 'Horizontal and vertical cultural differences in the content of advertising appeals', *Journal of International Consumer Marketing*, 23, 297–310.

55 https://www.theguardian.com/books/2016/dec/11/undoing-project-michaellewis-review-amos-tversky-daniel-kahneman-behavioural-psychology.

56 Kahneman, D. and Tversky, A.(1984), 'Choices, values, and frames', *American Psychologist*, 39, 341–50.

57 Kahneman, D.(2012), *Thinking, Fast and Slow*. London: Penguin.

58 Brickman, P., Coates, D. and Janoff-Bulman, R.(1978), 'Lottery winners and accident victims: is happiness relative?' *Journal of Personality and Social Psychology*, 36, 917–27.

59 Lindqvist, E., Östling, R. and Cecarini, D.(2018), *Long-run Effects of Lottery Wealth on Psychological Well-being*. Working Paper Series 1220, Research Institute of Industrial Economics.

60 Rosenfeld, P. J., Kennedy, G. and Giacalone, R. A.(1986), 'Decision making: a demonstration of the postdecision dissonance effect', *Journal of Social Psychology*, 126, 663–5.

61 Langer, E.(1975), 'The illusion of control', *Journal of Personality and Social Psychology*, 32, 311–28.

62 van de Ven, N. and Zeelenberg, M.(2011), 'Regret aversion and the reluctance to exchange lottery tickets', *Journal of Economic Psychology*, 32, 194–200.

63 Gilovich, T., Medvec, V. H. and Chen, S.(1995), 'Commission, omission, and dissonance reduction: coping with regret in the "Monty Hall" problem', *Personality and Social Psychology Bulletin*, 21, 185–90.

64 Hintze, A., et al.(2015), 'Risk sensitivity as an evolutionary adaptation', *Science Reports*, 5, 8242, doi:10.1038/srep08242.

65 Dunbar, R.(1993), 'Coevolution of neocortical size, group size and language in humans', *Behavorial and Brain Sciences*, 16, 681–735.

66 Cronqvist, H. and Siegel, S.(2014), 'The genetics of investment biases', *Journal of Financial Economics*, 113, 215–34.

67 Rangel, A., Camerer, C. and Montague, P. R.(2008), 'A framework for studying the neurobiology of value-based decision making', *Nature Review Neuroscience*, 9, 545–56.

68 Knutson, B. and Greer, S. M.(2008), 'Anticipatory affect: neural correlates and consequences for choice', *Philosophical Transactions of the Royal Society B: Biological Sciences*, 363, 3771–86.

69 DeWall, C. N., Chester, D. S. and White, D. S.(2015), 'Can acetaminophen reduce the pain of decision-making?' *Journal of Experimental Social Psychology*, 56, 117–20.

70 Knutson, B., et al.(2008), 'Neural antecedents of the endowment effect', *Neuron*, 58, 814–22.

7장 | 상실해야 할 때를 아는 자

1 Kahneman, D. and Tversky, A.(1979), 'Prospect theory: an analysis of decision under risk', *Econometrica*, 47, 263–92.

2 Novemsky, N. and Kahneman, D.(2005), 'The boundaries of loss aversion', *Journal of Marketing Research*, 42, 119–28.

3 Kahneman, D., Knetsch, J. L. and Thaler, R. H.(1991), 'The endowment effect, loss aversion and status quo bias', *Journal of Economic Perspectives*, 5, 193–206.

4 Bramsen, J.-M.(2008), 'A Pseudo-Endowment Effect in Internet Auctions', MPRA Paper, University Library of Munich, Germany.

5 Wolf, J. R., Arkes, H. R. and Muhanna, W.(2008), 'The power of touch: an examination of the effect of duration of physical contact on the valuation of objects', *Judgment and Decision Making*, 3, 476–82.

6 Maddux, W. M., et al.(2010), 'For whom is parting with possessions more painful? Cultural differences in the endowment effect', *Psychological Science*, 21, 1910–17.

7 Harbaugh, W. T., Krause, K. and Vesterlund, L.(2001), 'Are adults better behaved than children? Age, experience, and the endowment effect', *Economics Letters*, 70, 175–81.

8 Hood, B., et al.(2016), 'Picture yourself: self-focus and the endowment effect in preschool children', *Cognition*, 152, 70–77.

9 Hartley, C. and Fisher, S.(2017), 'Mine is better than yours: investigating the ownership effect in children with autism spectrum disorder and typically developing children', *Cognition*, 172, 26–36.

10 Lee, A., Hobson, R. P. and Chiat, S.(1994), 'I, you, me, and autism: an experimental study', *Journal of Autism and Developmental Disorders*, 24, 155–76.

11 Lind, S. E.(2010), 'Memory and the self in autism: a review and theoretical framework', *Autism*, 14, 430–56.

12 Apicella, C. L., et al.(2014), 'Evolutionary origins of the endowment effect: evidence from hunter-gatherers', *American Economic Review*, 104, 1793–805.

13 List, J. A.(2011), 'Does market experience eliminate market anomalies? The case of exogenous market experience', *American Economic Review*, 101, 313–17.

14 Tong, L. C. P., et al.(2016), 'Trading experience modulates anterior insula to reduce the endowment effect', *Proceedings of the National Academy of Sciences*, 113, 9238–43.

15 http://edition.cnn.com/2008/US/11/28/black.friday.violence/index.html.

16 Seymour, B., et al.(2007), 'Differential encoding of losses and gains in the human striatum', *Journal of Neuroscience*, 27, 4826–31.

17 Knutson, B. and Cooper, J. C.(2009), 'The lure of the unknown', *Neuron*, 51, 280–81.

18 Olds, J. and Milner, P.(1954), 'Positive reinforcement produced by electrical stimulation of septal area and other regions of rat brain', *Journal of Comparative Physiological Psychology*, 47, 419–27.

19 Blum, K., et al.(2012), 'Sex, drugs, and rock 'n' roll: hypothesizing common mesolimbic activation as a function of reward gene polymorphisms', *Journal of Psychoactive Drugs*, 44, 38–55.

20 Moore, T. J., Glenmullen, J. and Mattison, D. R.(2014), 'Reports of pathological gambling, hypersexuality, and compulsive shopping associated with dopamine receptor agonist drugs', *Journal of the American Medical Association*, 174, 1930–33.

21 Knutson, B., et al.(2006), 'Neural predictors of purchases', *Neuron*, 53, 147–56.

22 Cath, D. C., et al.(2017), 'Age-specific prevalence of hoarding and obsessive-compulsive disorder: a population-based study', *American Journal of Geriatric Psychiatry*, 25, 245–55.

23 http://time.com/2880968/connecticut-hoarder-beverly-mitchell/.

24 http://www.mfb.vic.gov.au/Community-Safety/Home-Fire-Safety/Hoardinga-lethal-fire-risk.html

25 Samuels, J. F., et al.(2007), 'Hoarding in obsessive-compulsive disorder: results from the OCD collaborative genetics study', *Behaviour Research and Therapy*, 45, 673–86.

26 Cooke, J.(2017), *Understanding Hoarding*. London: Sheldon Press.

27 Tolin, D. F., et al.(2012), 'Neural mechanisms of decision making in hoarding disorder', *Archives of General Psychiatry*, 69, 832–41.

28 Christopoulos, G. I., et al.(2009), 'Neural correlates of value, risk, and risk aversion contributing to decision making under risk', *Journal of Neuroscience*, 29, 12574–83.

29 Votinov, M., et al.(2010), 'The neural correlates of endowment effect without economic transaction', *Neuroscience Research*, 68, 59–65.

30 http://www.investinganswers.com/personal-finance/homes-mortgages/8-insane-ways-people-destroyed-their-foreclosed-homes-4603

31 Garcia-Moreno, C., et al.(2005), *WHO Multicountry Study on Women's Health and Domestic Violence Against Women: Initial Results on Prevalence, Health Outcomes and Women's Responses*. Geneva: World Health Organization.

32 Yardley, E., Wilson, D. and Lynes, A.(2013), 'A taxonomy of male British family annihilators, 1980–2012', *The Howard Journal of Crime and Justice*, 53, 117–40.

33 Nadler, J. and Diamond, S. S.(2008), 'Eminent domain and the psychology of property rights: proposed use, subjective attachment, and taker identity', *Journal of Empirical Legal Studies*, 5, 713–49.

34 https://www.theglobeandmail.com/real-estate/vancouver/meet-the-wealthyimmigrants-at-the-centre-of-vancouvers-housingdebate/article31212036.

35 http://www.propertyportalwatch.com/juwei-com-survey-finds-chinesebuyers-prefer-new-homes/

36 Quote in Revkin, Andrew C.(2016), 'In Italy's earthquake zone, love of place trumps safety', *New York Times*, 25 August, http://dotearth.blogs.nytimes.com/2016/08/

25/in-italys-earthquake-zone-love-of-placetrumps-safety/

37 Rozin, P. and Wolf, S.(2008), 'Attachment to land: the case of the land of Israel for American and Israeli Jews and the role of contagion', *Judgment and Decision Making*, 3, 325–34.

38 Dittmar, H., et al.(2014), 'The relationship between materialism and personal well-being: a meta-analysis', *Journal of Personality and Social Psychology*, 107, 879–924.

맺음말 | 죽기 전에 가져야 할 것들

1 Csikszentmihalyi, M.(1982), 'The Symbolic Function of Possessions: Towards a Psychology of Materialism'. Paper presented at the 90th Annual Convention of the American Psychological Association, Washington, DC., quoted in Belk, R.(1988), 'Possessions and the extended self', *Journal of Consumer Research*, 15, 139–68.

2 https://www.facebook.com/WokeFolks/videos/1014990085308007/

3 아르투어 쇼펜하우어Schopenhauer, A.(1851), 《쇼펜하우어의 행복론과 인생론*Parerga und Paralipomena*》. Berlin.

4 Ackerman, D., MacInnis, D. and Folkes, F.(2000), 'Social comparisons of possessions: when it feels good and when it feels bad', *Advances in Consumer Research*, 27, 173–8.

5 Belk, R.(2011), 'Benign envy', *Academy of Marketing Sciences Review*, 1, 117–34.

6 Wolcott, R. C.(2018), 'How automation will change work, purpose and meaning', *Harvard Business Review*, January, https://hbr.org/2018/01/how-automation-will-change-work-purpose-and-meaning

7 https://www.rita.dot.gov/bts/sites/rita.dot.gov.bts/files/publications/transportation_economic_trends/ch4/index.html

우리는 모든 것의
주인이기를 원한다

1판 1쇄 발행 2023년 5월 3일
1판 2쇄 발행 2023년 5월 31일

지은이 브루스 후드
옮긴이 최호영

발행인 양원석 **편집장** 박나미 **책임편집** 이정미
디자인 남미현, 김미선 **영업마케팅** 윤우성, 박소정, 이현주, 정다은, 박윤하

펴낸 곳 ㈜알에이치코리아
주소 서울시 금천구 가산디지털2로 53, 20층(가산동, 한라시그마밸리)
편집문의 02-6443-8827 **도서문의** 02-6443-8800
홈페이지 http://rhk.co.kr
등록 2004년 1월 15일 제2-3726호

ISBN 978-89-255-7658-9 (03810)